AF284477

Mimis Welt

Die Sache mit dir

Ella Stein

Über dieses Buch

Voller Zuversicht zieht Mimi vom Land in die Stadt. Der neue Job soll mehr als eine berufliche Chance sein. Sie will endlich ihre traumatische Kindheit und die ländliche Enge ihrer Heimat hinter sich lassen. Doch ihre Pläne prallen auf die harte Realität. Vor allem der egomanische Hoteldirektor Georg Soyer schürt ihre Unsicherheit. Als Mimi dann auch noch mit ihrer Vergangenheit konfrontiert wird, beginnt sie ihre Entscheidungen anzuzweifeln.

Ein Roman über das Leben, die Liebe, Sehnsüchte und Abgründe.

Mit Glossar im Anhang!

Über die Autorin

Ella Stein wurde 1985 in Österreich geboren und lebt mit ihrer Familie in einer kleinen Gemeinde in der Nähe von Linz. Bevor sie den Fokus auf das Schreiben legte, durchlief die Juristin zahlreiche berufliche Stationen in den Bereichen Bankwesen, Werbung und PR. Nebenbei ist sie als freiberufliche Trainerin in der Erwachsenenbildung tätig.

Die Freizeit verbringt sie am liebsten in der wunderschönen Natur des Mühlviertels oder im Trubel der oberösterreichischen Landeshauptstadt Linz. So lag es auf der Hand, dass sie ihrer heimatlichen Verbundenheit in ihrem Debütroman Ausdruck verleiht.

ella@ella-stein.at
www.ella-stein.at
Instagram @ella.stein_schreibt
Facebook @ella.stein.schreibt

Mimis Welt

Die Sache mit dir

Ella Stein

2. Auflage

© 2021 Petra Zauner

Coverdesign und Buchsatz: KIQZ Communications KG,
München, www.kiqz.de
Korrektorat: Claudia Traxl, www.krautundfeder.at
Herstellung und Verlag: BoD - Books on Demand,
Norderstedt

ISBN: 978-3-75-199585-6

Für mein Vorbild, mein Herz.
Für Mama.

Die Sache mit dem Kartoffelsack

»Ich will nicht nach vorne gehen!« Und schon gar nicht will sie weinen, daher presst sie trotzig die Lippen aufeinander und verknotet ihre Arme vor ihrer Brust.

Die neue Bluse kratzt an den Ärmeln und das Etikett im Nacken scheuert auch. Bestimmt ist ihre Haut dort schon rau und rot. Am liebsten würde sie sich ausziehen und in ihr Lieblingskleid schlüpfen.

Marie meint immer, dass es wie ein Kartoffelsack aussieht. Aber das ist ihr egal, sie liebt ihr Kartoffelsack-Kleid.

Doch jetzt wird Marie das nie wieder sagen.

»Miriam, bitte, stell dich nicht so an!«

»Ich will das wirklich nicht, Mama. Bitte nicht.«

Mama steht auf, schüttelt den Kopf und geht nach vorne. Ihr Gesicht ist eine einzige Fratze. Die roten Augen und die graue Haut erinnern Mimi an eine Krampusmaske.

Bei dem Gedanken daran, dass Mama wie ein Krampus aussieht, muss sie grinsen. Wird sie jetzt für immer ihre Krampus-Mama bleiben? Das stellt sie sich doof vor.

Mimi findet ihre Mama eigentlich recht hübsch. Sie mag ihr lustiges Lächeln mit den schiefen Zähnen und am liebsten hat sie es, dass Mama immer so heftig mit ihren Händen herumfuchtelt, wenn sie redet oder ein Märchen erzählt.

Mama macht alles so lebendig zuhause. Sogar Papa muss jedes Mal ganz viel lachen, wenn Mama wieder eine ihrer Geschichten von der Arbeit erzählt. Es ist, als wäre man dabei gewesen.

Aber in den letzten Tagen hat Mama keine Geschichten erzählt. Sie hat wohl geredet, mit Papa und mit vielen anderen

11

Menschen, die Mimi niemals zuvor gesehen hat. Jeden Tag kam jemand anderes zu ihnen nach Hause. Manche schleppten Mappen mit sich herum, manche brachten kleine Packungen mit Tabletten mit. Eine Frau war gekommen, die hat Mama sogar eine Spritze gegeben. Warum, weiß Mimi nicht. Sie hat nicht nachgefragt.

Überhaupt hat sie versucht, so wenig wie möglich zu sagen und sich unsichtbar zu machen. Nicht mal in ihrem Zimmer fand sie Ruhe, um mit ihrer Puppe zu spielen. Die Wände zuhause sind dünn, sagt Papa immer. Das ist wahrscheinlich auch der Grund, warum sie Mama bis in den letzten Winkel des Hauses weinen hört.

Sie weint so viel. Das ist unerträglich. Sie weint und weint und weint.

Mimi hat nicht geweint und sie will auch jetzt nicht weinen.

Wenn bloß Mama nicht die ganze Zeit weinen würde. Dann wäre alles leichter. Aber Mimi hat das Gefühl, dass Mama noch sehr viel und ganz lange weinen wird. Vielleicht wird sie für immer weinen? Das wäre schlimm. Mimi kann sich gar nicht vorstellen, wie sie das aushalten soll. Aber sie würde sich einfach weiter ruhig verhalten, Mama nicht aufregen und sich so gut wie möglich unsichtbar machen. Bisher hat das prima geklappt.

Vielleicht kann sie Mama bald wieder einmal umarmen. Das wäre schön.

Die Gute-Nacht-Geschichte am Abend fehlt ihr am meisten. Bis jetzt hat sie gar nicht gewusst, dass das die beste Zeit des Tages ist. Oder war. Marie und sie kuschelten rechts und links von Mama dicht an ihrem Körper und Mama las so toll vor, dass man die ganzen Bilder zu der Geschichte im Kopf sah.

12

Mama ist immer warm und weich.

Manchmal streichelt sie mit ihren Händen so schön über den Rücken.

Ja, die Vorlesezeit am Abend ist wirklich die beste. Oder war. Vielleicht gibt es jetzt nie wieder eine Gute-Nacht-Geschichte von Mama? Mimi hat sich nicht getraut, danach zu fragen. Überhaupt sagt sie im Moment lieber nichts.

Mama mag es nicht mal, wenn Papa mit ihr spricht. Mimi hat gesehen, wie sie ihn weggestoßen hat, als er sie umarmen wollte. Sie ist so wütend auf ihn. Das will Mimi nicht, darum umarmt sie Mama nicht.

Sie stellt sich vor, wie sie heute Abend ihre Puppe wickeln und ihr das Fläschchen geben wird. Sie freut sich so darauf, wenn dieser Tag endlich vorbei ist. Aber das wird noch lange dauern.

Wenn etwas schön ist, vergeht die Zeit immer viel zu schnell. Wenn aber etwas furchtbar ist, dann bleibt sie manchmal auch stehen. Mimi meint fast, dass die letzte Woche mindestens ein Jahr gedauert haben muss.

Das alles macht Mimi schon ein bisschen traurig und wütend. Aber sie will jetzt nicht anfangen zu weinen. Darum geht sie nicht nach vorne und bleibt auf ihrer Bank sitzen.

Sie schaukelt die Beine hin und her. Die Schuhe drücken ganz schön, aber sie behält sie lieber an.

Sie wirft einen Blick nach vorne. Mimi sieht ihre Mama nur von hinten, wie sie da steht. Ihr Kopf hängt runter, genauso wie ihre Haare und die Schultern zittern ganz stark. Sie weint wahrscheinlich. Mimi wundert sich schon wieder darüber, dass man so dermaßen viel weinen kann.

13

Papa steht neben ihr und legt ihr die Hand auf den Rücken. Mama will nicht, dass Papa sie tröstet. Sie geht einen Schritt zur Seite und jetzt stehen beide da oben, nebeneinander und dazwischen ist trotzdem ganz viel Platz.

Mimi könnte nach vorne gehen und sich zwischen sie stellen. Aber das traut sie sich nicht.

Mama und Papa schauen bestimmt beide auf den kleinen weißen Sarg vor ihnen, vielleicht sind ihre Augen aber auch geschlossen. Mimi weiß es nicht.

Der ganze Raum ist voller Menschen und es ist still. Sie will nach Hause und allein sein. Obwohl es keinen Unterschied macht. Sie ist auch hier allein. Niemand der Leute hat mit ihr geredet, keiner hat sie angesehen.

Da hätte ich mir doch den Kartoffelsack anziehen können, denkt Mimi und lächelt bei dem Gedanken an Maries Worte über ihr Lieblingskleid.

1 Mimi

Mimi stand im Flur. Er bot kaum Platz für sie und ihren alten, braunen Koffer. Düster und beengt lag das Zimmer vor ihr, ganz anders als auf den Fotos im Internet. Es gab einen winzigen Balkon mit Blick auf die Donau und ein Fenster neben dem bescheidenen Schrank für das Geschirr. Die Küchenzeile erinnerte sie an jene in dem alten Puppenhaus, das Papa für Marie und sie gebaut hatte: ein Herd in Spielküchengröße, zwei Kochplatten, daneben ein Spülbecken und kaum Stauraum. Das Modernste war noch der monströse freistehende Kühlschrank aus Edelstahl, der den Wohnraum dominierte.

Mimi zog die Schuhe aus und stellte sie vor die Haustür. Ihre Socken klebten am schmutzigen Boden fest, als sie die ersten Schritte in ihr neues Zuhause wagte. Ihre erste eigene Wohnung. Bis vor ein paar Wochen hatte hier ein Langzeitstudent in seinen Dreißigern gehaust, der über Nacht entschieden hatte, mit seinem Kumpel eine Strandbar in Australien aufzumachen. Nach dem kurzen Rundgang stellte sie sich in die Mitte des einzigen Raumes, der Küche, Schlafmöglichkeit und Wohnzimmer zugleich war. Daneben gab es nur den Flur und ein Bad mit Toilette. Endlich wurde Mimi klar, warum der Makler auf Eile beim Vertragsabschluss gedrängt hatte. Zimmer und Möbel waren in einem erbärmlichen Zustand. Und der Abfluss im Bad stank widerlich.

Ohne einen einzigen Besichtigungstermin hatte Mimi ihre Unterschrift unter den Mietvertrag über die ›sonnendurchflutete Einzimmerwohnung im wunderschönen Linzer Stadtteil Alturfahr‹ gesetzt und die Kaution und die Ablöse für die alten Möbel überwiesen. Auf einen Schlag brachte sie sich so um nahezu all ihre Ersparnisse. Dennoch fühlte sie sich befreit. Mit einem zufriedenen Seufzen ließ sie sich bäuchlings auf die Schlafcouch fallen. Doch als ihr klar wurde, was auf dem alten Teil wohl schon alles passiert war, sprang sie schnell wieder auf. Sie hatte ohnehin keine Zeit, sich auszuruhen. Eine Menge Arbeit wartete auf sie, denn sie war fest entschlossen, diese Wohnung in ihr Paradies zu verwandeln. Frische Farbe an den Wänden, eine gründliche Putzaktion, die eine oder andere Kerze und eine Topfpflanze würden einiges dazu beitragen.

Mimi blieb bloß dieses eine Wochenende, um ihre umfassende To-do-Liste abzuarbeiten. Denn am Montag fing sie als Servicemitarbeiterin im Parkhotel an. Das stylische, an einem Park gelegene Innenstadthotel gehörte zur berühmten Soyer-Group und hatte erst vor zwei Jahren seine Eröffnung gefeiert. Für Berufseinsteiger bot die Hotelkette ausgezeichnete Chancen, in der Hotellerie Fuß zu fassen und die Karriereleiter hochzuklettern. Es gab unzählige Tourismusschulen und die Absolventen wussten, dass man ganz unten anfangen musste. Wenn man Glück hatte, kam man als Concierge oder Kellnerin in einem namhaften Hotel unter. Wenn nicht, rackerte man sich schlimmstenfalls jahrelang in schäbigen Pensionen ab.

Warum Mimi ohne Vorstellungsgespräch lediglich aufgrund ihrer Bewerbungsunterlagen eingestellt wurde, war ihr ein Rätsel. Ihre Noten waren eher durchschnittlich. Die vier Pflichtpraktika in ihrer Schulzeit hatte sie alle im Zehn-Kilometer-Radius ihres Elternhauses im Mühlviertel abgeleistet und auch sonst hatte sie keine speziellen Kenntnisse vorzuweisen. Natürlich hakte sie nicht nach. Nach einem kurzen Telefonat mit dem gelangweilt wirkenden Hoteldirektor schloss sie einen Standardvertrag per Mail und fing an zu packen.

Gerade als sie aus der Tür trat, um sich mit Putzsachen und Farbe einzudecken, klingelte ihr Handy in der Tasche.

16

Für diesen Anruf kam ausschließlich eine Person in Frage. Seit zwei Tagen versuchte Alex sie nun schon zu erreichen, aber sie konnte sich nicht dazu durchringen, mit ihm zu sprechen. Als sie ihm vor einer Woche eröffnet hatte, dass sie nach Linz ziehen würde, war er fassungslos gewesen. Sie waren keine sechzig Kilometer voneinander entfernt und dennoch lag eine unüberwindbare Distanz zwischen ihnen. Sie hätte es ihm früher sagen sollen. Aber weil sie sicher war, dass er am Boden zerstört sein würde, hatte sie es immer wieder vor sich hergeschoben.

Den Entschluss, aus ihrem Heimatdorf wegzuziehen, hatte sie direkt nach dem Schulabschluss gefasst. Genau in dem Moment, als sie ihr letztes Zeugnis in der Hand hielt. Bereits viel früher war ihr klar geworden, dass sie in Aigen-Schlägl nicht ewig bleiben würde und sie sah sich sowohl in Österreich als auch im nahegelegenen Ausland nach Jobs um. Zahlreiche Gründe hätten dafür gesprochen, zuhause zu bleiben. Durch ihren Schulabschluss im Fachbereich Tourismus waren die Gastronomen und Hoteliers in der Region begierig darauf, sie einzustellen. Alle warteten auf sie, das nette Mädchen, das jeder kannte und jeder mochte. Sie war hübsch, herzlich, zuvorkommend und ein ehrlicher Mensch. Sie passte perfekt ins Bild des beliebten Kurzurlaubsziels, das sowohl Outdoorsportbegeisterte wie auch Wellnessliebhaber anlockte. Abgesehen davon hatte sie dort eine Handvoll guter Bekannte, die sie bereits ewig kannte. Darunter Alex, ihren besten Freund seit der Kindergartenzeit.

Im Dorf munkelte man, dass sie beide eines Tages gemeinsame Wege gehen würden, sowohl in Bezug auf Familienplanung als auch im Berufsleben. Denn Alex würde in absehbarer Zeit das Hotel seiner Eltern übernehmen. Sie hatten oft darüber gescherzt, wie es denn wäre, wenn sie sich auf den für sie vorgezeichneten Weg einließen und sich regelmäßig die

17

Bäuche gehalten vor Lachen. Mimi verdrängte ihre Ahnung, dass sich Alex genau das wünschte. Er schwärmte seit Jahren für sie und machte unterschwellige Annäherungsversuche, die sie stets freundlich ignorierte. Bis auf das eine Mal.

Letztendlich fand er sich damit ab oder wartete darauf, dass Mimi irgendwann doch noch auf seine Avancen reagieren würde. Sie hingegen wollte die Freundschaft mit Alex auf keinen Fall riskieren. Denn es hatte Zeiten gegeben, da waren es bloß er und seine Eltern gewesen, die ihr Halt gegeben hatten. Er war wie ein Bruder für sie, seine Eltern ihre Ersatzfamilie, der sie näher stand als ihrer eigenen Mutter. Niemals wäre sie auf die Idee gekommen, eine Beziehung mit ihm anzufangen, um letzten Endes vielleicht alles zu verlieren.

Sie war nicht überrascht, dass Alex geschockt auf ihre unmittelbar bevorstehenden Umzugspläne reagierte. Geduldig ließ sie die Vorwürfe, die er ihr an den Kopf warf, über sich ergehen. Als er am Ende weinend zusammenbrach, nahm sie ihn fest in den Arm. Sie sah ihm tief in die Augen und erklärte ihm, dass er sie nicht umstimmen konnte. Alex meldete sich tagelang nicht, bevor seine verzweifelten Anrufversuche begannen. Doch sie war noch nicht so weit. Mimi brauchte Zeit und vor allem brauchte sie Abstand. Abstand zu ihrer Heimat und ihrem alten Leben und beides war zwangsläufig mit ihm verbunden.

Sie drückte den Anruf entschlossen weg und verließ die Wohnung.

Mimi stand vor dem Empfangstresen des Parkhotels. Auf den verspiegelten Flächen tanzten raffinierte Lichtspiele. Die halbrunde Theke war inmitten der modernen, gigantischen Lobby platziert. Alles hier war riesig. Sogar die grünen Katzenaugen der Rezeptionistin, in die sie guckte.

18

»Guten Tag, ich bin Miriam Lenz. Ich trete heute meinen neuen Job im Restaurant an und habe um zehn Uhr einen Termin mit Herrn Soyer.«

»Junior oder Senior?«, fragte die Dame kurz angebunden. Sie ordnete ihren schwarzen Longbob mit ihren perfekt manikürten Fingern und musterte ihr Gegenüber abschätzig.

Mimi hatte ihr bestes Outfit aus den Umzugskartons gefischt, nur um festzustellen, dass es hoffnungslos zerknittert war. Sie besaß weder Bügeleisen noch Bügeltisch. Sie hatte nicht einmal eine Waschmaschine. Notgedrungen hatte sie sich am Wochenende quer durch die Stadt auf die Suche nach einer Textilreinigung gemacht, die ihre Kleidung im Eiltempo auffrischen konnte. So trat sie nun in einem dunkelblauen Bleistiftrock, passendem Blazer und einer neuen, blütenweißen Bluse von einem Fuß auf den anderen.

Junior oder Senior? Diese Frage konnte sie nicht beantworten. Ihr war bis eben nicht klar gewesen, dass mehrere Soyers zur Auswahl standen.

»Tut mir leid, das weiß ich nicht«, antwortete sie wahrheitsgemäß und lächelte entschuldigend.

Die Dame kniff ihre fehlerlos bemalten Lippen aufeinander. »Wenn Sie eine Neue sind, dann müssen Sie wahrscheinlich zu Herrn Soyer junior. Warten Sie einen Moment.«

Mimi lief rot an. Die Rezeptionistin griff nach dem Telefonhörer, um sie anzumelden.

»Sie werden von ihm erwartet. Sein Büro befindet sich im sechsten Stock, erste Tür links, gleich neben dem Aufzug.«

Mimi bedankte sich rasch. Sie war erleichtert, der herablassenden Person zu entkommen, und marschierte in Richtung Lift. Drinnen drückte sie den Knopf für die richtige Etage und nutzte die Fahrtzeit, um im Fahrstuhlspiegel ihr Erscheinungsbild nochmals zu überprüfen. Das Kostüm saß, die dazu passenden, flachen Schuhe glänzten und die Strümpfe waren makellos. Ihr Make-up war dezent und das dunkelblaue Haarband hielt ihre langen blonden Haare in einem Pferdeschwanz straff zusammen. Zufrieden atmete sie mehrmals tief durch, bevor sich die Aufzugtür mit einem leisen Ping öffnete.

»Herein!«, ertönte es.

Mimi trat in ein riesiges Büro, das nichts weiter beinhaltete als einen wuchtigen Schreibtisch mit dazugehörigem Drehstuhl, ein Bücherregal und zwei Besuchersessel aus Leder.

»Guten Tag.«

»Hallo, Frau Lenz! Setzen Sie sich, füllen Sie diese beiden Formulare aus und dann nehmen Sie sie mit ins angrenzende Büro. Dort erwartet Sie Pamela, meine Sekretärin. Sie wird Ihre Anmeldung vornehmen, Ihnen passende Dienstkleidung aushändigen und Sie ins Restaurant begleiten.«

Der Hoteldirektor übergab ihr zwei Blätter Papier und einen Kugelschreiber, bevor er sich wieder seinem Bildschirm zuwandte. Mimi setzte sich auf einen der bequemen Stühle und versuchte erst gar nicht, das Gespräch aufrecht zu erhalten. Er hatte deutlich klargemacht, dass er daran kein Interesse hatte. Verstohlen musterte sie über die Ränder der Formulare hinweg ihren neuen Chef. Vor ihr saß ein gutaussehender Mann um die dreißig. Er trug einen schwarzen Anzug mit Krawatte und eine sündhaft teure Uhr, soweit sie das beurteilen konnte. Seine braunen Haare vermittelten den Eindruck, als sei ihm sein Aussehen egal, doch vermutlich bezahlte er für diesen Haarschnitt mehr, als Mimi in einem Monat für Lebensmittel ausgab.

Wie es aussah, fand er es nicht der Mühe wert, neue Mitarbeiter willkommen zu heißen. Enttäuscht löste Mimi ihren Blick von ihm und widmete sich den Formularen.

»Fertig!« Sie legte den Kugelschreiber zurück auf den Tisch.

»Sehr schön. Bringen Sie die Sachen nach nebenan. Pamela wartet schon auf Sie. Wir sehen uns.«

2 Georg

»Ja, bleib genau so. Das sieht gut aus, beweg dich nicht.«
Georg lehnte in der Ecke seines Büros und betrachtete Olivia.

Sie lag mit dem Oberkörper nach vorne gebeugt auf seinem
Schreibtisch. Ihr makelloser Körper streckte ihm ihren Po ent-
gegen. Der Rock war höher gerutscht, sodass er ein Stück des
Slips sehen konnte.

»Ich sagte doch, keine Unterwäsche heute.« Ungehalten
stieß er sich von der Wand ab und schlenderte gemächlich auf
den Schreibtisch zu. Er ließ seine Hand über ihren Rücken
gleiten. Kurz dachte er darüber nach, mit ihr zu schlafen. Aber
sie hatte nicht auf ihn gehört und er konnte warten.

»Warum gehorchst du mir nicht, Olivia?«, raunte er ihr ins
Ohr. Die Härchen in ihrem Nacken stellten sich auf. Er zog
seine Hand zurück. Olivia stöhnte frustriert auf.

»Antworte mir!«, befahl er und presste sich an sie.

»Der Rock ist zu kurz, ich wollte nichts riskieren. Dein
Vater ist heute hier. Lass mich dich spüren, bitte«, flehte sie
ihn an und rieb sich herausfordernd an ihm.

»Mein Vater. So, so. Du gehorchst mir nicht und du weißt,
was ich davon halte. Ich werde das sanktionieren, Olivia. Aber
nicht jetzt, ich habe zu tun.«

Unvermittelt entfernte er sich von ihr und ließ sich auf
seinen Bürostuhl sinken.

Er hatte vergessen, dass sein Vater heute hier auftauchte.
Das bedeutete, dass er den Nachmittag in einem anstrengenden Meeting mit ihm, Pamela und Restaurant-Chef Lars
verbringen würde. Augenblicklich wurde er müde.

»Bitte Georg«, flüsterte Olivia und blieb weiter ausgestreckt
auf seinem Tisch liegen.

Es waren diese Momente, die Georgs Gemüt aufrichteten
und ihn immer wieder zum Leben erweckten.

Er hatte Geld, er hatte Macht. Doch er langweilte sich. Erst wenn ihm sein Vater endgültig das Ruder über die Soyer-Group übergab, würde sein Leben perfekt sein. Aber der alte Herr meinte, Georg sei noch nicht so weit. Er kannte alle Sätze auswendig. Wenn es still um ihn war, hörte er sie. Nachts träumte er davon.

Es waren Sätze wie:

»Meine gesamte Energie habe ich in die Weiterentwicklung dieser Hotelgruppe gesteckt. Und du willst alles kaputtmachen, du verdammter Versager? Das werde ich nicht zulassen!«

»Ich bin durchaus in der Lage, ein Hotel zu führen, Vater. Und ich werde auch die Soyer-Group nach Großvaters Vorstellungen weiterführen, wenn du dich zur Ruhe setzt.«

»Du? Du hast doch noch nie etwas auf die Reihe bekommen. Dein Großvater mit seinen lächerlichen zwei Hotels. Das alles hier habe ich aufgebaut und zu dem gemacht, was es heute ist.«

»Das stimmt nicht, und das weißt du.«

»Natürlich stimmt das. Ich habe die Schnauze voll von dir und deinen Freunden, euren Partys, eurem Leben, als gäbe es kein Morgen. Tag und Nacht habe ich für die Soyer-Group gelebt und gearbeitet. Philipp hätte die Hotelkette übernehmen sollen. Dann könnte ich schon längst meinen Ruhestand genießen.«

Aber es konnte nicht mehr lange dauern, bis er endlich am Zug war. Vaters Herz stolperte in letzter Zeit hin und wieder.

Georg schloss für einen kurzen Moment die Augen. Da fiel ihm die neue Kellnerin wieder ein. Der unschuldige Blick, die kindliche Aufgeregtheit wegen des Jobs und diese entzückende Unsicherheit. Er hatte sie kaum beachtet, aber ihre Zeit würde noch kommen. Er konnte sie alle haben und auch sie würde keine Ausnahme sein, sobald sie sich hier eingelebt hatte.

Als ihre Bewerbung auf seinem Schreibtisch gelandet war, hatte ein kurzer Blick auf das Foto genügt. Grund genug für ihn, sie einzustellen. Diese Form der Personalauswahl war unkonventionell, aber der Erfolg gab ihm Recht. Die Geschäftsreisenden freuten sich über die motivierten und hübschen Damen, die sich beim Einchecken, Essen und bei einer entspannenden Wellnessbehandlung nach einem harten Arbeitstag um sie kümmerten. Die meisten männlichen Gäste waren einfach gestrickt. Und die weiblichen hatten das Gefühl, es zu mehr gebracht zu haben, als zur Kellnerin oder Rezeptionistin. Sie amüsierten sich dabei, die Püppchen nach ihren Wünschen tanzen zu lassen. Eine Win-win-Situation.

»Runter vom Schreibtisch und auf die Knie«, sagte er schroff und stand auf, um sich vor Olivia zu stellen. Sie sank prompt zu Boden.

»Georg, bitte«, wimmerte sie.

»Sei still, Olivia«, sagte er rau und öffnete seine Hose. Er würde sie am Abend anrufen, ein Taxi zu ihrer Wohnung schicken und sie zu sich bestellen. Dann würde sie auf ihre Kosten kommen. Aber nicht jetzt. Jetzt war er dran.

3 Mimi

Mimis Beine waren schwer und sie freute sich darauf, aus ihren Schuhen und Kleidern zu schlüpfen. Sie hatte sich an ihrem ersten Tag gut geschlagen. Zu Mimis Erleichterung hatte sich Pamela, die Sekretärin, als sehr freundliche, ältere Dame entpuppt. Zuerst schüttelte sie Mimi herzlich die Hand und wünschte ihr dann einen tollen Start in den neuen Job. Sie erzählte, dass sie schon ewig für die Soyers arbeitete und versicherte, dass sich die Mitarbeiter bei Fragen oder Problemen jederzeit an sie wenden konnten. Etwas beruhigter schnappte sich Mimi die Arbeitsklamotten und zog sich in der Garderobe um. Die dunklen Strümpfe, der schwarze Rock und die cremefarbene Bluse saßen. Nachdem sie sich zufrieden im Spiegel betrachtet hatte, ließ sie sich von Pamela den Weg zum Restaurant zeigen. Dort warteten ihre neuen Kollegen schon auf sie.

»Hallo, ich bin Lars Roche, der Restaurantleiter.« Ein großer, gepflegter Mann um die vierzig streckte Mimi die Hand entgegen und lächelte ihr aufmunternd zu. »Willkommen in unserem Team, wir haben uns schon sehr auf dich gefreut. Das ist Anita.«

Er zeigte auf die junge Frau, die neben ihm stand und sie ebenfalls anlächelte.

So unterkühlt der Start hier im Hotel auch war, Pamela und die beiden hatten dies wieder wettgemacht. Mimi atmete erleichtert auf. Sie hatte alles auf eine Karte gesetzt und ihr wurde erneut bewusst, wie unbedarft sie sich in dieses Abenteuer gestürzt hatte.

Lars erklärte ihr, dass Anita eine der Kolleginnen war, mit denen sie sich künftig die Schichten teilen würde. Die Frühstückscrew räumte die letzten Reste des Buffets weg und säuberte die Tische. Mittags war meist wenig los, da das Hotel vorrangig Geschäftsreisende beherbergte. Der Großteil der Mittagsgäste fiel in die Kategorie Laufkundschaft, wie es in Städtehotels üblich war. Es war also der ideale Zeitpunkt, sich einzugewöhnen, um künftig die durchaus stressigen Abendschichten durchzuhalten.

»Schön, dass du da bist. Wir können wirklich Unterstützung gebrauchen!« Anita schnappte Mimi am Arm und zog sie mit sich, um ihr alles zu zeigen.

Sie wurde sofort eingespannt. Nach einer Stunde waren die Tische feinsäuberlich eingedeckt, sie hatte einen Überblick, wo sich das Mis en Place befand, und die ersten Gäste kamen. Ohne Anita wäre sie heillos verloren gewesen, denn sie hatte keine Ahnung, wie das Buchungssystem funktionierte. Die Informationen, die sie vorab per Mail erhalten hatte, reichten lange nicht aus, um einen Tisch alleine bedienen zu können. Ihre anfängliche Nervosität besiegte sie dennoch schnell und brachte die erste Schicht ohne gröbere Missgeschicke hinter sich. Die Leute an ihren Tischen waren zufrieden. Gegen halb zehn trug sie die letzten schmutzigen Teller in die Küche. Bei dieser Gelegenheit verabschiedete Lars sie mit lobenden Worten in den Feierabend.

Den ganzen Tag lang war sie unheimlich aufgeregt gewesen. Nun fiel langsam die gesamte Anspannung von ihr ab. Sie schleppte sich mühsam die ersten Stufen hinauf zu ihrer Wohnung, als sie gegen eine herunterstürmende Person stieß.

Mimi stöhnte auf und hielt sich eben noch am Treppengeländer fest, um nicht nach hinten zu kippen.

»Oh mein Gott, habe ich dir wehgetan?« Vor ihr stand eine junge Frau mit besorgter Miene.

»Es geht schon«, antwortete sie und wollte sich an ihr vorbeischieben. Ihr Bett schrie nach ihr.

26

»Hey, bist du nicht die Neue hier? Ich bin Greta und wohne im dritten Stock.« Mimi schüttelte Gretas Hand.

»Mimi.«

»Tut mir leid, Mimi, ich war wohl etwas zu stürmisch. Wollte mir eben noch schnell was zu essen holen und mir dann einen Film ansehen. Da habe ich nicht auf Gegenverkehr geachtet«, entschuldigte sich Greta. »Möchtest du auch was?«

Wurde sie gerade von einer fremden Person zu einem gemeinsamen Essen eingeladen?

»Äh, nein danke, ich habe keinen Hunger und mein Tag war sehr anstrengend. Vielleicht ein anderes Mal.«

»Klar gerne, kannst es dir ja noch überlegen. Ich wohne genau unter dir, falls du doch noch Lust auf einen Film und Pizza hast.« Mit diesen Worten machte Greta am Absatz kehrt und verschwand durch die Haustür.

Dreißig Minuten später warf sich Mimi frisch geduscht auf ihr Sofa. Sie hatte am Wochenende ganze Arbeit geleistet. Die Wohnung duftete herrlich. Alles war sauber geputzt und die Wände strahlten aufgrund der frischen, weißen Farbe. Der Raum wirkte einladend, fast schon heimelig. Sie freute sich auf einen gemütlichen Abend und schnappte sich ihr Handy. Ihr E-Mail-Postfach zeigte keine neuen Nachrichten. Die SMS ihrer Mutter überflog sie kurz, ließ sie aber vorerst unbeantwortet. Einen Moment lang dachte sie an Alex und daran, dass sie ihn vermisste. Er hatte seine Anrufe mittlerweile eingestellt. Sie hätte ihn gerne angerufen, um ihm von ihrem ersten Tag im Hotel zu erzählen. Vermutlich hätte sie über die Rezeptionistin gelästert und er hätte sich über ihre bildhaften Schilderungen schlappgelacht. Aber sie rief ihn nicht an.

Es war kurz vor elf, als sich ein leises Hungergefühl in Mimi ausbreitete. Vor lauter Aufregung hatte sie den ganzen Tag kaum gegessen und der Kühlschrank war leer. Sie war noch nicht dazugekommen, Lebensmittel einzukaufen. Und auf dem Heimweg vom Hotel waren die Geschäfte schon geschlossen gewesen. Bevor sie es sich anders überlegen konnte, griff sie sich ihren Schlüssel und marschierte kurzentschlossen in ihren schlabbrigen Jogginghosen zu ihrer neuen Nachbarin.

Greta war nicht im Geringsten überrascht, als Mimi vor ihrer Tür stand. Die beiden lümmelten auf der Couch, aßen Reste einer kalten Pizza und tranken Bier aus der Flasche.

»Von diesem Hotel habe ich schon gehört. Mein Bruder hat mir davon erzählt. Er arbeitet in der Kanzlei, die das Hotel vertritt.«

Mimi sah sich um. Gretas Wohnung war größer als ihre. Alles deutete darauf hin, dass sie alleine hier wohnte. Die Räume, die sie bisher gesehen hatte, hatten eine deutlich weibliche Note. Helle Farben, Blumen, verspielte Dekoration. An den Wänden hingen geschmackvolle Aktfotos, die allesamt Greta zeigten. Der ungewöhnliche Einsatz von Licht und Schatten, Konturen und Posen regte Mimis Fantasie an, denn das Intimste blieb verborgen. Dennoch waren sie so reizvoll, dass sie kaum den Blick davon abwenden konnte. Der Fotograf war offensichtlich ein wahrer Meister seines Fachs und Mimi hätte gerne nach ihm gefragt. Sie erinnerte sich jedoch daran, dass sie ihre Nachbarin eben erst kennengelernt hatte, und hob sich die Frage für einen späteren Zeitpunkt auf.

»Und jetzt zu dir, was arbeitest du?«, Mimi ließ sich mit ihrem Bier in die Sofakissen sinken.

»Tja, man könnte sagen, ich bin das schwarze Schaf der Familie. Meine Mutter ist Richterin, mein Vater hat eine Anwaltskanzlei und mein Zwillingsbruder arbeitet dort als

28

Anwalt. Eine richtige Juristenfamilie eben. Ich habe selbst Rechtswissenschaften studiert, weil es ganz einfach von mir erwartet wurde. Aber dann habe ich mich in die Fotografie verliebt und seitdem ist das mein Leben.« Gretas Augen blitzten leidenschaftlich auf.

»Das klingt toll. Kein Wunder, dass du so großartige Bilder von dir hast. Du scheinst talentierte Kollegen zu haben«, schmunzelnd deutete Mimi auf die Aktfotos.

»Ach die, ja ...«, Gretas Blick folgte ihrem Finger und sie hielt einen Moment lang inne. »Die hat ein Freund vor einigen Jahren von mir geschossen.«

Sie wirkte nachdenklich, doch kurz darauf klärten sich ihre Augen wieder.

»So knackig bin ich leider nicht mehr. Ich bin ja nicht mehr Anfang zwanzig, so wie du.« Lachend stießen sie die Flaschen zusammen und Mimi musterte sie verstohlen.

Ihre neue Nachbarin war top in Form, ihre Figur war tadellos und die braunen, langen Haare fielen ihr in unordentlichen Wellen über die linke Schulter. Sie war wirklich sehr hübsch und Mimi konnte keinen Unterschied zwischen Greta, wie sie vor ihr saß, und der Frau auf den Bildern feststellen.

Greta erzählte noch ein bisschen von ihrer Familie. Diese hatte ihre Entscheidung, der Juristerei den Rücken zu kehren, nicht gut aufgenommen. Die Beziehung war seither, gelinde gesagt, angeschlagen. Nur ihr Zwillingsbruder und sie standen sich noch sehr nahe. Durch Gretas Ausscheiden aus dem engsten Familienverband wurde er zum Lieblingskind erkoren und revoltierte, indem er den trockenen Berufsalltag eines Anwalts mit einem umso lebhafteren Privatleben kompensierte.

»Ich sollte jetzt gehen. Es war ein langer Tag. Danke, dass du mich so freundlich aufgenommen hast.« Mimi schwang sich mit letzter Kraft auf und torkelte auf wackeligen Beinen zur Tür.

Greta umarmte sie zum Abschied herzlich und wünschte ihr eine gute Nacht. Kurz darauf ließ sich Mimi auf ihr Schlafsofa fallen und schlief sofort ein.

4 Greta

Erleichtert darüber, dass Mimi nicht weiter nach den Fotos gefragt hatte, lehnte sich Greta auf ihrem Sofa zurück. Auf keinen Fall wollte sie Mimi anlügen. Dafür mochte sie sie jetzt schon zu sehr. Als später Gast war sie heute in ihr Leben getreten und nun ging sie als Freundin. Irgendetwas sah Greta in ihr, das sie an ihr eigenes Leben erinnerte. Sie konnte nur noch nicht begreifen, was es war.

Die Wahrheit über Marco konnte sie Mimi nicht erzählen. Die Sache mit ihm war zu bitter, als dass man sie erzählen könnte. Und außerdem war sie vorbei. Endgültig vorbei, für immer. Alles, was geschehen war, würde für die Ewigkeit so stehen bleiben. Auch würde sie weiterhin ihr Leben bestimmen.

Marcos Worte »Verschwinde endlich, du Miststück!«, die er ihr entgegengeschleudert hatte, hallten noch jetzt in Gretas Kopf. Sie hörte sie, wenn sie wach war und sie hörte sie in ihren Träumen. Manchmal waren die Worte so laut, dass sich ein alarmierender Pfeifton darüberlegte, der sie schmerzerfüllt aufschreien ließ.

»Verschwinde endlich, du Miststück!«, schrie er und wandte sich von ihr ab. In diesem Moment hatte sie ihn für immer verloren. Von einem Augenblick auf den anderen hatte er sie verlassen.

31

5 Georg

Georg sah auf die Uhr, zog ein letztes Mal an seiner Zigarette, bevor er sie im Aschenbecher ausdrückte und die Papiere angewidert in die Aktentasche warf. Sein Vater hatte ihn mit einer Menge Arbeit zugeschüttet. Das Meeting war unerwartet lang gewesen und er hatte allerlei Vorwürfe kassiert. Unreif sei er, unfähig ein Hotel zu leiten, ein geiler Bock, der nur Frauen und Partys im Kopf hätte. Mittlerweile hatte er sich damit abgefunden, dass sein Vater nicht allzu viel von ihm hielt, und wartete geduldig darauf, dass dieser in naher Zukunft endlich abdanken würde. Er hatte eine exzellente akademische Ausbildung genossen, diverse Praktika absolviert und war gewieft. Natürlich eilte ihm sein Ruf als Lebemensch voraus, trotz alledem war er ein Geschäftsmann.

Pamela hatte ihn beim Meeting ein paar Mal verteidigt, aber der alte Herr war erbarmungslos. Die Sekretärin hatte alles eifrig protokolliert und Georg kurz danach eine perfekt ausgearbeitete To-do-Liste ausgehändigt. Die letzten Stunden hatte er damit zugebracht, jeden einzelnen Punkt davon gewissenhaft abzuarbeiten. Das Abhaken der Positionen hatte eine beruhigende Wirkung auf ihn.

Nun war er fertig und es war Zeit zu spielen. Er nahm die Brille ab und legte sie auf den Küchentresen in seiner riesigen Wohnküche. Meist trug er Kontaktlinsen, aber abends schmerzten ihn die trockenen Augen. Er stürzte ein Glas schottischen Single Malt herunter und milderte ihn mit einem Schluck Wasser ab. Dann wusch er sich die Hände. Er verteilte die Seife sorgfältig auf den Handflächen, den Handrücken, zwischen seinen Fingern und begann zu schrubben.

Den ganzen Tag schon freute er sich auf diesen Abend. Viel wusste er nicht über Olivia, denn sie war ein verschlossener Mensch. Aber sie war bereit, sich ihm zu unterwerfen. Sie ver-

32

traute ihm und ließ ihn seine Fantasien an ihr ausleben, auch wenn in den letzten beiden Jahren der ein oder andere echt kranke Mist dabei gewesen war.

Als Georg sie einstellte, hatte sein Vater erschüttert reagiert.

»So eine junge Frau willst du als Rezeptionsleiterin einstellen? Wo kommen wir denn da hin! Dieses Hotel soll die Top-Adresse der Stadt werden. Und du gibst diesen Job einer so unerfahrenen Göre? Was sollen denn die Gäste denken? Wir haben einen Ruf zu verlieren, junger Mann. Und bloß weil ich dich hier Direktor spielen lasse, heißt das noch lange nicht, dass du alles besser weißt«, hatte er gewettert.

Aber der Arbeitsvertrag war unterzeichnet und sämtlichen Bewerbern für die Stelle bereits abgesagt worden. Eine Personalentscheidung so kurzfristig zu revidieren warf in den Augen des Seniorchefs ein schlechteres Licht auf das Hotel, als das Arbeitsverhältnis nach ein paar Monaten wegen sogenannter unüberbrückbarer Differenzen aufzulösen. Olivia war wirklich jung, sah wahnsinnig gut aus und war immer perfekt gestylt. Abgesehen davon hatte sie sich nach kurzer Einarbeitungszeit als hochqualifizierte Rezeptionistin herausgestellt. Sie hatte den Empfangsbereich des Hotels und die Gäste im Griff. Selbst sein Vater hatte das bald einsehen müssen.

Sorgfältig trocknete er seine Hände in einem frischen Handtuch ab und blickte dabei aus dem Fenster in den riesigen Garten. Das Terrassenlicht beleuchtete die vordere Hälfte. Am anderen Ende spendeten fackelartige Pfosten Licht. Sein Haus lag im hinteren Teil einer abgelegenen Siedlung in der Nähe des Hafens. Er hatte die Immobilie von seinem Großvater geerbt. Kurzerhand hatte er die alte Villa abreißen und auf dem großzügigen Grundstück ein modernes Stadthaus errichten lassen. Dies war der nächste Schock für seinen Vater gewesen, der sich zu diesem Zeitpunkt noch in einer höchst empfindlichen Phase befunden hatte. Es war nicht etwa so,

33

dass der Tod des alten Soyers, des Gründers der berühmten Soyer-Group und gleichzeitig Georgs Großvater, seinen Vater in tiefste Trauer gerissen hätte. Es zählten, wie immer, nur das Geld und die Macht für Georgs alten Herrn.

Als der Notar mit monotoner Stimme das Testament verlas, war Georg fast vom Stuhl gefallen, genauso wie sein Vater. Es hätte sie beide bereits nachdenklich stimmen sollen, dass der Notar ausdrücklich auf Georgs Anwesenheit bestanden hatte, als es darum ging einen Termin für die Testamentseröffnung zu vereinbaren. Damit, dass Georgs Großvater selbst tot noch die Pläne des älteren seiner beiden Söhne durchkreuzen würde, hatte keiner von ihnen gerechnet.

Georg hörte durch das gekippte Wohnzimmerfenster auf der gegenüberliegenden Seite des riesigen Raumes, wie jemand eine Autotür zuschlug. Also hängte er das Handtuch sorgfältig zum Trocknen auf und ging zur Haustür. In den Häusern rund um ihn brannte kaum Licht. Überhaupt war die Gegend ruhig und verschlafen. Georg war sich also sicher, dass das Taxi, das er zu Olivias Wohnung bestellt hatte, eingetroffen war. Voller Vorfreude öffnete er die Knöpfe an den Ärmeln seines schwarzen Hemdes und krempelte sie bis zu den Ellenbogen hoch.

Er betrachtete Olivia, wie sie hochmütig und ohne Eile durch den kalten Nieselregen schritt, ganz so als gehörte ihr die gesamte Welt. Man hätte meinen können, der Regen setzte bloß deshalb ein, um sie berühren zu dürfen. Wenn er sich vorstellte, wie er sie in wenigen Augenblicken dazu bringen würde, winselnd unter ihm zu liegen, beschleunigte sich sein Puls. Als Olivia die Eingangstür erreichte, schenkte sie ihm ein betörendes Lächeln. Sie hatte gute Laune. Georg setzte seine undurchdringliche Miene auf und sah ihr ernst und direkt ins Gesicht. Sofort fiel sie in die für sie vorgesehene

Rolle und senkte den Blick. Er verschwendete keine Worte für eine Begrüßung.

»Du hast heute Unterwäsche getragen, obwohl ich es dir verboten habe.« Georgs Stimme war leise, aber fest.

»Es tut mir leid. Ich hatte Angst, da dein Vater heute im Hotel war.«

»Das sagtest du ja schon. Aber mein Vater ist nicht derjenige, der die Regeln festlegt, sondern ich bin das. Und du hast dich mir widersetzt. Dreh dich um, Olivia, mit dem Gesicht zur Wand und schieb dein Kleid hoch.«

Ohne jede Eile öffnete Georg seinen Gürtel und zerrte ihn aus der Hose. Das Geräusch des Leders auf der nackten Haut leerte seinen Kopf und der Druck des ganzen Tages fiel in diesem Augenblick von ihm ab. Georg drehte sie um, hob sie hoch und trug sie in den ersten Stock, direkt in sein Schlafzimmer. Olivia runzelte verwundert die Stirn. Sie hielten sich nicht oft in diesem Zimmer auf. Das Haus verfügte über einige Gästezimmer, die Georg für seine Vergnügungen nutzte und entsprechend eingerichtet und ausgestattet waren.

Im Vergleich dazu wirkte das Schlafzimmer fast bieder, wenn auch maskulin und modern. Er achtete darauf, durch das Interieur so wenig wie möglich von sich preiszugeben. Immer wieder fanden hier Privatpartys statt und er ging ungern mit Persönlichem hausieren. Daher fehlte es im gesamten Gebäude an Fotos, kitschiger Deko, Büchern und anderen Gegenständen, die irgendwelche Rückschlüsse auf seine Vorlieben oder Hobbys zuließen.

Die Einrichtung des Schlafzimmers war in kühlem Grau gehalten und die dem Bett gegenüberliegende Wand zierte ein einziges, imposantes Foto. Das Kunstwerk hatte er während einer Geschäftsreise in einer Galerie in Avignon erstanden. Er ließ es sich nach Hause liefern und seither erfreute er sich täglich daran, es zu betrachten. Es war das Erste, was er morgens sah und es erfüllte ihn mit einer unerklärlichen Zufriedenheit.

Die Schwarzweißaufnahme zeigte eine Frau von hinten, wie sie vor einem riesigen alten Fenster mit filigranem Holzrahmen stand. Sie verhüllte ihren nackten Körper mit einem Vorhang und ihr Blick war auf den Ozean gerichtet, der scheinbar endlos vor ihr lag. Obwohl man das Gesicht nicht sah, spürte er ihre Schwermütigkeit.

Er zwang sich, den Blick von dem Bild zu lösen und riss Olivia mit einem Ruck den Slip herunter.

6 Mimi

Die erste Arbeitswoche im Hotel verging rasch. Mimi lernte jeden Tag neue Mitglieder des Restaurantteams kennen und hatte sich mittlerweile gut eingewöhnt. Ihre Schichten waren kurzweilig und angenehm, aber auch sehr anstrengend. An diesem Freitagabend erwarteten sie eine größere Gruppe von Geschäftsreisenden, die die letzten drei Tage im Hotel untergebracht waren und nun einen erfolgreichen Geschäftsabschluss feiern wollten. Das Team hatte noch rund eineinhalb Stunden Zeit, bis die Gäste eintreffen würden. Mimis Anspannung hielt sich einigermaßen in Grenzen, denn die Tische waren ordentlich eingedeckt. Sie hatte die champagnerfarbenen Stoffservietten besonders hübsch gebrochen und war dafür von Lars gelobt worden. Dieser hatte den gesamten Restaurantbetrieb wie immer, so schien es ihr, mit bewundernswerter Leichtigkeit unter Kontrolle.

Mimi stand mit Anita und Lisa, ihren beiden Co-Kellnerinnen an diesem Abend, hinter der Theke. Sie unterhielten sich leise, während sie Gläser polierten.

»Gehst du zur Party heute?«, fragte Lisa plötzlich an Anita gewandt.

»Nein, kein Interesse. Du etwa?«, gab diese zurück und konzentrierte sich auf das Entfernen eines klitzekleinen Kalkflecks am Weinglas in ihrer Hand.

Lisas Wangen färbten sich rosa.

»Wahrscheinlich auch nicht.« Sie arbeitete stumm weiter.

Mimi wurde neugierig.

»Feiern klingt doch toll. Was ist das für eine Party?« Ihre Kolleginnen tauschten einen kurzen Blick.

»Der Chef schmeißt regelmäßig Partys. Dazu lädt er auch hin und wieder ein paar Angestellte ein. Nichts Besonderes«, sagte Anita kurzangebunden.

37

Sie hatte keine Einladung bekommen, aber wahrscheinlich war sie einfach noch nicht lange genug dabei. Schließlich hatte sie erst eine ihrer vier Wochen Probezeit abgeleistet und man wollte sie vermutlich nicht in falscher Sicherheit wiegen. Aber so mir nichts dir nichts würden ihr die beiden nicht davonkommen.

»Wirklich? Das wusste ich gar nicht. Ich hätte nicht gedacht, dass Herr Soyer Mitarbeiter zu Veranstaltungen einlädt. Mir kam er an meinem ersten Tag sehr abweisend und desinteressiert vor. Und warum geht ihr nicht hin? Das klingt sehr nett!«, hakte Mimi nach.

Lisa senkte den Blick und überließ es Anita, sich dazu zu äußern. Die schüttelte erst nur den Kopf.

»Das sind keine Nullachtfünfzehn-Partys. Und bestimmt geht es dem Chef dabei nicht darum, die Arbeitsmoral zu erhöhen. Du wirst garantiert auch bald eine Einladung bekommen. Da bin ich mir sicher.«

Damit war das Gespräch für Anita beendet. Mimi biss sich auf die Zunge, um nicht weiter nachzufragen, und kümmerte sich um die letzte Ladung Geschirr in der Spülmaschine.

»Miriam, Herr Soyer will dich in seinem Büro sprechen. Bitte sieh zu, dass du wieder im Restaurant bist, wenn die Gäste eintreffen.« Lars bezog Posten neben seinem Team und nahm ihr das Geschirrtuch aus der Hand, um ihre Tätigkeit zu übernehmen. Diese nickte stumm und hatte augenblicklich einen trockenen Hals.

Wieso wollte Herr Soyer sie sehen? Hatte sie etwas falsch gemacht? Ihre Knie wurden weich bei der Vorstellung, wie sie dem überheblichen Hoteldirektor gegenübertrat und unter Umständen sogar Rechenschaft vor ihm ablegen musste. Er wirkte so verdammt einschüchternd auf sie. Dabei war sie sich keiner Schuld bewusst. Sie war jeden Tag pünktlich und Lars hatte bisher wenig an ihr auszusetzen. Wenn ihm etwas nicht passte, teilte er ihr dies unter vier Augen und mit ruhiger Stimme mit. Fast väterlich teilte er Geschichten aus seiner langjährigen Gastronomieerfahrung und gab wertvolle Tipps, wie sie etwas besser machen konnte. Also atmete sie tief durch und machte sich auf den Weg aus dem Restaurant in die Lobby. Mit gesenktem Kopf wartete sie auf den Aufzug.

Sie spürte den Blick der Empfangsdame im Rücken. Ihr Name war Olivia, das hatte sie bereits herausgefunden und sie wusste, sie würden keine Freundinnen werden. Die paar Male, die sie ihr über den Weg gelaufen war, hatte sie sich überaus unwohl gefühlt. Unzulänglich und fehl am Platz. Olivia schenkte jedem nur die nötigste Aufmerksamkeit, wirkte stets kühl und abweisend. Anfangs hatte sich Mimi gewundert, dass die Hotelgäste offenbar zufrieden mit ihr waren, bis sie vor zwei Tagen zufällig ein Gespräch zwischen ihr und einem weiblichen Gast mitbekommen hatte. Olivia war wie verwandelt. Sie war sehr freundlich und bemüht. Sie dürfte ihren Job wirklich hervorragend machen. Warum sie Mimi gegenüber so eisig war, konnte sie sich nicht erklären. Sie hatte sich vorgenommen, ihr nach Möglichkeit aus dem Weg zu gehen und sich von ihrer Art nicht irritieren zu lassen.

Auf Mimis Klopfen an die schwere Bürotür folgte ein promptes »Herein!«.

Sie betrat den Raum. Georg Soyer saß hinter seinem Schreibtisch und wies sie mit einer Geste an, auf einem der Besuchersessel Platz zu nehmen.

»Wie geht es Ihnen, Frau Lenz?«, fragte er und sah ihr diesmal direkt ins Gesicht. Sofort beschleunigte sich ihr Herzschlag.

Seine Lippen umspielte die Andeutung eines Lächelns. Doch dieses erreichte seine Augen nicht. Zum ersten Mal fiel Mimi auf, dass selbst braune Augen die Fähigkeit hatten, kalt

39

zu wirken. Sie setzte sich folgsam und versuchte, sich kurz zu sammeln. Dann begann sie unvermittelt zu plappern.

»Danke, es geht mir gut. Die Arbeit macht mir großen Spaß und alle sind sehr nett zu mir. Danke, dass Sie mich eingestellt haben. Es ist eine große Chance für mich und ich werde Sie nicht enttäuschen.«

Kurz flackerte in den Augen ihres Chefs etwas auf, das sie nicht zu deuten wusste. Bevor sie ihren Redefluss gar nicht mehr stoppen konnte, verstummte Mimi lieber und wartete auf eine Reaktion. Er musterte sie eindringlich. Unauffällig sah sie an sich hinunter, um sich zu vergewissern, dass ihre Dienstkleidung ordentlich saß. Dabei strich sie sich hektisch eine Haarsträhne hinters Ohr. Er machte keine Anstalten, etwas zu sagen, und Mimi fühlte sich dazu genötigt, weiterzureden.

»Ich denke, Herr Roche ist sehr zufrieden mit meiner Arbeit. Ich gebe mein Bestes. Natürlich bin ich noch nicht ganz so routiniert, aber ich lerne schnell.«

Wieder trat Schweigen ein, während Georg Soyer nicht damit aufhörte, ihr unverblümt ins Gesicht zu schauen. Gerade als Mimi meinte, die Stille keine Sekunde länger auszuhalten, beugte er sich zu ihr nach vorne, sodass ihr der ansprechende Duft eines unaufdringlichen Aftershaves in die Nase stieg und sagte: »Sie haben Recht, Lars lobt Sie in den höchsten Tönen. Ich habe auch den Eindruck, dass Sie gut ins Team passen. Weiter so!«

Kaum hatten die Worte seinen Mund verlassen, lenkte er die Aufmerksamkeit wieder auf den Bildschirm des Laptops. Damit gab er ihr unmissverständlich zu verstehen, dass sie in diesem Büro nicht länger gebraucht wurde.

40

7 Georg

Der Plan war ursprünglich gewesen, die Neue zur Party einzuladen. Seine Freunde, vor allem Moritz und Konstantin, freuten sich immer über neue Gesichter. Jan war zwar ein Waschlappen, aber ab und zu schnupperte auch er an den Mädchen herum. Jedenfalls wollte er Miriam Lenz einladen. Aber dafür war es zu früh, wie er sofort festgestellt hatte. Sie war ein Nervenbündel und er würde ihr noch ein bisschen Zeit geben müssen. Außerdem war sie gerade erst Anfang zwanzig und junge, nervöse Frauen konnten ziemlich gefährlich werden. Schließlich war er ihr Vorgesetzter.

Wenigstens konnte er bei dem spontan anberaumten Termin ein paar Pluspunkte bei ihr sammeln. Er hatte sich nach ihrem Wohlbefinden erkundigt und sie mit aufmunternden Worten aus dem Treffen entlassen. Georg war zufrieden mit sich. Auch wenn sie dennoch etwas verstört gewirkt hatte, als sie sein Büro verließ. Er konnte sich diesen Umstand nicht erklären. Wahrscheinlich war sie einfach eine nervenschwache Person, die sich in Gegenwart hierarchisch und intellektuell überlegener Menschen unwohl fühlte.

Bei der Unsicherheit, die die Neue ausstrahlte, und dem aufgeregten Geplapper hatte sich sofort eine Erektion bei ihm angekündigt. Miriam Lenz würde ganz bestimmt ihr Bestes geben, da war er sicher. Während sie von ihren Servicetalenten sprach, stellte er sich allerdings vor, wie sie vor ihm kniete. Mit ihm würde sie an ihre Grenzen stoßen. Sie wirkte unerfahren, hatte in ihrem Leben vielleicht ein paar Mal Sex gehabt. Wahrscheinlich mit einem ebenso unerfahrenen Dorfdeppen aus diesem eintönigen Kaff, aus dem sie stammte. Georg fragte sich, ob sie überhaupt schon jemals einen Penis in ihrem Mund gehabt hatte.

Seit sie sich mit ihrer zarten Hand die lockere, blonde Haarsträhne hinters Ohr gestrichen hatte, juckte es ihn in den Fingern. Sie war so schön. Das Haar war naturblond, sie trug kaum Make-up und ihre Nägel waren kurz, aber gepflegt. Sie trug keinen Nagellack, so wie es sich im Servicebereich gehörte. Außerdem saß ihre Dienstkleidung tadellos und ihre Schuhe waren sorgfältig geputzt.

Es gefiel Georg, dass offenbar auch er eine gewisse Wirkung auf sie hatte. Sie zappelte in seiner Gegenwart wie ein kleines Mädchen. Er hatte nicht vorgehabt, sie in Verlegenheit zu bringen, aber kam nicht umhin, sie ein wenig aus der Reserve zu locken. Sie war so süß dabei, dass er sie am liebsten sofort auf seinen Schoß gezogen hätte.

Tief in Gedanken versunken ordnete er seine Unterlagen präzise nach Erstellungsdatum und richtete sie fein säuberlich an der Tischkante aus, bevor er begann, sie der Reihe nach zu unterschreiben.

Georg hatte in der Nacht kaum geschlafen. Die Party startete um acht und er musste sich vorher noch ein wenig ausruhen. Daher beeilte er sich damit, die unterzeichneten Schriftstücke in die Unterschriftenmappe zu sortieren. Plötzlich vibrierte das Handy in seiner Hose.

»Hallo?« Genervt nahm er das Gespräch entgegen.

»Hey, wann geht's heute Abend los?«, meldete sich sein Freund Konstantin.

»Um acht. Bringst du jemanden mit?« Er strich mit den Fingern über die Kanten der Mappe, um zu überprüfen, ob auch keine Papiere über den Rand ragten.

»Nein, es werden ja genug Leute da sein. Ich komme allein«, antwortete Konstantin und legte auf.

Selbstverständlich würden genug Leute da sein, auch Mädchen, falls Konstantin darauf angespielt hatte. Seine Partys, die er etwa alle zwei Monate steigen ließ, waren immer gut besucht. Viele betrachteten sie als willkommene Gelegenheit, aus dem Alltag auszubrechen. Er lud Freunde, Bekannte, dazu noch einige Angestellte ein, vorzugsweise Frauen, von denen er sicher war, dass sie hinterher keine Probleme machten. Die meisten seiner Mitarbeiterinnen schwärmten für ihn und fühlten sich geschmeichelt, wenn sie eine Einladung erhielten. Immer wieder kamen Gerüchte auf, aber das war Georg egal. Jeder hatte irgendetwas zu verlieren. Selbst das kleinste Zimmermädchen und wenn es nur ihr billiger Job war.

Beim letzten Mal waren unter anderem die Kellnerinnen Anita und Lisa dabei gewesen. Auch diesmal würde Lisa mit Sicherheit nicht fehlen, so wie sie zuletzt über sich hinausgewachsen war. Bei Anita war es hingegen nicht so eindeutig. Er hatte sie zwar eingeladen, aber nach dem Vorfall bei der letzten Feier mit einem seiner Freunde rechnete Georg nicht mit ihrem Erscheinen.

Anita hatte nie ein Wort darüber verloren und daher lag es ihm fern, sich in diese Angelegenheit einzumischen. Konstantin hatte ihm versichert, dass sie rechtlich gesehen keinerlei Ansprüche gegen die Soyer-Group oder ihn als ihren Vorgesetzten geltend machen könnte. Die Treffen fanden außerhalb des Hotelgebäudes statt und standen in keinem Zusammenhang mit dem Hotel oder dem Arbeitsverhältnis. Das hatte seine Sorgen, sein Vater könnte etwas darüber erfahren, ein wenig zerstreut. Diese waren aber ohnehin unbegründet gewesen. Anita war schlau und war am Tag nach der Party wie gewohnt im Hotel erschienen, um ihre Schicht anzutreten. Damit war der Fall für ihn erledigt.

Die Papiere lagen ordentlich in der Mappe, die er am Montag in Pamelas Büro tragen würde. Er griff sich das Sakko, überprüfte den Sitz des Gürtels und begab sich mit dem Fahrstuhl in die Tiefgarage zu seinem Auto.

8 Mimi

Das Treffen mit ihrem Chef und der Abend mit den Geschäftsleuten hatten Mimi geschafft. Aber die Gäste waren mit dem Essen und der Bedienung zufrieden gewesen. Daher hatte die Crew ein entsprechend hohes Trinkgeld erhalten. Das wurde brüderlich zwischen Service- und Küchenangestellten geteilt und jeder ging mit einem ordentlichen Taschengeld nach Hause.

Mimi freute sich auf den kommenden Tag. Morgen war Samstag und sie hatte dieses Wochenende frei. Am Vormittag würde sie als erstes das nächstgelegene Elektronikgeschäft stürmen und sich einen kleinen Fernseher kaufen. Der riesige Elektroshop lag auf der anderen Seite der Donau, im Zentrum der Stadt. Daher könnte sie dieses Vorhaben mit einem Bummel durch die Einkaufsstraße verbinden. Da sie kein Auto hatte, musste sie sich den Fernseher liefern lassen. Das war gewiss nicht billig, vor allem, wenn sie die Lieferung gleich am selben Tag haben wollte. Aber sie hatte noch ein paar Ersparnisse und mit dem Trinkgeld von der letzten Schicht würde sie das irgendwie schaffen.

Greta hatte ihr erzählt, dass im Keller des Wohnhauses eine kleine Waschmaschine stand, welche die Hausbewohner nutzen konnten. Mittlerweile war es nach elf Uhr und Mimi bezweifelte, dass sie sich mit nächtlichen Waschaktionen Freunde in der Nachbarschaft machen würde. Ihre Schmutzwäsche musste wohl bis morgen warten.

Außerdem war es dringend notwendig, ein paar Lebensmittel einzukaufen. Bis auf Butter, Marmelade und etwas Gemüse war ihr Kühlschrank noch immer gähnend leer. Diese Woche war sie mit Brötchen und Muffins aus der Bäckerei um die Ecke über die Runden gekommen. Und sie hatte einige Gratisessen im Hotel abgestaubt. Dabei hatte sie sich so gut gefühlt, als sie mit dem schweren Besteck in ihren Händen an einem der hinteren Tische des Restaurants gesessen hatte und sich die köstlichen Gerichte schmecken ließ. Die etwas zu klein geratenen Portionen, extravagant angerichtet auf edlen Tellern, hatten ihr ein Lächeln ins Gesicht gezaubert. Dort saß sie, ganz alleine und freute sich. Sie hatte es in eines der angesagtesten Hotels dieser Stadt geschafft. Und den Schritt hatte sie gewagt, ohne dass sie von irgendeiner Seite Unterstützung erfahren hätte. So allein, wie sie an diesem Tisch saß, hatte sie sich in das Abenteuer gestürzt. Und jetzt aß sie sündhaft gute Lammkeule an Knoblauch-Rosmarin-Jus.

Ein bisschen wurmte es sie schon, dass Herr Soyer sie nicht zu der heutigen Party für die Angestellten eingeladen hatte. Ihr war klar, dass sie das nach gerade mal einer Woche Unternehmenszugehörigkeit kaum erwarten konnte. Mimi wäre dennoch gerne für eine Stunde hingegangen. Dort hätte sie ihre Kollegen besser kennenlernen können. Außerdem war sie neugierig, was einen da erwartete. Anita und Lisa hatten es wirklich spannend gemacht. Wenn sie ehrlich zu sich selbst war, ärgerte sie sich, dass ihr Georg Soyer diese Chance verwehrte. Andererseits war sie nicht besonders erpicht darauf, ihn zu treffen. Er machte sie unruhig und sie wusste nicht, wie sie ihm begegnen sollte.

Natürlich, er war attraktiv. Das konnte sie nicht abstreiten. Aber die Art und Weise, wie er ihr entgegentrat, verunsicherte sie. Nicht zu wissen, was in ihm vorging, ließ Mimis Nerven flattern. Auf keinen Fall wollte sie in ihrer Aufregung den Eindruck vermitteln, sie würde für ihn schwärmen. Aber sie wollte auch nicht unhöflich sein. Das passte nicht zu ihr. Es wäre wohl am sichersten, wenn sie ihn künftig weitgehend mied. So wie sie es auch schon bei Olivia praktizierte. Das Hotel war groß und im Restaurantbereich fühlte sie sich sicher. Der Job war gut und die Bezahlung war in Ordnung.

Sie hatte alles, was sie kannte und gewohnt war, verlassen und musste nun lernen, über den Dingen zu stehen.

Kaum zuhause angekommen, streifte Mimi ihre Kleider ab und stellte sich in die Dusche. Sie ließ das heiße Wasser auf ihren Körper prasseln. Ihre Muskeln entspannten sich, die müden Füße kribbelten angenehm. Sie shampoonierte ihr Haar ein, gönnte sich eine kurze Kopfmassage und stand ein paar Minuten mit geschlossenen Augen unter dem Wasserstrahl.

Ihre Gedanken verselbstständigten sich und schlichen sich auf den Weg zurück in Georg Soyers Büro. Sein beinahe angsteinflößendes Selbstbewusstsein kam ihr in den Sinn und sie stellte sich vor, wie es wäre, ein wenig so zu sein wie er. Geld auszugeben, ohne an den Kontostand zu denken. Täglich perfekt gekleidet zu sein, ohne dass es sich besonders anfühlte. Mimi rief sich das spärlich möblierte, aufgeräumte Büro in Erinnerung. Keine Fotos, keine Bilder an der Wand. Keine Trophäen oder gerahmte Urkunden im Regal. Ein beinahe steriler Raum, in dem ihr Chef so viel seiner Zeit verbrachte.

Ob Georg Soyer verheiratet war? Sie hatte keinen Ring an seinem Finger gesehen. Aber das hatte nichts zu bedeuten. Und auch wenn nicht, würde er in Bezug auf Frauen mit Sicherheit nicht zu kurz kommen. Er sah toll aus, das konnte sie bei aller Antipathie nicht abstreiten. Für sie war es dennoch unvorstellbar, sich mit so einem Mann einzulassen. Sie wäre gezwungen, sich zu verstellen. Ständig würde sie versuchen, in seinem Gesicht abzulesen, ob sie sich gerade angemessen benahm oder nicht. Nein, er war kein Mann, mit dem sie gerne ein Rendezvous gehabt hätte. Ihr reichten die unvermeidbaren Treffen in seinem Büro völlig aus, um zu wissen, dass sie gut ohne einen Menschen wie ihn auskam.

46

War ihr Chef glücklich? Zählten im Leben bloß Geld und ein aufregendes Liebesleben oder fehlte es dann doch an irgendetwas? Sie wusste es nicht, und sie würde es wohl nie erfahren. Die Szene, in der sich Menschen wie Georg Soyer bewegten, war nicht die ihre. Mimi musste sich überraschen lassen, was sich durch ihren Umzug in die Stadt in ihrem Leben ändern würde. Sie hoffte darauf, viele neue Leute kennenzulernen. Vielleicht würde sie sich sogar verlieben? Bisher hatte es mit der Liebe nicht so recht geklappt. Und mit Sex schon gar nicht. Ihre bisherigen Erfahrungen beschränkten sich auf zwei Männer, oder besser gesagt Jungs.

Ihr erstes Mal erlebte sie, wie konnte es anders sein, mit Alex. Sie waren beide siebzehn gewesen und es war alles andere als schön. Nach einem Filmabend in seinem Zimmer hatte sie ihn unverhofft geküsst und sich ihm an den Hals geworfen. Sie war mitten in der Pubertät und wollte durch ihren Aktionismus gegen die Probleme zuhause ankämpfen. Alex war zwar überrascht, stieg jedoch sofort darauf ein. Er bemühte sich, war aber genauso unbeholfen wie sie. Nachdem er es geschafft hatte, in sie einzudringen, dauerte es keine Minute, bis es auch schon wieder vorbei war. Wenn sie daran zurückdachte, waren ihr nur noch Alex' krampfhafte Versuche in Erinnerung, in sie hineinzukommen. Es war nicht mal ansatzweise romantisch gewesen. Sie hatten nie wieder darüber gesprochen. Alex hatte es einige Wochen danach noch einmal bei ihr versucht, aber sie hatte ihn abgewiesen. Für sie war der Fall erledigt. Nicht, weil sie ihm etwas vorwarf, sondern weil er einfach nur ihr Freund bleiben sollte.

Einige Monate nach der Sache mit Alex hatte sie Niklas kennengelernt, einen Jungen aus dem Nachbarort. Sie gingen auf die gleiche Schule, er stand bereits kurz vor seinem Abschluss, sah toll aus und hatte ein eigenes Auto. Alle Mädchen der Schule bemühten sich um seine Aufmerksamkeit.

Auch Mimi. Eines Tages stand er auf dem Pausenhof urplötzlich vor ihr, lächelte sie verschmitzt an und lud sie dazu ein, mit ihm ein Eis essen zu gehen. Mimi war unheimlich aufgeregt und schlagartig bis über beide Ohren verliebt. Auf das Eis folgten ein Kinobesuch und schließlich ein Filmabend auf ihrem Zimmer im Internat. Besuch war eigentlich verboten, aber keine der Aufsichtspersonen scherte sich darum. Endlich, nach einem langweiligen Actionfilm mit viel Blut und Gewalt, küsste er Mimi. Sie war ernüchtert, denn das Kribbeln im Bauch flaute ab. Aber sie gingen aufs Ganze. Es war eine große Enttäuschung, die mit Lust oder Intimität nichts zu tun hatte. Jetzt im Nachhinein vermutete sie, dass Niklas' Lieblingsbeschäftigung zum damaligen Zeitpunkt das Gucken von Pornos war. Er stöhnte wild, seine Finger waren zu kalt und die raue Haut seiner Fingerspitzen fühlte sich auf ihrem Körper fehl am Platz an. Sie fühlte rein gar nichts, obwohl er konsequent vorgab zu wissen, was er tat. Er legte sich auf sie, bewegte sich einige Male in ihr. Das ohnehin schon anstrengende und aufgesetzte Stöhnen gipfelte in einem animalischen Schrei. Schließlich sank er schwer auf ihr zusammen.

»Das war der Hammer, Baby«, murmelte er. Mimi grinste, höflich wie immer, etwas schief, zog sich langsam an und wartete geduldig darauf, dass er endlich heimfuhr.

Erschöpft kuschelte sich Mimi auf ihrem Schlafsofa zusammen. Die Füße schmerzten noch immer. Sie würde sich erst daran gewöhnen müssen, stundenlang zu stehen und zwischen den Tischen hin und her zu flitzen. Das war bei ihr auf dem Land anders gewesen. Wenn sie in den Gasthäusern ausgeholfen hatte, um sich ein bisschen Taschengeld zu verdienen, war es nicht selten vorgekommen, dass sie sich ein paar Minuten lang dazusetzte. Man plauderte vergnügt mit

48

den bekannten Leuten am Stammtisch, bis die Gläser wieder gefüllt werden mussten. Doch hier war alles anders.

Als sie ihre Augen nicht mehr offenhalten konnte, löschte Mimi das Licht. Plötzlich klingelte es an der Tür. Mitten in der Nacht.

9 Georg

»Ich werde langsam müde.« Georg lehnte am Geländer seines Balkons, der aus einem der Gästezimmer hinausführte, und gähnte.

»Du bist ein alter Sack.« Konstantin grinste und nahm einen großen Schluck aus seiner Bierflasche.

Mittlerweile war es gegen vier Uhr morgens. Während unten noch die Party tobte, standen die beiden oben und rauchten schweigsam ihre Zigaretten.

Georg hatte Konstantin erst vor einigen Jahren kennengelernt. Man konnte also nicht behaupten, dass sie sich seit Kindertagen nahestanden, so wie es bei vielen, innigen Freundschaften der Fall war. Dennoch war Konstantin einer seiner engsten Freunde. Seine Freunde wussten selbstverständlich nicht alles über ihn. Niemand wusste alles. Wahrscheinlich war es Konstantins ruhiger, besonnener Art geschuldet, dass man sich ihm gegenüber rascher und weiter öffnete, als man selbst erwartete. Dieser Wesenszug verschaffte ihm als Rechtsverdreher mit Sicherheit oft einen Vorteil. Als sie sich kennengelernt hatten, war Konstantin gerade in die Familienkanzlei eingestiegen und Georg machte die ersten unschönen Erfahrungen mit der Justiz.

Beide waren unreife Anfänger im Job. Und beide hatten kein Interesse daran, auch nach der Ausbildung weiter unter dem Druck des Elternhauses zu stehen. Aber ihnen war bewusst, dass dies die einzige Möglichkeit war, von Karrierebeginn weg ihr volles Potential ausschöpfen zu können. Weder Konstantin noch Georg hatten Lust darauf, Kopien für großspurige Führungskräfte anzufertigen oder Brötchen für Meetings vorzubereiten. Man musste als Anfänger so viele Regeln beachten, Hierarchien akzeptieren, im richtigen Moment buckeln und den Mund halten können. Da setzte man sich lieber ins gemachte Nest. Davon abgesehen fühlte sich Georg seinem Großvater verpflichtet. So kam es also, dass Konstantin den Sohn des großen Hoteliers in seiner gesamten Unerfahrenheit aus einer Anklage wegen eines Verstoßes gegen das Suchtmittelgesetz herausboxte. Georg lud ihn daraufhin zu einer seiner Partys ein. Das war der Grundstein für eine solide Freundschaft, die bis heute anhielt.

Inzwischen war Konstantin ein ausgezeichneter Anwalt, der sogar ein gewisses Ansehen bei Georgs Vater genoss. Er kümmerte sich um die privatrechtlichen Verträge der Soyer-Group, stritt sich mit den Behörden um irgendwelche Genehmigungen und löste zwischendurch kleinere Streitigkeiten mit Gästen, Personal und Lieferanten. Die Leidenschaft für Gesetze steckte in seinen Genen. Er versprühte Charme und wickelte seine Gegner geschickt um den Finger, konnte aber auch knallhart sein. Bei seinem etwas zögerlichen und tollpatschigen Karrierestart wurde er als verwöhnter, unfähiger Anwaltssohn abgekanzelt. Doch seit einiger Zeit war er einer der gefürchtetsten Anwälte der Stadt. Diejenigen, die es wagten, ihn zu unterschätzen, wurden rasch ernüchtert, wenn sie die volle Härte und das Wissen des jungen Anwalts zu spüren bekamen.

»Vielleicht solltest du es mit Olivia versuchen? Sie ist hübsch und sie steht auf dich«, meinte Konstantin plötzlich.

»Sag mal, wie kommst du denn auf die Idee? Du weißt, dass ich keine feste Beziehung will. Weder mit ihr noch mit irgendeiner sonst. Wir sind nicht alle so romantisch wie du, mein Lieber«, gab Georg schelmisch grinsend zurück.

Er lernte seinen Freund immer wieder als hoffnungslosen Optimisten kennen, wenn es um Frauen ging. Doch kaum hatte sich die rosarote Brille ein wenig eingetrübt, verlor er das Interesse und war jedes Mal aufs Neue wahnsinnig überrascht und enttäuscht darüber.

»Irgendwann wird ihr das, was ihr habt, nicht mehr reichen. Das geht doch schon seit Ewigkeiten so mit euch. Olivia wird dir über kurz oder lang ein Ultimatum stellen. Alleine, wie sie dich heute angesehen hat ... Das spricht doch Bände. Warum ist sie eigentlich hier? Normalerweise meidet sie die Partys doch.« Erneut trank Konstantin von seinem Bier und warf den Zigarettenstummel angewidert in den Garten. Georg war nicht klar, warum Konstantin immer wieder rauchte, wo er es doch so sehr verabscheute. Wahrscheinlich war das ein Überbleibsel der rebellischen Phase seiner Jugend. Irgendwie krank, dachte er.

»Ich bin sicher, du täuschst dich. Olivia weiß, wie ich zu diesem Thema stehe und sie scheint gut damit zurechtzukommen. Und warum sie heute hier ist, kann ich dir auch sagen. Sie dachte, ich habe die Neue aus unserem Restaurant eingeladen und wollte ihr Revier markieren. Du weißt ja, wie zickig sie sein kann.«

»Welche Neue? Habe ich sie schon gesehen?«

»Nein, sie hat erst vor kurzem angefangen. Sie ist heiß, aber jung und schüchtern, dauernd nervös. Das ist irgendwie süß. Für die Partys ist sie aber definitiv noch ungeeignet. Du hast ja auch schon so genug Arbeit im Moment.«

Schmunzelnd malte Georg mit seiner Zigarette ein Muster in die kalte Asche im Aschenbecher und drückte sie schließlich aus. Da öffnete sich überraschend die Tür des Gästezimmers. Moritz betrat den Raum. Um seine Taille waren die endlos langen Beine einer hübschen Blondine gewickelt, die Georg als die Kellnerin Lisa identifizierte. Moritz warf sie unsanft aufs Bett. Keine Sekunde später riss er ihr das Top über den Kopf und kämpfte mit dem Reißverschluss seiner Hose. Lisa hatte zur Freude der ungebetenen Zuseher bei der Auswahl ihrer Garderobe auf Unterwäsche verzichtet. Konstantin pfiff leise durch die Zähne.

52

Hier konnte es wohl jemand nicht abwarten, den Partys alle Ehre zu machen. Es gab kaum ein Fest, das nicht in irgendeiner Form eskalierte. Langsam musste Georg darauf achtgeben, dass keine Grenzen überschritten wurden.

Er und Konstantin warfen sich einen Blick zu, schüttelten amüsiert die Köpfe und polterten durch die Balkontür ins Zimmer. Während Lisa einen spitzen Schrei ausstieß und sich schnell ihr Top über ihre blanken Brüste zog, stieß Mo nur ein verärgertes »Ach, Mann« aus. Er lenkte seine Aufmerksamkeit sofort wieder auf Lisa und versuchte, da weiterzumachen, wo er aufgehört hatte. Es war bekannt, dass Moritz Zuseher für keine Unannehmlichkeit hielt und er vielleicht sogar einen von ihnen aufforderte, sich zu beteiligen. Georg konnte sich die Gründe für Mos freizügiges und zum Teil extremes Sexualleben zusammenreimen. Aber man sprach nicht gern über die eigenen Probleme oder die der anderen. Sämtliche Mitglieder der Clique hatten ihr eigenes Päckchen zu tragen. Jeder kehrte es unter den Teppich, keiner fragte nach. Vielleicht müssten sie sonst erkennen, was jeder Einzelne von ihnen mit sich herumschleppte. Es wäre vermutlich zu ernst gewesen, um einfach darüber hinwegzugehen und weiterzumachen. Sie alle legten Wert darauf, den Schein zu wahren.

Die Elite ihrer Generation hatte keine Probleme zu haben. Seit die Jungs ihren jeweiligen Abschluss in der Tasche hatten, mussten sie im harten Geschäftsleben bestehen, erfuhren dafür so gut wie keine Anerkennung und waren dabei so unfrei, dass es sich die meiste Zeit einfach falsch anfühlte. Georg, der Hoteliererbe. Konstantin, der Anwalt in der Kanzlei seines Vaters. Moritz, der Zahnarzt, dessen alter Herr sich noch bis zu seinem Tod als sündhaft teurer Privatarzt in der gemeinsamen Praxis wichtigmachen würde. Und Jan, der Unternehmensberater. Wobei es Jan von ihnen am besten getroffen hatte. Sein Vater war gestorben, als Jan noch ein

Kind war. Es war dieser Schicksalsschlag, den sich Georg als Kind immer vom Nikolaus gewünscht hatte. Aber das war in Jans Fall nicht das eigentliche Glück. Seine Mutter stürzte sich nach dem Tod ihres Mannes auf die Errichtung einer modernen Beratungsfirma, die Jan seit Jahren gemeinsam mit ihr leitete. Die beiden verstanden sich blendend, waren im Team erfolgreich und respektierten den jeweils anderen. Der Rest von ihnen sehnte sich danach, aus den Greifarmen der Familiendynastie auszubrechen. Aber kein einziger statuierte ein Exempel, indem er dem Clan und dem damit verbundenen Vermögen eine Absage erteilte. Das Leben mit Geld war komfortabel. Andererseits war der Preis, den man dafür zahlte, hoch.

Für Georg war ziemlich schnell klar gewesen, dass er das Erbe seines Großvaters antreten musste. Der hatte als Gründer der Soyer-Group ausdrücklich verfügt, dass sein Enkel ab Erreichen seiner Volljährigkeit in sämtliche geschäftliche Entscheidungen einzubinden war. Außerdem sollte er die Führung der gesamten Gruppe übernehmen, sobald sein Vater im Ruhestand war. Die private Immobilie vermachte er ihm obendrein. Als das Testament durch den Tod seines Großvaters in Kraft trat, war Georg erst siebzehn gewesen. Sein Vater hielt schon damals nichts von ihm. Vielmehr hatte er seit Jahren seinen Neffen Philipp als seinen Nachfolger aufgebaut. Der Sohn seines Bruders war in seinen Augen der geborene Hotelier. Als das Testament verlesen wurde, traute Georg dem Gehörten kaum. Offenbar glaubte der alte Mann als einziger in der Familie, dass aus ihm etwas werden würde, und vertraute ihm sein Lebenswerk an. Georg sah es als seine verdammte Pflicht, Großvater zu beweisen, dass er sich nicht in ihm getäuscht hatte. Auch wenn es ihm sein Vater nicht leicht machte.

54

»Viel Spaß«, rief Georg an der Tür ins Gästezimmer hinein, bevor er und Konstantin aus dem Raum verschwanden. Er sollte Andrea wieder einmal einen Bonus zahlen, dachte er und tippte eine Erinnerungsnotiz in sein Handy. Die Haushälterin würde in einigen Stunden hier antanzen und klar Schiff machen, während er sich im Schlafzimmer von der ausschweifenden Nacht erholte. Schmutziges Geschirr, überquellende Aschenbecher, besudelte Bettwäsche, ausgelaufene Weinflaschen auf dem Teppich. Nach den Partys war das ansonsten reinliche Haus nicht wiederzuerkennen. Andrea würde sich einige Stunden lang abmühen, um die Räumlichkeiten wieder bewohnbar zu machen. Er bezahlte nicht nur für ihre Dienste als Putzfrau, sondern auch für ihre Verschwiegenheit.

10 Mimi

Sie wollte das Klingeln an der Tür erst ignorieren. Aber dann fiel ihr Greta ein, die ja nicht besonders viel für die strikte Trennung von Tages- und Nachtzeiten übrig hatte. Vielleicht hatte sie durch den Türspalt das Licht gesehen und wollte auf einen Schlummertrunk vorbeikommen. Mimi lugte durch den Türspion. Alex. Als sie ihn erkannte, öffnete sie rasch die Tür. Er sah miserabel aus. Sein kantiges Gesicht wirkte ausgezehrt, die schweren Lider verdeckten den Großteil seiner ansonsten so strahlenden, blauen Augen. Nur sein blondes Haar saß perfekt wie immer.

»Was ist passiert? Ist etwas mit Mama?«, sprudelte es aus ihr heraus. Aber Alex schüttelte nur den Kopf und quetschte sich an ihr vorbei in die Wohnung.

»Ich habe es einfach nicht mehr ausgehalten. Du hast dich nicht gemeldet, bist nicht ans Handy gegangen, warst einfach verschwunden. Es ist alles so unerträglich. Also bin ich ins Auto gesprungen und hergefahren. Deine Mama hat mir die Adresse gegeben.« Abgekämpft ließ Alex eine kleine Sporttasche auf den Boden fallen und sah sich in Mimis Wohnung um. Wahrscheinlich hatte er vor, die Nacht hier zu verbringen. Bei diesem Gedanken wurde ihr mulmig. Aber sie hatte keine Zeit, sich zu äußern.

»Du fehlst mir so, Mimi. Bitte komm zurück. Ich kann ohne dich nicht leben.«

Mimi konnte gar nichts sagen und eine überwältigend tiefe Zuneigung durchfuhr sie. Ihr war nicht bewusst gewesen, wie sehr sie Alex liebte und brauchte. Sie hatte ihn so sehr vermisst. Bis vor kurzem hatten sie alles miteinander geteilt. Jeden Gedanken, all ihre Sorgen, die glücklichsten Augenblicke genauso wie die traurigsten. Und sie war einfach weggegangen. Die Freude über das unverhoffte Wiedersehen, das

Leid, das sie Alex durch ihr Verschwinden zugefügt hatte und der eigene Schmerz, den sie plötzlich kaum mehr aushalten konnte, die Gefühle übermannten Mimi. Sie warf sich schluchzend gegen seine Brust. Alex schloss sie in die Arme. Er hielt sie fest und sagte kein Wort, bis sie sich langsam wieder etwas beruhigte.

»Es tut mir leid«, murmelte Mimi. Sie löste sich aus der Umarmung und wischte sich die Tränen aus dem Gesicht. Ihr Bademantel war etwas geöffnet. Schnell knotete sie ihn fest, bevor sie sich auf das Sofa setzte.

»Es tut mir so leid«, wiederholte sie. »Setz dich. Möchtest du etwas zu trinken?« Mimi stand wieder auf, ging zur Spüle und drehte den Wasserhahn auf. Es dauerte ewig, bis das Wasser in ihrer Küche kalt herausschoss. Doch sie wusste ohnehin nicht, was sie sagen sollte. So hatte sie wenigstens die Gelegenheit, sich etwas zu sammeln. Alex saß schweigend auf dem Sofa und sah erwartungsvoll in ihre Richtung. Als Mimi mit dem Wasser zurückkehrte, machte er Platz, damit sie sich zu ihm setzen konnte.

»Was macht du hier, Alex?«, fragte sie ihn nochmals.

»Ich habe dich so vermisst. Du gehörst nicht hierher, du musst nach Hause kommen.«

»Das kann ich nicht. Und das weißt du. Du fehlst mir auch. Glaub mir das, bitte. Aber ich muss das hier machen, für mich. Ich kann nicht mehr nach Hause kommen.«

»Aber du sagst doch selbst, dass es dein Zuhause ist!«

»Natürlich, ich bin dort aufgewachsen. Aber es ist an der Zeit, dass ich anfange, mein Leben zu leben. Und irgendwann wird das hier vielleicht mein neues Zuhause. Oder irgendwo anders. Aber ich kann nicht zurück. Du hast keine Ahnung, wie oft ich dich anrufen wollte. Ich hätte dir so gerne von dem neuen Job und den Leuten hier erzählt. Aber ich wollte es uns nicht noch schwerer machen, als es bereits ist. Darum habe ich mich einfach gar nicht gemeldet. Ich weiß nicht, ob das richtig war. Es schien mir leichter zu verkraften. Für uns beide.«

»Mimi, du verstehst mich nicht. Ich kann ohne dich nicht leben. Das ist mir in den letzten Tagen klar geworden. Ich will mehr, als nur dein Freund sein. Du bist meine ganze Welt. Wenn du unbedingt hierbleiben willst, dann werde ich hierherziehen. Wir können uns gemeinsam etwas aufbauen. Meine Eltern werden nicht begeistert sein, aber wenn sie den ersten Schrecken überwunden haben, können wir sicher mit ihrer Unterstützung rechnen. Sie werden uns finanziell helfen, damit wir unser eigenes Hotel eröffnen können. Ich kann hier glücklich werden, Hauptsache du bist bei mir. Ich liebe dich, Mimi!« Sein flehender Blick heftete sich an ihr Gesicht. Er griff nach ihren Händen, aber Mimi zog sie rasch weg und stand auf. Ruhelos wanderte sie vor dem Fenster auf und ab.

»Alex ...«, setzte sie an, doch ihr fehlten die Worte.

Der Umzug war ihre einzige Chance auf ein neues Leben gewesen. Sie musste alles hinter sich lassen. Das Kuhdorf, ihr Elternhaus mit den bösen Erinnerungen und ihre darin vor sich hin vegetierende Mutter. Die Vergangenheit, die Gegenwart und die aussichtslose Zukunft, die sich ihr dort darbot. Von all dem wollte sie sich endgültig lossagen. Nach all den Jahren, seit der Sache mit Marie, war das ihre erste und vielleicht einzige Gelegenheit. Auch wenn es hieß, ihren besten Freund zu verlieren. Alex war untrennbar mit ihrem alten Leben verbunden. Er war ein Bindeglied, das sie daran hindern würde, mit ihrer Vergangenheit abzuschließen. Mimi schnaufte tief ein.

»Ich kann nicht zurückkommen und du kannst nicht hierher ziehen. Du denkst vielleicht, dass du mich liebst, aber du weißt genauso wie ich, dass das zwischen uns nie funktionieren würde. Wir sind Freunde. Du bist mein allerbester

58

Freund. Du warst immer der wichtigste Mensch für mich. Aber ich kann nicht mit dir zusammen sein. Und ich brauche Abstand zu dem was geschehen ist.«

Sie stockte. Die Müdigkeit machte sich bemerkbar. Diese Woche war aufregend gewesen. Sie war ausgelaugt und Alex' überraschendes Auftauchen gab ihr den Rest.

»Mimi, ich bitte dich ...«

»Wir sollten versuchen zu schlafen. Lass uns morgen weiterreden«, unterbrach sie ihn. Sie verschwand im Bad, tauschte den Bademantel gegen ein Shirt und legte sich auf die Schlafcouch. Ergeben tat es ihr Alex gleich und schlüpfte, bloß mit Boxershorts bekleidet, wie selbstverständlich unter ihre Decke. Sein Kopf ruhte, ihr zugewandt, auf seinem linken Oberarm und sie atmete den vertrauten Duft ein.

11 Georg

»Manchmal bist du wie ein kleines Kätzchen, weißt du das? So süß, so anschmiegsam ...« Mit sanftem Druck ließ Georg seine Hand über Olivias makellosen Rücken gleiten. Nur wenige Muttermale zierten ihre helle Haut und diese waren nahezu symmetrisch entlang der Wirbelsäule angeordnet. Georg war sich nicht sicher, ob sie überhaupt wach war. Sie lag völlig nackt in seinem Bett und atmete ruhig. Die Party hatte bis in die frühen Morgenstunden gedauert und es war längst gegen Mittag. Ab und zu hörte man gedämpfte Geräusche aus dem unteren Stockwerk. Andrea war bereits seit Stunden fleißig und würde bald fertig sein.

Eigentlich hatte er vorgehabt, Olivia nach Hause zu schicken. Doch je länger die Party gedauert hatte, desto weniger war an Schlaf zu denken gewesen. Nachdem sich der letzte Gast verabschiedet hatte, war er so überdreht gewesen, dass er sich dazu entschlossen hatte, es mit dem Schlafengehen gar nicht erst zu versuchen. Olivia lieferte ihm ein willkommenes und kurzweiliges Programm. Mit der Fingerkuppe seines Zeigefingers verband er immer wieder die Muttermale. Ihr sachtes Schmunzeln verriet ihm, dass sie wach war.

»Du kannst so tun, als würdest du schlafen, Mieze. Du kannst sogar wirklich schlafen. Aber eins ist klar, ich bin noch lange nicht fertig mit dir!« Mit diesen Worten drehte er Olivia auf den Rücken und legte sich auf sie drauf. Er betrachtete dabei kurz seinen eigenen Bizeps und freute sich darüber, dass sich die zwei bis drei Trainingseinheiten pro Woche, die er in seinem Fitnessraum ableistete, definitiv bezahlt machten.

»Sag es!«, raunte er leise in ihr Ohr.

Ihr »Bitte!« war kaum zu hören.

»Bitte was?«, fragte er unnachgiebig.

60

»Fick mich, bitte!«, antwortete sie gehorsam. Georgs Augen blitzten vor Befriedigung auf. Genau so hatte es zu laufen.

Unerbittlich drang er in sie ein. Der erste Stoß in eine Frau war immer der schönste.

»Wie geht es Ihnen, Georg?«

»Gut.«

»Haben Sie seit unserem letzten Termin vor zwei Wochen irgendetwas erlebt, worüber Sie mit mir sprechen möchten?« Doktor Desiree Würfel hing lechzend an seinen Lippen.

»Eigentlich nicht.«

»Schreiben Sie noch?«

»Im Moment nicht so viel.«

»Ich hatte den Eindruck, das tut Ihnen gut. Sind Sie mit der Führung des Hotels zu beschäftigt dafür?«

»Ja, wahrscheinlich ist das so.«

»Aha. Nun, vielleicht können Sie sich Freiräume schaffen, um das Schreiben in Ihren Alltag zu integrieren. Eine halbe Stunde am Tag, vielleicht gleich beim ersten Kaffee. Sie könnten Ihre Träume notieren. Diese sind sehr aufschlussreich im Hinblick auf Ihre psychische Balance.«

»Traumdeutung ist also unser nächstes gemeinsames Projekt?« Georg lachte höhnisch auf. Die Psychotherapeutin seufzte kaum merklich, bevor sie fortfuhr, was ihn freute.

»Das hat nichts mit Traumdeutung oder Aberglaube zu tun. Das Gehirn arbeitet auf Hochtouren weiter, während wir schlafen. Unterdrückte Wut, Aggression, Sehnsüchte, nahezu alle Gefühle spiegeln sich in unseren Träumen wider.«

Sie ließ sich nicht aus der Ruhe bringen, das hatte sie noch niemals. Seit vielen Jahren saß er in regelmäßigen Abständen auf diesem abgewetzten Lederstuhl und quälte sich jedes Mal durch eine nicht enden wollende volle Stunde.

»Ich träume nicht«, log er.

61

»Natürlich träumen Sie, Sie können sich bloß nicht mehr daran erinnern. Das deutet auf einen guten, tiefen Schlaf hin. Schlafen Sie gut, Georg?«

»Anscheinend.«

»Ich empfehle Ihnen, das Schreiben wieder aufzunehmen. Haben Sie Ihre Eltern in letzter Zeit getroffen?«

Bamm. Abgehakt. Nächstes Thema.

»Nein.«

»Wann sehen Sie sie wieder?«

»In den nächsten Tagen.«

»Und wie fühlen Sie sich bei dem Gedanken daran, Ihre Mutter und Ihren Vater zu treffen?«

»Nichts.«

»Sie fühlen sich wie nichts? Oder Sie fühlen nichts?«

»Einfach nichts.«

»Georg, fühlen Sie sich herzlich eingeladen, mitzumachen. Es ist in Ihrem Sinne.«

Oha, spürte er da etwa einen leichten Unmut? Gut. Sie konnte nichts dafür, dass sie beide in regelmäßigen Abständen unfreiwillig eine Stunde Zeit totzuschlagen hatten. Sie bemühte sich, das musste Georg zugeben. Und wenn er ganz ehrlich war, würde die Therapie ihm wirklich nützlich sein. Sie war gut. Aber er wollte nicht und damit basta. Georg hatte es zu seinem Spiel gemacht, sie auflaufen zu lassen. Diese alte Schnepfe in den maßgeschneiderten Kleidern und dem Maserati vor der Tür. Sein Blick verfing sich an einem Katzenhaar auf ihrer schwarzen Bluse. Sie hatte also eine Katze. Wie passend für eine Therapeutin, sich die Zeit mit ungezogenen, egozentrischen, arroganten und unbelehrbaren Tieren zu vertreiben.

»Also gut. Machen wir weiter. Treffen Sie sich noch mit Olivia?«

Nächstes Thema.

»Da sie für mich arbeitet, treffe ich sie selbstverständlich regelmäßig.«

Mit einem Seufzer warf die Therapeutin einen unauffälligen Blick auf die Uhr. Ihr Gesicht erhellte sich.

»Leider ist unsere Zeit um. Die nächsten fünf Termine haben wir bereits fixiert. Wir sehen uns bald wieder. Bitte versuchen Sie, wieder mit dem Schreiben anzufangen. Vielleicht erzählen Sie mir nächstes Mal etwas genauer über das Treffen mit Ihren Eltern. Alles Gute, Georg.«

»Ihnen auch.«

12 Mimi

Mimi saß in der kleinen Bäckerei in ihrer Straße und studierte die Karte. Nach einem Blick in den Kühlschrank hatte Alex darauf bestanden, sie zum Frühstück einzuladen.

Sein Arm war schwer auf ihrer Hüfte gelegen, als sie aufgewacht war, und sie hatte sich beeilt, aus dem Bett zu schlüpfen.

»Was wirst du nehmen?«, fragte sie, um das Schweigen zu durchbrechen.

»Hm, ich nehme die Eierspeise und einen Kaffee.«

»Ich auch.«

Mimi gab der Kellnerin ein Zeichen. Sie eilte herbei und notierte die Bestellung. Als sie sich entfernte, war diese Stille zwischen ihnen wieder da.

»Alex, hör mal. Ich weiß, dass das alles nicht leicht ist. Aber ich muss hierbleiben. Diese Entscheidung ist gefallen und du kannst mich nicht umstimmen.«

»Kann ja sein, dass du das machen musst. Das verstehe ich, nach allem, was passiert ist. Aber ich will bei dir bleiben. Ich habe lange darüber nachgedacht und mich dafür entschieden, hierher zu ziehen.«

Seine sture Entschlossenheit stimmte Mimi nachdenklich. Er hatte gar nichts verstanden. Vor allem nicht, dass er genauso ein Teil des Lebens war, das sie hinter sich lassen wollte. Er war ihr bester Freund und sie hoffte, dass sie eines Tages dort anknüpfen könnten, wo sie aufgehört hatten. Aber hier und jetzt war kein Platz für ihn. So hart es auch war, er blockierte sie. Warum konnte er das nicht akzeptieren? Mimi wollte ihn nicht verletzen und schon gar nicht für immer verlieren. Aber sie brauchte Abstand, sonst wäre alles, was sie bisher auf sich genommen hatte, umsonst gewesen.

Dass Alex sogar die geliebte Heimat, das Familienhotel und seine Eltern verlassen würde und alles aufgeben wollte, worauf er hingearbeitet hatte, zeigte ihr, dass er sie wirklich liebte. Aber sie musste an sich selbst denken. Mimi würde ihm ohnehin niemals das geben können, was er sich von ihr wünschte. Er verdiente eine Frau, die auch ihn wirklich liebte und sie wollte ihm nicht aus Mitgefühl falsche Hoffnungen machen.

»Du kannst nicht bleiben, Alex. Ich muss das alleine durchziehen«, sagte sie schlicht. Sie versuchte, ihrer Stimme einen festen Klang zu geben, und schaute ihm direkt ins Gesicht. Seine Augen weiteten sich und sie sah ihm förmlich an, wie ihn die Erkenntnis bis ins Mark traf. Sie spürte, wie er Mimi in genau diesem Moment aufgab.

»Alles klar. Botschaft angekommen. Es tut mir leid, ich muss hier raus.« Mit diesen Worten erhob sich Alex vom Stuhl, griff mit zittriger Hand nach seiner Geldbörse, die auf dem Tisch lag. Dann verließ er die Bäckerei. Er drehte sich nicht ein einziges Mal um. Er ging einfach.

Benommen kramte Mimi etwas Geld aus ihrer Tasche und legte es auf den kleinen Bistrotisch. Das Frühstück war noch gar nicht gebracht worden. Aber sie musste dringend hier weg. Sie war sowieso nicht mehr hungrig. Schnell warf sie sich ihre Jacke über und stürzte durch die Tür. Sie suchte die Straße nach Alex ab, aber sie konnte ihn nirgends entdecken. Sie wusste nicht mal, in welche Richtung er gegangen war. Die Tasche hatte er nicht dabei. Das bedeutete, dass seine Sachen noch in der Wohnung waren. Vielleicht wartete er dort auf sie? Insgeheim hoffte Mimi, ihn dort anzutreffen. Auf der anderen Seite würde das alles womöglich noch schwerer machen. Für sie beide.

Durch den Tränenschleier, den sie gar nicht wirklich registrierte, konnte sie fast nichts erkennen. Sie stolperte über die Gehwege, bis sie an ihrem Wohnhaus ankam. Dort drehte sie sich nochmals herum. Aber von Alex keine Spur. Sie stürzte die Treppen nach oben, nur um festzustellen, dass der Flur vor ihrer Wohnungstür menschenleer vor ihr lag. Ohne nachzudenken, machte sie auf den Stufen kehrt und klingelte an Gretas Tür. Es dauerte eine Weile, bis Greta mit verschlafener Miene öffnete. Sie trug einen niedlichen Pyjama. Auf ihrem Kopf saß ein hoher Dutt, von dem einzelne Strähnen ihrer hellbraunen Wellen abstanden. Mimi hatte sie eindeutig geweckt. Aber das war jetzt egal. Heulend fiel sie Greta um den Hals und ließ sich von ihr in die Wohnung ziehen.

Während Mimi ihr Gesicht mit einem Taschentuch abtrocknete und die Tränen langsam versiegten, bediente ihre Nachbarin die Kaffeemaschine. Sie streckte sich ausgiebig und füllte anschließend zwei Becher mit dem dampfenden Kaffee. Einen davon drückte sie Mimi in die Hand. Über den Becherrand hinweg taxierte sie Mimi, stellte aber keine Fragen. Beide saßen schweigend auf dem Sofa und starrten vor sich hin. War es das, was eine Freundschaft ausmachte? Auch ohne Worte füreinander da zu sein? Ihre Freundinnen zuhause hätten sich schon an der Türschwelle wie Hyänen auf sie gestürzt und sie ausgefragt. Greta war anders.

»Danke«, murmelte Mimi und trank von ihrem Kaffee. Mehr fiel ihr im Moment nicht ein. Daher schwieg sie. Gretas lockere Art beruhigte sie und die Stille war nicht so bedrückend, wie sie sie sonst empfand.

Eine ganze Weile saßen sie nur da und schlürften ihren Kaffee. Plötzlich sprang Greta auf und kam mit einer offenen Packung Milchbrötchen zurück, die sie vor ihnen auf den Tisch warf. Sie tunkte eines davon in ihren Kaffee und knabberte darauf herum. Ab und zu gähnte sie herzhaft.

Auch bei Mimi meldete sich langsam der leere Magen und sie griff sich ein Brötchen.

»Ich brauche einen Fernseher«, rief sie aus heiterem Himmel in die Stille hinein.

66

»Oh mein Gott, du Arme, das ist wirklich eine traurige Geschichte«, antwortete Greta ernst und streichelte mitfühlend über ihren Unterarm. Dann brachen sie beide in lautstarkes Gelächter aus.

»Ach, da gibt es doch bestimmt eine Möglichkeit, Florian!« Greta redete auf den jungen Verkäufer im Elektronikmarkt ein und klapste ihm dabei gespielt sauer auf die Schulter.

»Ich kann gar nicht glauben, dass kein einziger Liefertermin mehr verfügbar sein soll. Es sind doch noch sechs Stunden, bis ihr schließt. Und du willst mir erzählen, dass keiner der Fahrer eine halbe Stunde erübrigen kann, um meiner Freundin zu helfen?« Mimi war es unangenehm, wie Greta mit ihm flirtete, nur damit sie nicht länger ohne Fernseher leben musste. Daher trat sie verlegen von einem Bein auf das andere.

»Es tut mir wirklich leid, wir sind heute völlig ausgebucht. Gleich am Montagvormittag können wir ihn liefern.« Die Wangen des Verkäufers waren gerötet. Er war ganz offensichtlich nervös. Für ihn war die Flirterei mit der hübschen Greta, die einige Jahre älter war als er, wie ein Kurztrip in den siebten Himmel.

»Oh, das ist wirklich sehr schade.« Gretas eisblaue Augen wirkten nun himmelwarm, übergroß und kugelrund. Es war offensichtlich, dass Florian sich von ihr in den Bann ziehen ließ.

»Naja, ich kann da leider auch nichts machen ... Aber ja, keine Ahnung ...«, stotterte er vor sich hin. »Ich habe einen Kombi. Normalerweise dürfen wir das nicht, aber vielleicht, heute nach Feierabend ...«

»Oh, das ist so nett von dir, danke!«, unterbrach ihn Greta und drückte ihm spontan einen Kuss auf die Wange. Florians Ohren liefen knallrot an und er notierte eifrig Mimis Adresse.

Er versprach, gegen achtzehn Uhr mit dem Fernseher aufzutauchen. Mimi bezahlte schnell im Voraus und bedankte sich überschwänglich. Ihr war das Ganze unsagbar peinlich, aber sie freute sich auf einen gemütlichen Abend und den gesamten Sonntag vor dem Fernseher. Das würde das letzte ruhige Wochenende sein, denn sie war mit den Abläufen im Restaurant soweit vertraut, dass sie in Zukunft auch die Wochenendschichten übernehmen konnte.

Wieder zuhause umarmte Mimi ihre Freundin und lud sie ein, am späteren Nachmittag auf ein Bier bei ihr vorbeizukommen. Florian wäre am Boden zerstört, wenn er beim Liefern des Fernsehers nicht auf seine Angebetete treffen würde. Mimi wollte vorher noch den Einkauf in ihrer Küche verstauen und sich endlich um die Wäsche kümmern. Aber ihr war bewusst, dass Greta eine Erklärung für ihren Auftritt von heute Morgen verdiente. Außerdem war ihre Nachbarin ohne Murren mit ihr mitgekommen, um einen Fernseher zu organisieren und Lebensmittel einzukaufen. Der Vormittag war verflogen und Greta hatte ihr geholfen, den fürchterlichen Start in den Tag für ein paar Stunden zu vergessen.

»Na klar, ich komme gerne. Bis später!«

»Bis nachher und danke nochmals. Für alles heute!«, rief ihr Mimi nach. Greta hatte ihr sogar geholfen, den Einkauf bis vor die Tür zu schleppen. Jetzt wirbelte sie die Treppen hinunter zu ihrer eigenen Wohnung.

Als Mimi ihr Wohnzimmer betrat, entdeckte sie zuerst Alex' Tasche. Seufzend ließ sie ihre Tüten aus dem Supermarkt auf den Boden vor der Küchenzeile sinken. Sie würde ihm seine Sachen mit der Post schicken. Aber erst einmal mussten sie aus ihrem Blickfeld verschwinden. Mimi verstaute sie im Garderobenschrank und atmete erleichtert auf. Die Vergangenheit ist Vergangenheit, sagte sie sich.

68

13 Georg

»Erwartet ihr noch jemanden?« Misstrauisch betrachtete Georg den für vier Personen gedeckten Esstisch im Haus seiner Eltern. Einmal im Monat wurde er zu einem frühen Dinner eingeladen. Früh, damit Mutter zur gewohnten Zeit zu Bett gehen konnte. Dinner und kein Mittagessen, weil es sich eben so gehörte, abends gemeinsam zu speisen. Anfangs hatte er sich vor den Treffen gedrückt. Er hatte keine Lust darauf, seinen Vater außerhalb des Hotels zu sehen. Aber mittlerweile ließ er die Abendessen über sich ergehen.

Seine Mutter freute sich, wenn sie ein paar Stunden lang heile Familie spielen durfte. Im Gegenzug nervte sie ihn nicht mit penetrantem Telefonterror und ließ ihn die meiste Zeit zufrieden. Kurz gesagt: Sie erhielt bei diesen monatlichen Verabredungen die Bestätigung, dass sie eine hervorragende Mutter war, während Georg sich mehr oder weniger offensichtlich an der Hausbar volllaufen ließ und in den richtigen Momenten nickte und lächelte. Sein Vater hielt, genauso wie er, wenig von diesem Arrangement. Spätestens beim Dessert drehten sich die Gespräche ohnehin nur noch um die Hotels. Mutter war gelangweilt und genervt, der alte Herr war besserwisserisch und kritisierte ihn laufend und Georg war betrunken und sekkant, was beide Elternteile auf die Palme brachte. Trotzdem hielt man stur an den gemeinsamen Abendessen fest. Eigenartig.

»Ja, dein Vater hat die neue Direktorin unseres Hotels in Hamburg zum Essen eingeladen. Sie hat gerade Urlaub und besucht Freunde in Linz. Morgen fliegt sie wieder zurück nach Hamburg. Wir dachten, du würdest sie gerne kennenlernen. Ihr Name ist Simone Kant«, trällerte Georgs Mutter fröhlich, während sie einen kunstvoll verzierten Kerzenhalter in der Mitte des Esstisches platzierte. Sie hatte viel zu viel

69

Zeit, ging es Georg durch den Kopf. Sie bastelte aus allem irgendeinen schwachsinnigen Dekokram, ein Teil unansehnlicher als das andere. Seit sie das Internet für sich entdeckt hatte, liefen auf YouTube die Kreativ-Channels rauf und runter. Nach ihrer Hochzeit mit dem reichen Hotelier hatte seine Mutter keine Stunde mehr gearbeitet. Das bedeutete gleichzeitig, dass sie seit gut dreißig Jahren mit nichts weiter beschäftigt war, als Geld auszugeben und zu basteln.

»Warum sollte ich sie kennenlernen wollen?«, fragte Georg gelangweilt.

»Du wirst schließlich irgendwann einmal in die Fußstapfen deines Vaters treten und da solltest du das Personal unserer Häuser kennen, Georg.«

»Ich trete zur gegebenen Zeit in die Fußstapfen meines *Großvaters* und ich lerne das Personal *meiner* zukünftigen Häuser gerne kennen, Mutter.«

Sie zerredeten es. Dabei wussten sie beide, dass dies alles ja doch nicht der Grund dafür war, wieso Simone Kant heute anwesend sein würde. Er kannte die Standardsprüche seines Vaters auswendig:

»So macht man das, mein Sohn.«

»Das ist Hotelführung, so wie ich sie mir vorstelle und wie sie unserem guten Ruf entspricht.«

»Nimm dir ein Beispiel an XY. Die Zahlen sind im vergangenen Quartal explodiert und die Rezensionen sind exzellent.«

Diesmal war es also eine Frau, die ihm vorgeführt wurde. Seine Leistungen wurden heute Abend an denen einer Person namens Simone gemessen. Simone. Der Name sagte alles für ihn. Er schenkte sich einen großzügigen Schluck Whiskey als Aperitif für das folgende Dinner ein.

»Die Ente schmeckt vorzüglich, Frau Soyer«, schleimte Simone Kant. Der Name passte eigentlich gar nicht zu ihr,

70

dachte Georg. Sie war groß, elegant gekleidet und attraktiv. Ihr dunkelblondes Haar trug sie offen. Er schätzte sie auf Ende dreißig. Zu alt. Sie war zweifellos überdurchschnittlich gebildet, aber ging zurückhaltend damit um.

Einmal, als sein Vater sie und ihren Führungsstil lobend hervorhob, errötete sie sogar. Süß. Sie fühlte sich offenbar nicht wohl dabei, als Messlatte für den missratenen Sohn herhalten zu müssen. Georg hingegen war vollkommen entspannt. Seine Haut war dick genug, um Vaters Seitenhiebe an sich abprallen zu lassen. Er zeichnete mit seinem rechten Zeigefinger ein unsichtbares Gittermuster auf die hässlich goldgetupfte Tischdecke und schwenkte in der linken Hand sein Whiskeyglas.

»Sind Sie bereit für das Dessert, Frau Kant? Meine Frau ist berühmt für ihre süßen Leckereien.« Lächerliches, förmliches Geplänkel. Man saß zusammen in der Runde, aß und trank. Man verbrachte eine derart lange Zeitspanne miteinander, dass man die Toilettengewohnheiten des anderen durchschaute. Und dennoch hielt man an der gezwungenen Hölzernheit fest. Georg schnaubte verächtlich. Okay, sein Vater war der Ober-Soyer und alle buckelten vor ihm. Aber ihn nervte es bloß. Trotzdem spielte er brav mit. Es machte Georg sogar Spaß, die Menschen rund um ihn mit seinen ausgezeichneten Manieren zu übersättigen. Mutter war schon jetzt ein gewisses Unbehagen anzusehen, aber das heizte ihn nur noch mehr an.

»Ich denke, Frau Kant und ich könnten schon noch eine deiner berühmten, süßen Leckereien vertragen, Mutter.«

Er erntete von der Direktorin aus Hamburg ein kaum merkliches Schmunzeln, wie er feststellte. Seine Mutter hingegen schien peinlich berührt und dampfte in Richtung Küche ab, um die vom Konditor vorbereitete Nachspeise zu holen.

71

»Frau Kant wird erst morgen früh wieder nach Hamburg reisen und die Nacht im Parkhotel verbringen. Du fährst doch am Hotel vorbei, Georg. Sei so nett und setze sie nachher dort ab.«

»Natürlich. Es wird mir ein außerordentliches Vergnügen sein«, antwortete Georg und prostete mit dem gutgefüllten Whiskeyglas in die kleine Runde.

Der Abend zog sich in die Länge. Georg achtete darauf, nicht mehr zu viel zu trinken, um die Frau Direktorin wohlbehalten im Hotel abliefern zu können. Doch je weniger er trank, desto unerträglicher war es im Haus seiner Eltern. Simone Kant schien zahlreiche Kurse in professionellem Smalltalk absolviert zu haben. Sie machte wertschätzende Komplimente über die selbstgebastelte Deko aus Müll und versicherte ihre Hochachtung vor ihrem Arbeitgeber, ohne dabei aufdringlich zu wirken. Die Alten saßen steif und erhaben in ihren schweren Lederfauteuils und genossen es. Vor allem Georgs Mutter aalte sich in den Schmeicheleien. Warum genau konnte sich Georg nicht erklären. Sie hatte aus seiner Sicht nicht das Mindeste zum Erfolg der Soyer-Group beigetragen. Ihre Aufgabe war es gewesen, sich um den Sprössling zu kümmern und dabei hatte sie versagt. Georg ließ das Gewäsch über sich ergehen.

Nach dem zweiten Espresso schlich sich endlich auch für die anderen eine gewisse Langeweile in die Gespräche ein, die Direktorin Kant dazu veranlasste, mehrmals hintereinander unauffällig zu gähnen.

»Frau Soyer, Herr Direktor, ich danke Ihnen für die Einladung in Ihr prachtvolles Zuhause. Es war mir wirklich eine Ehre, dass ich mit Ihnen zu Abend essen durfte. Ich denke, es wird nun Zeit für mich. Der Tag war sehr lang und ich trete bereits in den frühen Morgenstunden meine Heimreise an.«

72

»Aber gerne, Frau Kant. Wir haben den Abend mit Ihnen sehr genossen«, gab Mutter zurück und erhob sich sofort, um ihren Sohn und die Direktorin zur Tür zur begleiten. Sie war müde und wollte ins Bett.

»Sehr dezent, Mutter. Du bist eine wunderbare Gastgeberin«, murmelte ihr Georg ins Ohr. Ihre Fehler waren ihm stets ein willkommener Anlass, um sie bloßzustellen. Auch wenn er selbst froh war, dass er wegkam. Galant half er der Hamburgerin in den Mantel. Er schritt voraus in Richtung Auto, hielt ihr dort die Beifahrertür auf und ließ sie auf dem weichen Ledersitz Platz nehmen.

14 Mimi

»Oh wow, du hast dich ja richtig in Schale geworfen für diesen Florian«, neckte Mimi ihre Nachbarin, die ein paar Stunden später in ausgebeulten Jogginghosen und einem verwaschenen Rolling-Stones-Shirt vor ihr stand. Ihr Haar trug sie zu einem hochsitzenden Pferdeschwanz zusammengebunden und bis auf ein wenig Wimperntusche war sie ungeschminkt. Trotzdem sah Greta aus, als wäre sie direkt von einem Modelauftrag für Sportbekleidung zu ihr geeilt. Mimi war von dieser Art Menschen beeindruckt. Wer würde nicht gerne von Natur aus so gut aussehen, dass man selbst im Schmuddeloutfit einen solchen Sexappeal ausstrahlte.

»Ach, wir wollen den süßen Verkäufer doch nicht überfordern«, gab Greta gut gelaunt zurück und machte es sich sofort auf dem Sofa gemütlich. Mimi holte das versprochene Bier aus dem Kühlfach. Auf den Tisch stellte sie ein bisschen Käse, Brot und Weintrauben. Ein gut gefüllter Kühlschrank machte einfach glücklich. Ein Blick auf die Uhr verriet ihr, dass der Fernseher bald geliefert werden würde. Sie prosteten sich zu und tranken aus den Flaschen.

Kurz vor Ende der zweiten Runde stand endlich ein verschwitzter Florian im Wohnzimmer und schloss den neuen Fernseher an. Das gehörte zwar definitiv nicht zum Service des Geschäfts, aber die Frauen alberten angeheitert herum und er witterte wohl seine Chance darauf, mehr Zeit mit ihnen zu verbringen. Greta flirtete oberflächlich mit ihm und machte ihm unschuldige Komplimente. Wie sich herausstellte, war Florian ein lockerer Typ. Er hatte sich zwar ein bisschen in Greta verguckt, aber bereits nach dem zweiten Bier schwärmte er pausenlos von Susanna, deren Stammplatz Kasse zwei im Elektronikgeschäft war.

74

Als Florian ging, verzog sich mit ihm die ausgelassene Stimmung. Mimi hatte zwar viel getrunken, trotzdem fühlte sie eine gewisse Anspannung. Greta saß neben ihr und betrachtete das Etikett auf der Bierflasche in ihrer Hand.

Natürlich erwartete sie eine Erklärung. Mimi atmete tief durch.

»Danke für alles, was du heute für mich getan hast.«

»Ach, das war doch nichts.«

»Doch, du hast mir sehr geholfen. Du warst für mich da. Ich habe niemanden sonst hier, an den ich mich wenden könnte.«

»Du kannst jederzeit zu mir kommen!« Greta schenkte ihr ein aufrichtiges Lächeln. »Ich mag dich, Mimi. Ich habe dich gesehen und war mir sicher, dass wir gute Freundinnen werden. Es ist nicht leicht, an einem neuen Ort und alleine von vorne anzufangen.«

»Du hast eine Erklärung verdient.«

»Gar nichts habe ich verdient. Du kannst mir alles erzählen, aber fühle dich nicht dazu verpflichtet. Ich bin gerne für dich da und erhebe keine Gegenansprüche.«

Mimi glaubte ihr. Abermals durchströmte sie Dankbarkeit dafür, dass sie eine so großartige Nachbarin hatte.

»Ich hatte gute Gründe, meine Heimat zu verlassen. Es ist sehr viel vorgefallen in den letzten Jahren. Sofort nach der Schule habe ich mich auf die Suche nach einem Job gemacht. Ich wäre gerne weiter weggezogen, aber die Soyer-Group war eine riesige Chance, die ich mir nicht entgehen lassen konnte. Ich will einfach alles hinter mir lassen, Greta.« Mimi stockte. Greta schwieg.

»Gestern Abend hat mich ein Freund besucht. Er wohnt in Aigen-Schlägl, dem Dorf aus dem ich komme. Wir waren gemeinsam in der Schule und im Internat. Und er war gestern hier um mich davon zu überzeugen, wieder nach Hause zu kommen. Als ich ablehnte, erklärte er sich dazu bereit, hierher zu ziehen. Er will mit mir leben. Er liebt mich.«

»Und was willst du?«, fragte Greta.

»Für mich kommt das nicht in Frage. Weder das eine noch das andere. Alex ist mein bester Freund. Aber ich liebe ihn nicht so, wie er mich liebt. Ich kann ihm nichts vormachen und davon abgesehen möchte ich das hier alleine schaffen. Aber ihn zu enttäuschen, tut so weh. Er war immer für mich da und hat mich wahrscheinlich gerettet. Ich weiß nicht, wo ich ohne ihn jetzt stünde.« Mimi stiegen wieder Tränen in die Augen. Bilder aus der Vergangenheit flackerten in ihr auf. Bilder davon, wie Alex sie mitten in der Nacht von zuhause abholte und sie auf dem Moped in das Haus seiner Eltern brachte. Bilder, auf denen er sie, ohne Fragen zu stellen, in den Arm nahm und einfach festhielt. Es waren Bilder, die einen Freund zeigten, der sie niemals verraten und niemals im Stich gelassen hatte.

»Du allein entscheidest, wie du dein Leben leben willst. Es wird eine Zeit kommen, in der Alex vielleicht wieder Platz darin haben wird. Bis dahin muss er dich loslassen. Und du ihn auch.«

Und du ihn auch.

War es das, was Mimis Angst schürte? Sie wollte ihn gehen lassen. Er hatte es verdient, glücklich zu werden. Sie wünschte sich so sehr für ihn, dass auch er sich von der Vergangenheit löste und einen Neubeginn wagte. Ohne sie. Aber sie hatte Angst, denn dann war sie endgültig allein. Alex wäre nicht mehr ihr Sicherheitsnetz. Wenn sie fiel, würde sie niemand mehr auffangen. War sie in der Lage, loszulassen? Die ersten Schritte hatte sie gemacht, sie musste nur weitergehen.

Es wurde still zwischen den beiden. Mimi war noch nicht bereit, ihre Vergangenheit auszubreiten, und Greta merkte das. Sie fragte nicht nach, war wieder einmal geduldig. Für

76

Mimi war aber klar, dass sie die erste Person sein würde, der sie sich anvertrauen konnte. Sie brauchte nur noch etwas Zeit.

»Manchmal frage ich mich, ob ich es schaffen kann. Alleine, als Frau, ohne Backup. Verstehst du, was ich meine?«

»Natürlich, warum solltest du es nicht schaffen? Du hast eine Wohnung, einen Job, kannst deinen Kühlschrank füllen. Du wirst Leute kennenlernen und Freunde finden. Das alles braucht Zeit, aber irgendwann wirst du wieder einen Heimathafen finden.«

Mimi dachte einen Moment lang über Gretas Worte nach.

»Heimathafen. Ein schöner Ausdruck. Ich denke, ich hatte schon lange keinen Heimathafen mehr.«

»Natürlich hattest du den. Du wurdest geboren, bist aufgewachsen, hattest Freunde, hattest Alex. Das alles ist ein Heimathafen. Es muss ja nicht immer alles eitle Wonne sein, aber grundsätzlich ist man in diesem Geflecht verwurzelt. Dein bisheriges Leben hat dich zu dem Menschen gemacht, der du bist. Das solltest du trotz allem nicht vergessen.«

»Dann meinst du also, ich bin ein Feigling, weil ich alles hinter mir lassen will?«

»Auf keinen Fall! Es gehört viel Mut dazu, aus einem gewohnten Umfeld auszubrechen. Die meisten Menschen bleiben ein Leben lang gefangen, weil sie zu ängstlich sind, neu anzufangen. Sie sind lieber ihr ganzes Leben unglücklich, als einen Neuanfang zu wagen. Du hast diesen Schritt gemacht und ich bewundere dich dafür«, erwiderte Greta.

»War es bei dir ähnlich, als du die Anwaltskarriere hingeschmissen hast?«

»In gewisser Weise schon. Das Verhältnis zu meinen Eltern ist unwiderruflich zerstört. Sie waren so wahnsinnig enttäuscht von mir. Und das hat mich sehr verletzt. Sie haben mir dadurch meinen Heimathafen zu einem gewissen Teil zerstört. Als ich meiner Mutter sagte, dass ich einen anderen Weg

77

einschlagen würde, habe ich nichts als blankes Entsetzen in ihrem Gesicht gesehen. Mir wurde bewusst, dass ich mein ganzes Leben bis zu diesem Augenblick nicht um meiner selbst Willen geliebt wurde. Man hat mich nur geliebt, wenn ich ihre Erwartungen erfüllt habe. Hätte ich vorher gewusst, wie schmerzhaft diese Erfahrung ist, hätte ich mich vielleicht anders entschieden. Im Gegensatz zu dir war ich aber nicht alleine, ich hatte zu diesem Zeitpunkt ein Backup. Daher finde ich dich keineswegs schwach oder feige, Mimi. Ich bewundere dich.«

15 Greta

»Wenn du jetzt gehst, brauchst du nicht wiederzukommen. Und das weißt du.« Die Augen ihrer Mutter waren eiskalt. Konstantin stand neben ihr und sagte nichts. Wenn sie ihre Drohung wahrmachte, würde Greta ihren Vater wohl länger nicht zu Gesicht bekommen. Er war in der Kanzlei und bekam von all dem hier nichts mit. Aber es war ihr egal. In der Einfahrt saß Marco auf dem Motorrad und wartete auf sie. Sein Gesicht streckte er völlig entspannt der Sonne entgegen.

›Ich liebe diesen Mann. Er ist wundervoll‹, dachte Greta. Doch die Realität riss sie aus ihrem Glück.

»Bitte, geh nicht, Greta!«

»Ich dachte, wenigstens du verstehst mich, Konstantin. Macht es gut, Leute. Ich bin weg.« Sie drehte sich um und lief zu Marco. Ihr Rucksack war so leicht wie ihr Gefühl.

»Hey Baby, alles klar?«

»Ja, lass uns fahren.«

Er nickte knapp und reichte ihr den Helm. ›Blicke nicht zurück‹, sagte sie sich streng. ›Hör auf deinen Bauch und setz dich auf das Motorrad.‹

»Bereit?«

»Los!«

Trotz der Motorradjacken meinte sie, Marcos warme Haut auf ihrer zu spüren. Sie presste ihren Körper fest an seinen, schloss die Augen und legte sich vertrauensvoll in jede Kurve. Er hatte das Motorrad im Griff. Genauso wie sein Leben. Er lebte. Greta wollte auch leben. Die Fotografie führte sie beide zusammen. Und alles andere, was sie verband, kam fast über Nacht. Sie tranken, sie schliefen miteinander, sie feierten und sie redeten. Diese philosophischen Gespräche, die so viel

Intimität schufen und die rauen Liebesakte, die sie auf das Allerniedrigste reduzierten.

»Wir sind füreinander bestimmt, Greta!«, meinte er eines Abends ganz trocken, als sie gemeinsam auf dem kleinen Balkon saßen und sich eine Zigarette teilten.

»Ja, das sind wir«, gab Greta mit überraschender Selbstverständlichkeit zurück.

Nun, ein Jahr später, warf sie ihr bisheriges Leben weg und fuhr mit diesem Mann, ihrer Liebe, auf dem Motorrad gen Süden. So kitschig und klischeehaft, wie man es sich vorstellte, brausten sie in Richtung Italien. Bereits ab der österreichisch-italienischen Grenze suchte sie mit den Augen die Gegend nach dem Meer ab. Sie wollte den Moment, in dem man es sehen konnte, auf keinen Fall verpassen. Sie konnte es nicht erwarten, noch mehr von dieser Freiheit zu spüren, die sie seit der Abfahrt in Linz in sich trug.

»Wuuuhuuuuuu!«, schrie sie so laut, dass ihr Hals brannte.

Und Marco lachte. Sie konnte sein Lachen weder hören noch sehen, aber Greta spürte es. Sie waren frei und so glücklich.

16 Georg

Die Fahrt bis zum Parkhotel dauerte keine zehn Minuten. Georg war wieder nüchtern genug, um sich und seine Beifahrerin sicher durch die vielen engen Straßen und Dreißigerzonen vom Stadtteil Freinberg herunter in die Innenstadt hindurchzuschlängeln. Seine Sinne waren außerdem soweit geschärft, dass ihm nicht entging, wie Simone Kant nach etwa der Hälfte der Fahrtstrecke anfing, nervös neben ihm herumzurutschen.

Unauffällig warf er einen Blick auf ihre Hände, die angespannt auf den Oberschenkeln ruhten. Der Rock des eleganten Kostüms war dank der tiefen Autositze hochgerutscht und der Schein der Straßenlaternen erlaubte ihm freie Sicht auf schlanke, lange Beine. Ihre Füße steckten in kniehohen schwarzen Stiefeln mit schmalem Absatz. Ihren rechten Mittelfinger zierte ein auffälliger modischer Ring, ansonsten trug sie keinen Schmuck. Kein Ehering, keine Kette, nicht mal Ohrringe waren ihm aufgefallen.

»Wir sind gleich da«, sagte Georg in die Stille hinein.

»Danke, ich bin wirklich schon etwas müde. Es hat mich übrigens gefreut, Sie heute kennenzulernen, Herr Soyer. Ihr Vater hat mir im Vorfeld schon viel von Ihnen erzählt.«

»Darauf wette ich.«

»Oh nein, so meinte ich das nicht. Er scheint sehr stolz auf Sie zu sein und auf die Soyer-Group. Und ich freue mich, dass ich Teil dieses erfolgreichen Unternehmens sein darf.«

»Bemühen Sie sich nicht, Frau Kant. Ich kenne die Meinung meines Vaters über mich.«

»Ich wollte nicht ...«

»Vergessen Sie es. Sie haben nichts Falsches gesagt.«

Es folgte wieder Schweigen. Simone knetete ihre Finger im Schoß.

»Fühlen Sie sich nicht gut?«, fragte Georg, obwohl es ihn eigentlich gar nicht interessierte. Er war müde und wollte ins Bett. Während sie an einer roten Ampel standen, entfernte er eine Staubfluse vom Armaturenbrett, die ihn aus dem Zentrum des Lichtkegels einer Straßenlaterne höhnisch anstarrte. Er hasste Staub.

»Doch, doch! Alles in Ordnung. Es war bloß ein langer Tag.«

»Wem sagen Sie das. Ein Abend im Hause Soyer kann einem die letzten Kräfte rauben«, witzelte er und ließ das Fenster hinunter, um den Fussel hinauszuwerfen. Sie wirkte dennoch nervös. Keine Ahnung, was mit dieser Frau plötzlich los war. Vermutlich meinte sie, sie sei bei Georg ins Fettnäpfchen getreten und hatte sich mit ihrem angehenden Chef angelegt. Obwohl ihn sein Vater immer wieder als Versager dastehen ließ, handelte es sich bei ihm immerhin um den zukünftigen Leiter der gesamten Soyer-Group. Jedenfalls reagierte sie nicht auf seinen Witz.

»Haben Sie schon eingecheckt?«

»Ja, meine Sachen sind schon auf dem Zimmer. Die Schlüsselkarte habe ich dabei.«

»Gut. Es ist schon spät und die Rezeption ist nur in Notbesetzung. Ich parke in der Tiefgarage und bringen Sie auf Ihr Zimmer.«

»Nein, Herr Soyer! Das ist nicht notwendig. Ich finde mich schon allein zurecht. Vielen Dank.«

»Wie gesagt, es ist spät. Ich habe ohnehin noch etwas im Büro zu tun, also werde ich Sie zu Ihrem Zimmer begleiten. Dann weiß ich Sie in Sicherheit.« Und sein Vater konnte ihm nicht vorwerfen, dass er dessen Lieblingsdirektorin gewissenlos aus dem Auto geworfen hatte. Komischerweise steigerte sich dadurch ihre Aufregung weiter. Ihre Atmung ging flach und das Kneten der Hände intensivierte sich. Seltsame Person,

82

dachte Georg, bevor ihm ein Licht aufging. Sie stand auf ihn! Natürlich! Simone Kant wollte von ihm flachgelegt werden.

Georg schmunzelte in sich hinein. Sie war zu alt für ihn. Außerdem war sie mit seinem Vater verbandelt, was die Angelegenheit pikant machte. Er musterte nochmals ihr Profil. Sie war zu alt, eindeutig. Aber sie war ganz hübsch. Und ihm gefiel die erhabene Gelassenheit beim Dinner gepaart mit der jetzigen, völlig unangebrachten Unruhe. Georg nutzte die übrigbleibende Minute Fahrtzeit zum Hotel, um abzuwiegen. Letztendlich entschied er sich dazu, seine zukünftige Untergebene heute Nacht auf diesen Umstand ein wenig einzustimmen.

Georg straffte die Schultern, lenkte den Wagen in die Garage und parkte auf dem für ihn reservierten Parkplatz.

»In welchem Stockwerk ist Ihr Zimmer?«

»Im zweiten.«

Er drückte den Knopf im Fahrstuhl und sortierte nochmals seine Gedanken. Die rechte Hand wanderte zu seiner Gürtelschnalle, um deren korrekte Position zu überprüfen. Simone Kant verfolgte zurückhaltend, aber nicht verstohlen genug, jede seiner Bewegungen. Er hatte nicht hinreichend Zeit, um sämtliche Restzweifel an seinem Plan auszuräumen. Der Lift hielt, sie stiegen aus. Simone kramte in ihrer Handtasche nach der Karte.

»Es hat mich gefreut, Sie persönlich kennenzulernen. Vielen Dank, dass Sie mich begleitet haben. Ich wünsche Ihnen noch einen angenehmen Abend«, piepste sie, als sie die Zutrittskarte endlich gefunden hatte.

»Oh ja, den werde ich haben«, antwortete Georg ernst. Er bohrte seinen Blick direkt in ihr Gesicht und stellte zufrieden fest, dass sie augenblicklich ins Wanken geriet.

›Nicht länger abwiegen.

Man lebt nur einmal.

Nimm, was du kriegen kannst.

Zeig ihr, dass du ihr zukünftiger Boss bist.‹

Er packte Simone am Nacken, zog ihren Mund auf seinen und schob die Zunge in sie hinein.

»Herr Soyer, ich ...«, stotterte sie verlegen, als er sich von ihr löste. Aber Georg wusste ganz genau, dass die Frau Direktor längst ein nasses Höschen hatte, so wie sie seinen Kuss in Empfang genommen hatte. Er nahm ihr die Schlüsselkarte aus der Hand, öffnete die Tür und schob sie in eine der geräumigen Juniorsuiten.

»Zieh dich aus«, wies Georg sie streng an, kaum war die Tür hinter ihnen geschlossen. Seine Kehle war ausgetrocknet. Er hatte das hier nicht geplant. Normalerweise plante er. Es entging ihm heute eine ganze Menge Vorfreude, indem er sich so spontan auf diese Frau einließ. Er würde es dennoch durchziehen. Erwartungsvoll sah er Simone Kant in die Augen.

»Bitte, ich ...«, murmelte sie.

»Ausziehen!«, wiederholte er. Simone stand nur da und sah ihn an. Georg trat einen Schritt näher, sodass nur noch seine Hände zwischen sie beide passten, und begann, die Knöpfe ihrer Bluse zu öffnen. Er überragte sie nur um wenige Zentimeter. Dennoch wirkte sie klein und schwach auf ihn. Gut so. Er zog sie so weit aus, bis sie nur in ihrer spitzenlosen, schwarzen Unterwäsche vor ihm stand. Sie war offenbar nicht davon ausgegangen, heute jemanden aufzureißen. Sonst hätte sie sich bei der Auswahl ihrer Dessous vermutlich mehr Mühe gegeben. Ihre Haut am Bauch war etwas schlaff. Hatte sie ein Kind? Georg würde sie dort nicht anfassen. Aber er würde es durchziehen.

»Ist dein Höschen feucht, Simone?«, fragte er unvermittelt. Sie wand sich und er genoss ihre Verlegenheit.

»Antworte mir!«

»Ja«, kam es flüsternd zurück.

»Runter damit!«

Sie zog langsam ihren Slip bis zu den Knöcheln. Beschämt senkte sie den Kopf. Georg betrachtete sie lange, ohne sie zu berühren. Wenn er sie berührte, gab es kein Zurück mehr. Die Frau vor ihm starrte unterdessen auf den Boden und ließ sich, urplötzlich, demütig auf die Knie fallen. Georg war so erstaunt und reflexartig über alle Maßen erregt, dass er beinahe die Beherrschung verloren hätte.

Er hatte sich nicht länger als nötig in Simone Kants Suite aufgehalten. Auf dem Weg in sein Büro lag glücklicherweise eine Toilette. Er wusch sich gründlich Gesicht und Hände. Am Schreibtisch suchte er sich einige Unterlagen zusammen, cremte seine Hände ein und verließ das Zimmer, als die Salbe eingezogen war.

In der Lobby hielt er den Aufzug an, um kurz nach dem Rechten zu sehen. Hinter dem Tresen saß Olivia, die ihn prompt ins Visier nahm.

»Hallo Georg, was machst du hier?«, fragte sie verwundert und erfreut zugleich.

»Ich habe ein paar Papiere hier vergessen. Warum machst du die Nachtschicht?« Das war ungewöhnlich, denn Olivia war ansonsten nur tagsüber im Hotel.

»Toni ist krank. Ich bin eingesprungen. Schade, sonst hätte ich dich heute noch besuchen können ...« Sanft fuhr sie mit ihren manikürten Fingern seine Taille entlang.

Schnell wandte sich Georg zum Gehen.

»Ja, schade. Wir sehen uns morgen, Olivia«, gab er einsilbig zurück und verschwand in Richtung Tiefgarage. Es war nicht so, dass er ihr gegenüber ein schlechtes Gewissen hatte. Sie hatten nichts Festes und überhaupt musste er vor niemandem Rechenschaft ablegen. Aber trotzdem wollte er Olivia nicht jede Affäre auf die Nase binden. Er würde ungern eine so hervorragende Arbeitskraft in seinem Hotel verlieren. Und wenn es Olivia zu bunt wurde, würde sie vielleicht einfach gehen. Ich muss schließlich auch an das Hotel denken, sprach sich Georg zu und rammte die Fersen bei jedem Schritt in den Betonboden der Garage.

17 Mimi

»Also meine Damen, ich komme gerade von oben.« Lars stürmte auf Mimi, Lisa und Anita zu, die soeben die Mittagsschicht beendeten.

»Herr Soyer hat für heute Abend eine Gruppe zum Abendessen angekündigt. Es dürften ein paar Geschäftspartner des Hotels kommen und der Chef selbst wird auch dabei sein. Das bedeutet, alles muss perfekt laufen. Wir erwarten sieben oder acht Personen, zusätzlich zum gewöhnlichen Abendgeschäft. Wenn es möglich ist, dann brauche ich euch alle drei, um das zu stemmen. Mimi, Anita, ihr seid ja sowieso für die Abendschicht eingeteilt. Lisa, wie sieht es bei dir aus? Kannst du einspringen?«

»Ja klar, kein Problem.« Auf sie war immer Verlass. Mimi war erleichtert, dass sie aushalf. Sie hatte sich in den letzten drei Wochen zwar schon gut eingearbeitet, aber wenn etwas Außergewöhnliches anstand, war es gut, zusätzliches Personal zu haben.

»Super, danke. Und Mimi, du sollst dich nachher mal beim Direktor blicken lassen. Wahrscheinlich geht es um das Auslaufen deiner Probezeit. Aber keine Angst, ich habe dich sehr gelobt. Du musst dir also keine Sorgen machen. Wir brauchen dich hier, du bist spitze!« Mit einem freundlichen Lächeln stürmte Lars weiter durch die Schwingtür in die Küche. Wahrscheinlich gab er dem Küchenpersonal wegen heute Abend Bescheid. Er war wirklich ein toller Vorgesetzter. Man wusste immer, woran man bei ihm war. Er beschönigte nichts, nahm sich ausreichend Zeit für gute Ratschläge und sparte nicht mit lobenden Worten. Seine herzliche Art war ein großer Motivationsfaktor innerhalb des Restaurants und das Team unter ihm funktionierte wie am Schnürchen. Der Erfolg gab seinem Führungsstil recht.

Mimi bekam trotzdem ein flaues Gefühl im Magen, wenn sie an den bevorstehenden Termin mit dem Hoteldirektor dachte. Sie hatte es in den letzten Wochen geschafft, sowohl Georg Soyer als auch dem Empfangsdrachen Olivia erfolgreich aus dem Weg zu gehen. Sie mochte sich gar nicht vorstellen, wie sie gleich wieder, wie ein Schulmädchen, in seinem Büro sitzen würde. Aber da musste sie durch. Sie wollte professionell sein, denn sie hatte nichts zu befürchten. Ihrer Meinung nach leistete sie gute Arbeit und Lars stand hinter ihr. Alles Weitere, wie zum Beispiel Herrn Soyers Arroganz und seine Begabung, sie zu verunsichern, musste sie schlichtweg ausblenden.

Während der Fahrt in den sechsten Stock nahm sich Mimi fest vor, sich diesmal nicht einschüchtern zu lassen. Ihre Angst war doch lächerlich. Sie war eine erwachsene Frau und fürchtete sich vor ihrem Chef. Und das noch nicht mal aus beruflichen Gründen. Aber das würde sich jetzt ändern. Sie würde taff sein und ganz locker über den Dingen stehen. Die Aufzugtür öffnete sich mit dem mittlerweile vertrauten Ping. Sie nahm Haltung an und klopfte an die Tür.

»Herein!«

»Guten Tag, Herr Soyer. Sie wollten mich sprechen.« Mimi verlieh ihrer Stimme Kraft und trat verhältnismäßig selbstsicher in den Raum.

»Ja, danke, dass Sie es einrichten konnten. Setzen Sie sich, bitte. Ich muss noch eine E-Mail versenden. Wenn Sie kurz warten würden. Möchten Sie ein Wasser?«

»Äh, nein danke. Ich brauche nichts.« Ach du gute Güte, was war denn hier los?

Sie hatte mit allem gerechnet, war gewappnet und dann das. Georg Soyer sprach sie nicht nur höflich an, er sah ihr dabei auch noch direkt in die Augen und verhielt sich so ... normal. Das ließ Mimis Puls gleich in die Höhe schnellen.

88

Vielleicht wollte er sie doch rauswerfen und es so nett wie möglich verpacken?

»Also, nun zu Ihnen, Frau Lenz. Ihre Probezeit läuft in den nächsten Tagen aus. Wie geht es Ihnen bei uns?«

»Sehr gut, danke. Der Job ist toll und ich habe mich gut eingearbeitet.« Bitte wirf mich nicht raus, dachte sie.

»Ja, das habe ich auch schon gehört. Lars schwärmt in den höchsten Tönen von Ihnen. Wie verstehen Sie sich mit Ihren Kolleginnen und Kollegen?«

»Gut! Das Team ist spitze.«

»Sehr schön. Wenn Sie einverstanden sind, werde ich bei Pamela veranlassen, dass Sie einen Vertrag über ein unbefristetes Dienstverhältnis erhalten. Sie haben sich mit Sicherheit bei uns beworben, weil Sie wissen, dass diese Chance mit einer Reihe von Annehmlichkeiten verbunden ist. Sie nehmen an internen Trainingsangeboten der Soyer-Akademie teil und werden sich bei entsprechendem Engagement sehr rasch innerhalb der Hotelgruppe hocharbeiten. Es ist ein solider Grundstein für eine steile Karriere in der Hotellerie.«

»Oh mein Gott, ich weiß gar nicht was ich sagen soll. Vielen Dank, Herr Soyer!«

Die ausgeschriebene Stelle war mit einer Einjahresbefristung verbunden gewesen, was in der Hotellerie keinesfalls ungewöhnlich war. Im Gegenteil, ein Jahr war länger als eine Saison und dieses Jahr versprach Mimi zum Zeitpunkt ihrer Bewerbung genug Zeit, um in der neuen Umgebung einen erfolgreichen Neuanfang hinzulegen. Aber natürlich freute sie sich darüber, dass ihr eine Langzeitstelle angeboten wurde. Sie hatte vor ihrer Bewerbung im Parkhotel die Angebote der Soyer-Akademie durchstöbert und war sehr beeindruckt von den Möglichkeiten, die sich dadurch für junge Absolventen nach der Schule boten.

»Es ist schön, dass Sie hier sind. Tun Sie mir einen Gefallen und verzaubern Sie unseren Lars weiterhin so, wie sie es bisher gemacht haben. Wir brauchen genau solche Mitarbeiter wie Sie. Damit wird unser Haus zu einem besonderen unter vielen. Haben Sie Fragen?«

»Nein.« Mimi grinste immer noch und schüttelte bekräftigend den Kopf.

»Gut, dann danke für Ihre Zeit und in Kürze erhalten Sie die Vertragsänderung von Pamela.«

Mimi stand auf und schickte sich an, das Büro zu verlassen. Als sie die Schwelle erreichte, meldete sich Herr Soyer nochmals zu Wort.

»Ach Moment noch, Frau Lenz. Haben Sie heute Abend Dienst?«

»Ja, Lars hat Lisa, Anita und mich für das Geschäftsessen eingeteilt.«

»Gut, dann sehen wir uns.« Oh, nein. Da war er wieder, dieser Blick. Undurchdringlich und von oben herab. Die Andeutung eines schiefen Lächelns, das eindeutig nicht darauf abzielte, Freundlichkeit auszustrahlen.

»Bis später«, murmelte Mimi und verließ schnell das Büro.

Die Pause zwischen ihren Schichten nutzte Mimi für einen Spaziergang. Der Spätherbst hatte das Wetter fest im Griff. In dem an das Hotel grenzenden Park wehte ein kalter Wind über den Laubteppich und wirbelte die bunten Blätter durch die Luft. Ihr Blick fiel auf einen Obdachlosen, der mit einer löchrigen, braunen Decke um den Körper gewickelt auf einer Parkbank saß und Dosenbier trank. Von hinten näherte sich ihm ein freundlich aussehender Polizist. Er würde den Mann vertreiben. Im Parkgebiet herrschte strenges Drogen- und Alkoholverbot. In der Zeitung hatte Mimi gelesen, dass das gesamte Viertel »gereinigt« werden sollte, damit sich die

90

Besucher der Stadt, die im angrenzenden Hotel abstiegen, nicht belästigt fühlten.

Der Einfluss der Soyers auf die Entscheidungsträger in Linz dürfte enorm sein. Die Politiker hatten die glorreiche Idee, jene Menschen, die nicht ins Bild passten, in einen anderen Park umzusiedeln. Dieser lag etwas außerhalb der Innenstadt inmitten eines Wohngebiets. Diese Entscheidung hatte die Emotionen in der Bevölkerung hochkochen lassen, doch geändert hatte dies nichts. Seither bemühten sich Ordnungsdienste und Polizei darum, die Umsiedlung ernsthaft umzusetzen.

Als der Mann den Polizisten erspähte, schüttelte er betrübt den Kopf und erhob sich mühselig. Seine Augen waren müde. Ohne Worte verzog er sich in Richtung des Parkausgangs. Mimi hatte Mitleid mit ihm. Sie war in ihre Jacke und einen langen Schal gehüllt. Trotzdem fröstelte sie. Sie wollte sich gar nicht vorstellen, was es bedeuten musste, kein Dach über dem Kopf zu haben. Wehmütig wandte sie sich wieder ihren eigenen Gedanken zu und atmete die frische Luft ein, die ihr guttat.

Sie wusste wirklich nicht, was sie von ihrem Chef halten sollte. Natürlich freute sie sich über den Job, das ganze Lob, das sie eingeheimst hatte, das Vertrauen in ihre Arbeitskraft. Aber das hatte sie wohl Lars zu verdanken. Die Spannungen, die zwischen Georg Soyer und ihr herrschten, beschäftigten sie. Sie war wohl zu jung und zu unerfahren, um mit Menschen wie ihm richtig umgehen zu können. Es wäre am besten, wenn sie seine Launen einfach hinnahm und weiterhin darauf achtete, dass sich ihre Wege nicht allzu oft kreuzten.

Mimi kaufte sich in einer kleinen Bäckerei einen Kaffee zum Mitnehmen und trank ihn auf dem Rückweg zum Hotel.

»Mimi, du kümmerst dich vorrangig um die Gruppe rund um Herrn Soyer. Anita, Lisa, ihr werdet die restlichen Tische übernehmen und notfalls helft ihr euch gegenseitig aus. Drei, zwei, eins und los!« Lars' Laune war blendend. Auch er hatte sich über Mimis Festanstellung gefreut und sie sogar kurz umarmt, als sie ihm davon erzählt hatte. Von seiner Diensteinteilung am heutigen Abend war Mimi zwar nicht begeistert, aber sie schwieg.

Im Speiseraum stellte sie fest, dass Herr Soyer bereits eingetroffen war. Er und vier weitere Männer zogen gerade ihre Jacken aus. Alle trugen dunkle Anzüge. Georg Soyer schien der jüngste unter ihnen zu sein, die anderen waren nach Mimis Einschätzung um die fünfzig oder älter. Es dürfte sich um einen wichtigen Termin handeln. Die Männer hatten ernste Mienen aufgesetzt und alles deutete darauf hin, dass sich die Unterhaltungen beim Essen weiter um die Geschäfte drehen würden. Nach einem Treffen mit zwangloser Plauderei sah das wirklich nicht aus.

Ich bin ein Profi, beschwor sich Mimi gedanklich, während die Personen am Tisch Platz nahmen. Sie wartete, bis alle auf ihren Stühlen saßen. Dann notierte sie die erste Getränkebestellung und betete auswendig die heutige Menüauswahl herunter. Sie vermied es, Georg Soyer direkt anzusehen oder anzusprechen und es klappte ganz gut. Er war so vertieft in die leisen vor sich hin tröpfelnden Gespräche, dass er kaum Notiz von ihr nahm.

Hinter der Theke bereitete Mimi die Getränke vor. Da stießen ein weiterer Mann und eine Frau am Tisch dazu. Sie musterte die Neuankömmlinge. Der Mann war um einiges jünger als der Rest. Mimi schätzte ihn in Georg Soyers Alter. Er half der mit ihm erschienenen Dame aus dem Mantel. Sie sah bezaubernd aus. Das helle, lässige Kostüm mit Karomuster schmiegte sich an ihre sportliche Figur. Sie trug es mit einer

92

solchen Leichtigkeit, dass man fast neidisch werden konnte. Ihr schulterlanges, blondes Haar war zu wilden Surferwellen gestylt und ihr Make-up war dezent.

»Guten Abend, was möchten Sie trinken?«, begrüßte Mimi die Neuen, nachdem sie rasch die Getränke an die anderen verteilt hatte.

»Einen Gin Tonic für meine Mutter und ich nehme ein Seidel, bitte.«

»Sehr gerne.«

Seine Mutter? Gut, das hätte sie nun wirklich nicht erwartet. Als sie an den Tisch getreten war, hatte sie bemerkt, dass sie wohl ein wenig älter als ihr Begleiter sein dürfte. Aber seine Mutter?

Während ihrer Schicht an diesem Abend bekam Mimi ein paar Gesprächsfetzen am Tisch mit. Der junge Mann und seine Mutter hatten eine Art Marketingagentur oder Beratungsfirma, die für das Hotel Aufträge erledigte. Der Rest der Gäste bestand vermutlich aus Investoren und einem Anwalt. Letzterer war unschwer daran zu erkennen, dass er pausenlos von Verträgen und Klauseln faselte.

»Konstantin hat die Verträge vorbereitet, die Klausel am Ende der dritten Seite hat er angepasst. Diese war in der Urfassung nicht mit dem geltenden Recht vereinbar.«

Verträge, Klauseln, Recht, bäh – Mimi bewunderte Juristen für ihre Leidenschaft. Sie musste sich alleine beim Zuhören das Gähnen verkneifen. Bei der Vorstellung, dass Greta auch eine von ihnen gewesen war, schmunzelte sie. Dieses steife Getue passte so gar nicht zu ihr und sie amüsierte sich innerlich beim Gedanken daran, wie ihre Nachbarin mit ihrer unkonventionellen Art zwischen den ganzen Schnöselstudenten im Hörsaal gesessen hatte.

»Sehr gut. Schade, dass Konstantin sich uns heute nicht anschließen konnte. Er hat in diesem Projekt gute Arbeit

93

geleistet. Da wäre es erfreulich gewesen, ihn in dieser Runde dabei zu haben«, meldete sich nun Georg Soyer zu Wort.

»Stimmt. Er hat sich in dieser Sache wirklich große Mühe gegeben. Ihr Vater ist mit Sicherheit zufrieden. Leider hat mein Sohn heute andere Verpflichtungen. Aber er lässt Sie grüßen«, erwiderte der Anwalt.

Den ganzen Abend über würdigte Georg Soyer sie keines Blickes. Mimi war das nur Recht. So konnte sie in Ruhe ihre Arbeit erledigen und sämtlichen Fettnäpfchen ausweichen. Wenn sie ehrlich war, machte es ihr sogar großen Spaß, die Herrschaften und die Dame an ihrem Tisch zu bedienen. Und sie war so beschwingt und professionell, dass sie richtig stolz auf sich war. Sie trug die leeren Gläser hinter die Theke und räumte sie in die Spülmaschine. Ihre Gäste waren mit Kaffee und Dessert versorgt. Sie würden in den nächsten Minuten nichts brauchen. Außerdem hatte sie von ihrer Position aus freie Sicht auf ihren Tisch. So konnte es ihr nicht entgehen, wenn nach ihr verlangt wurde.

Außerhalb seines Büros ist mein Chef gar nicht so eigenartig, dachte Mimi. Er trat den ganzen Abend über souverän auf, war eloquent und hatte gute Manieren. Brav arbeitete er sich beim Essen durch die vielen Besteckreihen, nahm die servierten Speisen vornehm zu sich. Er tupfte sich die Mundwinkel mit der Serviette ab, bevor er aus dem Glas trank. Dem jeweiligen Gesprächspartner sah er direkt in die Augen, war aufmerksam, antwortete besonnen.

Mimis Herz klopfte, als sie sich dabei ertappte, wie sie ihn heimlich beobachtete. Warum bloß empfand sie ihn als solche Bedrohung, wenn sie sich unterhielten? Es war ihr so unangenehm, mit ihm alleine zu sein. Sie wollte nicht ständig unsicher sein, hatte sie doch so viel Spaß in ihrem neuen Job. Aber in seiner Gegenwart war sie ständig überfordert. Vielleicht lag es daran, dass sie nie wusste, was er wirklich dachte.

94

Keine menschliche Regung kam von ihm, keine Geste, die einen einlud, sich zu entspannen. Sie wollte einfach nur gute Arbeit leisten und den Ansprüchen ihrer Vorgesetzten genügen. Warum konnte Georg Soyer nicht ein bisschen so sein wie Lars?

Gerade als Mimi ihre Aufmerksamkeit vom Tisch weglenken wollte, traf sie auf Georg Soyers Blick, der sich über die Tasse an seinem Mund hinweg auf sie richtete. Er musterte sie unverhohlen und machte keine Anstalten, sich von ihr abzuwenden. Vor Schreck ließ Mimi beinahe ein Glas fallen.

18 Georg

Das Meeting ging in den informellen Teil über und Georg war überaus zufrieden. Diesmal hatte er sich durchgesetzt und seinem Vater klargemacht, dass dessen Anwesenheit nicht unbedingt notwendig war. Und er hatte Recht behalten. Die Sponsoren fraßen ihm aus der Hand. Jan und seine Mutter waren zufrieden mit den Verhandlungsergebnissen, die ihnen einen dreijährigen exklusiven Full-Service-Auftrag für sämtliche Marketingaktivitäten des Hotels zusicherten. Selbst Dr. Wagner, der seinen Sohn vertrat, wirkte entspannt. Konstantin würde er nachher anrufen, und ihn fragen, ob sich die »Verpflichtung« gelohnt hat, wegen der er das heutige Meeting hatte ausfallen lassen. Wie dem auch sei, der Abend zeigte, dass Georg ein Geschäftsmann war. Sein Vater würde das irgendwann einsehen müssen. Das Treffen hätte nicht besser laufen können und er lehnte sich beim Dessert ein bisschen zurück.

Er beobachtete die Neue dabei, wie sie sich hinter der Bar an den Gläsern zu schaffen machte. Eigentlich hatte er sich beim heutigen Termin mit ihr wirklich benehmen wollen und fast war es ihm auch geglückt. Aber am Schluss war er doch schwach geworden. Schwamm drüber, sie hatte sich über sein Angebot einer Fixanstellung sichtbar gefreut. Und das hatte sie sich auch verdient. Laut Lars war sie ein wahrer Glücksgriff für das Restaurant. Sie würde sich schon noch an seine Art gewöhnen. Spätestens, nachdem sie das erste Mal die Beine für ihn breitgemacht hatte, würde sie um einiges lockerer an die Sache herangehen. Bis dahin begnügte er sich damit, sie allein mit seinen Blicken aus der Fassung zu bringen. Süß, sie war so zart besaitet, so aufgeregt und wegen jeder Kleinigkeit beschämt.

96

Als er später an diesem Abend nach Hause kam, zog er sich sofort aus und duschte lange. Die in die Decke eingebaute, riesige Regendusche ließ harte, kühle Wassertropfen auf ihn herab. Auf dem Weg zum Auto hatte er kurz darüber nachgedacht, Olivia zu sich einzuladen. Doch dann hatte er sich dagegen entschieden. Seit Wochen arbeitete er ununterbrochen. Er fand kaum Zeit, sich angemessen zu waschen, zu pflegen, zu säubern. Seine Gedanken waren unsortiert. Das unangenehme Chaos im Kopf störte ihn. Er brauchte Zeit für sich selbst. Die Arbeit, seine Eltern, Olivia, die Nacht mit Simone, die Fantasien über die Neue - es war gerade zu viel. Das alles würde sich bald unwiderruflich miteinander verketten, Mauern in seinem Gehirn errichten, die sich kaum wieder einreißen ließen.

Er würde die Kontrolle verlieren.

Doch Kontrolle war alles.

Er sprang aus der Dusche und trocknete sich im Anschluss gründlich ab. Das Handtuch rieb seine Haut auf. Kein Wassertropfen durfte zurückbleiben. Selbst zwischen den Zehen frottierte er, bis die dünne Haut ganz rot war. Georg wollte ausnahmsweise den Rat seiner Therapeutin befolgen und wieder einmal schreiben. Er würde so lange schreiben, bis sich die Schatten in seinem Innersten auflösten.

Zum achtzehnten Geburtstag hatte Georg von seiner Mutter ein in schwarzes Leder gebundenes Skizzenbuch bekommen, das ihm ein treuer Begleiter bei den zukünftigen Besprechungen in seiner Position als Soyer-Group-Erbe werden sollte. Als er es am Tag nach dem Geburtstag in den Händen gehalten und vorsichtig aufgeklappt hatte, hatten sich seine Gedanken überschlagen. Die Nacht zuvor hatte er durchgefeiert, er schwitzte und sein Magen rebellierte gegen die Unmenge an Alkohol, die er in sich hineingeschüttet hatte. An jenem Morgen begann er, regelmäßig seine

97

Gedanken in dieses Buch zu schreiben. Er führte eine Art Tagebuch und füllte in den darauffolgenden Jahren unzählige solcher Blankobücher. Oft waren es reine Unsinnigkeiten, die auf den Seiten landeten. Manchmal waren sogar beinahe poetische Sätze darunter. Der Inhalt war meist zusammenhanglos, aber trotzdem durften die Bücher niemals in die Hände irgendwelcher Personen gelangen. Daher verstaute er sie sorgfältig, gemeinsam mit anderen persönlichen Sachen, in einem für Unwissende nicht auffindbaren, eingemauerten Tresor in seinem Ankleidezimmer.

In letzter Zeit hatte er fast gar nicht mehr geschrieben. Georg beobachtete seit einiger Zeit, dass sein Fingernagel am Mittelfinger seiner Schreibhand etwas schief wurde, durch den Druck, den der Stift beim Schreiben auf ihn ausübte. Das störte ihn so sehr, dass er sofort aufgehört hatte zu schreiben. Im Büro versuchte er sogar, die Unterlagen, die Pamela ihm auf den Schreibtisch legte, mit der ungeübten linken Hand zu unterzeichnen. Doch die Unterschrift sah aus wie die eines Sechsjährigen und nicht wie die Signatur eines Hoteldirektors. Daher hörte er wieder auf damit und unterschrieb wie gewohnt. Doch seitenlange Sinnentleertheit konnte er sich nicht leisten, wenn ihm das Aussehen seiner Hände wichtig war. Und das war es.

Heute würde er aber schreiben. Er musste den Gedankennebel klären. Erst dann durfte er sich wieder mit Olivia treffen. Erst dann war er wieder beherrscht. Er wollte die Kontrolle nicht verlieren. Sein Zustand könnte durchaus zu einer Eskalation führen. War sein Hirn nicht frei, suchte sein Körper nach einem Ventil. So wie damals an der Uni, als die Sache mit Eva passiert war. So etwas durfte nie wieder vorkommen.

Doch zuerst würde er Mo noch einen kurzen Besuch abstatten. Die Jungs und er wollten Details für die nächste Party besprechen. Da durfte er als Gastgeber natürlich nicht

98

fehlen. Er entschied sich, das Auto in der Hotelgarage zu parken und die paar hundert Meter zu Mos Wohnung trotz der Kälte zu Fuß zurückzulegen. Mo wohnte in der Innenstadt und Georg hatte Angst um sein Auto.

Er verließ das Hotel durch den Vordereingang. Da stieß er beinahe mit einer Frau zusammen, die dort stand.

»Entschuldigen Sie, schönen Abend!«, beteuerte er.

»Nichts passiert«, gab sie zurück, ohne ihn anzusehen. Mit dem Handy in der Hand kehrte sie ihm den Rücken zu. Eine kurze Erinnerung flackerte in ihm auf, aber er konnte sie nicht einordnen. Er hatte schon so viele Frauen flachgelegt, da würde er sich sowieso nicht an jede Einzelne von ihnen erinnern. Bevor die Kälte durch den Mantel kriechen konnte, eilte er Richtung Landstraße.

19 Mimi

Mimi betrat ihre Wohnung und hängte ihre Jacke in den Garderobenschrank. Ihr Blick fiel auf die Tasche, die Alex bei ihr stehen gelassen hatte. Sie musste ihm seine Sachen endlich schicken. Damit sie es nicht vergaß, stellte sie sie zur Tür. Alex fehlte ihr. Hin und wieder dachte sie an ihn und konnte nichts dagegen machen. Das Gefühl, dass ein Stück von ihr mit ihm nach Aigen-Schlägl zurückgekehrt war, verschwand einfach nicht.

Versonnen öffnete sie den Reißverschluss der Tasche und zog ein paar der ordentlich gefalteten Kleidungsstücke heraus. Zaghaft schnüffelte sie an seinem Pullover. Sofort wurde sie in eine andere Welt katapultiert. Der vertraute Geruch nach Alex und Heimat löste zwiespältige Gefühle in ihr aus. Der Pulli roch nach einer Zeit, die sie für immer vergessen wollte. Und nach einem Menschen, der ihr so viel bedeutete. War es ein Fehler gewesen, Alex wegzuschicken? Sie war hier umgeben von Leuten, die sie nicht richtig einzuschätzen wusste. Umgeben von Personen wie der Empfangsdame, die sie behandelte wie einen unerwünschten Fussel auf ihrem Rock, den sie jederzeit mit einer einzigen lässigen Handbewegung wegwischen konnte. Oder dem Hoteldirektor, der in ein Leben hineingeboren wurde, das sie nur aus dem Fernsehen kannte und jetzt in jedem Gespräch mit dem ihren kollidierte. Alles hier war anders als das, was sie gewohnt war.

Aber da gab es auch noch Greta, in der sie so schnell eine Freundin in der Stadt gefunden hatte. Und auch Lars und ihre Kolleginnen im Restaurant waren so freundlich zu ihr. Mimi zog noch einmal Alex' Duft von seinem Pulli in ihre Nase, schüttelte über sich selbst den Kopf und stopfte die Kleidung zurück in die Tasche. Dabei fühlte sie etwas Hartes. Als sie es hervorzog, stellte sie fest, dass es sich um eine kleine Schachtel

100

handelte. Noch bevor sie den Deckel öffnete, wusste sie, dass darin der alte Diamantring von Alex′ Großmutter lag. Alex hatte vorgehabt, um ihre Hand anzuhalten.

»Du verstehst es nicht, Greta! Er wollte mich fragen, ob ich ihn heirate!« Greta hatte sie nach ihrer Schicht vom Hotel abgeholt, weil sie in der Nähe einen Besprechungstermin für einen möglichen Fotografie-Auftrag hatte. Eigentlich hatten sie sich für heute schon verabschiedet, und nun saß sie doch wieder auf dem Sofa ihrer Freundin. Unmöglich hatte sie nach der Entdeckung des Rings alleine in der Wohnung bleiben können. Sie musste mit jemandem darüber sprechen.

»Falsch, *du* verstehst es nicht. Das tut nichts zur Sache!«

»Wie kann das nicht wichtig sein? Ich vermisse ihn, wühle in seinen Sachen und finde den Ring. Den Ring seiner Groß-mutter wohlgemerkt!« Mimi war aufgebracht und hatte Mühe, nicht in Gretas Wohnung auf und ab zu tigern und stattdessen sitzen zu bleiben. »Er bietet mir einen Ausweg, ein sicheres Leben und die Geborgenheit, die sich doch wohl jeder Mensch wünscht. Wer schnüffelt schon an Wäsche, nur um jemandem nahe zu sein?«

»Beruhige dich doch mal, Mimi! Ich kann ja nachvoll-ziehen, dass dich das umhaut. Damit rechnet man nicht, erst recht nicht in eurem Alter. Aber nochmals, es ist unwichtig! Du bist hierhergekommen, um einen Neuanfang zu wagen. Und jetzt sprichst du davon, dass Alex ein Ausweg sein soll. Du brauchst keinen Ausweg, denn du bist gerade auf deinem Ausweg. Wenn du an Wäsche rumschnüffeln willst, um dich geborgen zu fühlen, dann steck den Kopf in meinen Kleider-schrank. Aber überlege dir gut, ob du dich durch einen Ring von deinen Plänen abbringen lässt.«

»Ich weiß es selbst nicht. Es war wie ein Zeichen, als ich den Ring gefunden habe. Ein Zeichen, dass ich meine Entscheidung vielleicht nochmals überdenken sollte. Alex bedeutet Sicherheit und Geborgenheit. Ich habe ihn unglaublich gern, und vielleicht verliebe ich mich doch noch in ihn.« Mimi wurde kleinlaut und in ihrem letzten Satz schwangen eine Menge Zweifel mit.

»Du willst Sicherheit? Dann mach deinen Job und spare ein bisschen Geld. Du willst Geborgenheit? Hol sie dir von mir und anderen Freunden, die du im Laufe der Zeit hier kennenlernen wirst. Du willst einen Mann? Such dir einen. So einfach ist das.«

»So einfach ist das«, wiederholte Mimi.

Es stimmte. Sie durfte nicht zweifeln. Sie konnte unmöglich wieder nach Aigen-Schlägl zurückgehen. Damit würde sie alles zerstören, worauf sie so lange hingearbeitet hatte. Und Alex würde hier in der Stadt nach kurzer Zeit unglücklich werden. Er gehörte ins Hotel seiner Eltern, in dem er aufgewachsen war und das er irgendwann einmal übernehmen würde.

»Du hast Recht. Ich hatte wohl eine zu romantische Vorstellung von einem Leben mit weniger Fragezeichen. Ich bin eben eine ganz normale Frau ...«

»Eine ganz normale Frau? Frauen definieren sich in der heutigen Zeit Gott sei Dank nicht mehr über ihre Ehemänner oder ihren Familienstand. Das haben wir hinter uns gelassen«, wurde Mimi von Greta unterbrochen.

»Natürlich, das stimmt. Aber trotzdem gehört es immer noch für viele Menschen zu erstrebenswerten Meilensteinen im Leben, jemanden zu heiraten und Kinder zu bekommen.«

»Ja, da hast du Recht. Ich wollte das nicht abwerten. Es spricht natürlich nichts dagegen, sich zu verlieben, zu heiraten und Kinder zu bekommen. Manchmal geht wohl mein feministischer Background mit mir durch, tut mir leid.« Greta lächelte Mimi entwaffnend an.

»Du bist Feministin?«

102

»Wenn es darum geht, Frauen vor sich selbst zu beschützen, unbedingt«, meinte Greta. »Aber im Grunde eigentlich gar nicht. Ich habe meinen Forschungsschwerpunkt während des Jus-Studiums auf Frauenrechte gelegt. Und je mehr ich mich damit beschäftigt habe, desto weniger konnte ich mich mit den Werten des Instituts identifizieren. Nun ja, ich habe es durchgezogen und natürlich ist es wichtig, dass Frauen und Männer die gleichen Chancen im Leben haben. Aber ganz ehrlich: Solange die Babys ausschließlich aus Frauenkörpern rauskommen, werden immer Unterschiede zwischen Frauen und Männern bestehen.«

»Wow, ich wusste gar nicht, dass du dich mit sowas beschäftigt hast.« Verwundert musterte Mimi ihre Freundin. Sie hatte bei Jus-Absolventen immer die Bilder von Anwälten im Kopf, die Mörder verteidigten oder von Richtern, die Verbrecher verurteilten. So vielschichtig erschien ihr die trockene Materie eigentlich nie.

»Tja, irgendwie gar nicht so langweilig, oder?«, schmunzelte Greta. »Aber leider biss ich mir mit meinen Ansichten bei den radikalen Dozentinnen immer wieder die Zähne aus. Eines Tages wurde ich gebeten, im Namen der Universität einen Aufsatz in einer Fachzeitschrift zu publizieren. Man vertraute mir, da ich bis dahin mit den allerbesten Noten geglänzt habe und mich in meiner Freizeit regelmäßig für die sozialen Unternehmungen des Instituts engagierte. Der Artikel reichte für die Institutsleiterin aus, um mich in ihr Büro zu zitieren. Sie teilte mir mit gefährlich angeschwollener Ader an der Schläfe mit, dass sie noch niemals zuvor einen derartigen Affront gegen die mühselig erarbeiteten Frauenrechte erdulden musste, und das aus den eigenen Reihen. Dabei war ich doch nur ehrlich. Also musste ich meinen Abschluss sehr kurzfristig an einem fremden Institut machen. Das war hart, denn ich kannte dort weder die Professoren noch meine

103

Kommilitonen. Aber ich habe es durchgezogen. Und schließlich kam mir die Fotografie in die Quere.«

Mimi hing an Gretas Lippen.

»Wovon handelte der Artikel?«

»Ich habe mir erlaubt zu behaupten, dass die ganze Frauenbewegung nicht nur Positives, sondern auch Belastungen für Frauen mit sich gebracht hat. Oder wie siehst du das? Frauen verlangen zu Recht dieselbe Ausbildung, dieselben Chancen am Arbeitsmarkt, dieselben Gehaltsschecks wie Männer. Im Gegenzug bekommen Männer aber dennoch keine Babys. Und Männer können auch nicht Mutter sein, sondern sie sind das, was die Natur ihnen vorgibt, nämlich Väter! Warum will man Frauen nicht ihren Aufgaben als Mutter nachkommen lassen, wenn sie das möchten? Ich verstehe jene, die, trotzdem sie Kinder haben, arbeiten gehen wollen oder müssen, um sich und die Familie durchzubringen. Aber Mütter, die länger zuhause bleiben wollen, werden schief angeguckt und nicht respektiert. Dabei wäre dies kein Rückschritt, sondern ein weiterer, wichtiger Weg zur Selbstbestimmung der Frau. Warum werden sie gegen ihren Willen gleich nach der Geburt in den Job zurückgedrängt? Warum muss das Kind, kaum dass es laufen kann oder gar früher, in eine Einrichtung, in der es den ganzen Tag von - immer noch größtenteils - Frauen versorgt wird, obwohl es da eine ganz besondere Frau für das Kind gibt, die diese Aufgabe so gerne übernehmen würde? Sie traut sich nicht, es zuzugeben, dass ihr Herz jedes Mal schmerzt, wenn sie ihr friedlich schlafendes Kind morgens wecken muss, um es bei Eiseskälte aus dem Haus zu bringen. Die Nacht ist unruhig, denn der kleine Bauch tut weh. Wenn endlich alle schlafen, kann die Mutter nicht zur Ruhe kommen aus Sorge, dass ihr Kind am Morgen Fieber haben und sie nicht zur Arbeit gehen könnte. Was würden die Kollegen sagen, wenn sie schon wieder zuhause bleibt? Sie hadert, ob sie vielleicht nicht ganz so genau auf das Thermometer gucken sollte, um keine Fehltage mehr zu riskieren. Das kränkliche Kind würde auf einem Stuhl sitzen und sich nach seiner Mutter sehnen, während es von fremden Gleichaltrigen und Erwachsenen ermutigt wurde, doch endlich irgendetwas zu spielen. Warum traut sich keine Mutter zu sagen, dass sie ihr noch so kleines Kind am liebsten den ganzen Tag um sich haben möchte? Dass *sie* es sein will, die ihm die Windeln wechselt, ihm das Lieblingsbuch vorliest, es tröstet, wenn es sich den Kopf am Tisch stößt? Kannst du mir das beant-worten, Mimi?«

Mimi starrte Greta an. Dieser Monolog hatte ihr schlicht-weg die Sprache verschlagen. Noch niemals hatte sie sich über so etwas Gedanken gemacht. Warum auch? Sie stand noch ganz am Anfang ihrer Karriere. Kinder waren in den nächsten Jahren kein Thema für sie. Aber Mimi war sich sicher, dass sie sich irgendwann einmal an diese Unterhaltung erinnern würde. Greta schien ohnehin keine Antwort zu erwarten, son-dern fuhr sogleich fort. »Aber das tut nichts mehr zur Sache. Ich habe ja jetzt die Fotografie.« Mit versonnenem Blick stand sie auf und holte beiden etwas zu trinken.

Wieder einmal betrachtete Mimi die Fotos von Greta an den Wänden. Derjenige, der sie gemacht hatte, wusste, worauf er achten musste. Er fing nicht nur das Äußere seines Motivs ein. Man gewann einen Einblick in die Seele der Person vor der Linse. Und auch wenn Mimi nichts von Fotografie ver-stand, meinte sie zu erkennen, dass auch der Fotograf selbst durch diese Fotos etwas von sich preisgab. Sie fragte sich nicht zum ersten Mal, was Greta in jenen Augenblicken gedacht haben könnte. Es war ein Mysterium, die Ausstrahlung der Bilder war zauberhaft.

»Wer ist dieser Freund, der die Fotos von dir gemacht hat?«, fragte sie ihre Freundin, die eben mit zwei Flaschen Heineken zurückkam.

»Er heißt Marco.«

»Und wo findet man diesen Marco? Vielleicht lasse ich mich auch einmal von ihm ablichten.«

»Das wird nicht gehen.«

»Aber er ist doch ein Freund, kannst du ihn nicht anrufen?« Gretas Einsilbigkeit in dieser Hinsicht passte gar nicht zu ihrem sonst so offenen Wesen und sie wollte langsam mehr über diesen unbekannten Mann erfahren.

»Nein.«

Mimi wartete auf eine weitere Erklärung, aber Greta schwieg und starrte auf das Bier in ihrer Hand.

»Achso, schade!«, entgegnete Mimi schließlich. Allem Anschein nach wollte Greta nicht mit ihr über Marco sprechen. Möglicherweise waren sie einmal ein Paar gewesen und er hatte ihr Herz gebrochen. Sie wusste selbst, wie unangenehm diese insistierenden Fragen sein konnten. Daher räumte sie Greta ihren Freiraum ein. Geistesabwesend blickte sie auf die Uhr und bemerkte, dass es schon sehr spät war. Mimi war aber trotz des anstrengenden Tages noch überhaupt nicht müde.

»Wollen wir was essen gehen?«, fragte sie, um das Thema zu wechseln.

»Gerne! Ich ziehe mir nur schnell was anderes an.«

»Super! Darf ich mir Make-up von dir leihen?« Mimi wollte sich mal wieder etwas schick machen. Seit ihrem Umzug nach Linz verbrachte sie neunzig Prozent ihrer Freizeit in Schlabberhosen und ausgewaschenen Pullis.

»Klar, gute Idee. Ich brezle mich auch ein wenig auf. Dann gehen wir anschließend noch in eine Bar. Mal sehen, was die

Männerwelt derzeit so zu bieten hat.« Sie kicherten wie Teenies und fingen an, Gretas Kleiderschrank zu plündern.

Der Platz, den der Kasten bot, reichte locker für eine dreiköpfige Familie und war randvoll gefüllt.

Mimi zwängte sich in ein kleines Schwarzes und betrachtete sich unzufrieden im Spiegel.

»Wie dünn bist du eigentlich? Ich war der Meinung, dass ich eine ganz gute Figur habe, aber ich sehe aus wie ein Schinken in diesem Kleid.«

»Du redest Blödsinn. Deine Figur ist der Hammer! Du hast wenigstens einen Po, den du präsentieren kannst. Meiner ist so flach, als wäre eine Dampfwalze darübergefahren. Die Männer stehen auf gut proportionierte Frauen. Glaub mir, ich beneide dich um deinen Po und deine Oberweite.«

Wieder lachten sie und suchten sich gegenseitig das perfekte Outfit zusammen. So kann es bleiben, dachte Mimi. Da klingelte es plötzlich an der Tür.

»Erwartest du jemanden?«, fragte Mimi verwundert.

»Ach, das ist bestimmt nur mein Bruder. Er wollte diese Woche mal vorbeikommen, um sich ein paar seiner CDs zu holen. Ach nein, ausgerechnet jetzt«, antwortete Greta und streifte sich genervt ein T-Shirt über den Kopf. Danach verschwand sie in den kleinen Flur, um die Haustür zu öffnen.

»Komm rein!«, rief Greta mürrisch.

»Hallo Schwesterlein. Na, haben wir mal wieder die gute Laune für uns gepachtet?«, scherzte die Stimme an der Tür. Mimi verstand nicht, wieso sich ihre Freundin so abweisend verhielt. Ihr Bruder wollte sich CDs holen, na und? Sie konnten doch im Anschluss immer noch etwas essen gehen. Ihre Pläne wurden dadurch, wenn überhaupt, nur um ein paar Minuten hinausgeschoben.

»Oh, du hast Besuch! Hallo, ich bin Konstantin!« Er streckte Mimi zu Begrüßung die Hand entgegen und betrachtete sie neugierig.

»Hi ...!«, stammelte sie.

»Und du bist ...?« Konstantin lächelte schief und hielt weiter ihre Hand.

»Ich bin Mimi.« Gerade so schaffte sie den kurzen Satz, ohne zu stottern.

»Freut mich, dich kennenzulernen, bezaubernde Mimi!«, erwiderte Konstantin. Seine eisblauen Augen blitzten auf. Ein Kribbeln breitete sich von den umschlossenen Fingern durch ihren ganzen Körper aus.

»Die CDs stehen im Regal, Konstantin!«, knurrte Greta und schob ihn unsanft von Mimi weg.

»Hast du es eilig, Schwesterlein?«, fragte Konstantin belustigt, widmete sich aber dennoch den CDs. »Ich brauche sie für die Party nächste Woche. Ein paar Songs kann ich in diesen speziellen Versionen nicht im Internet finden. Soll ich sie dir nach der Fete wiederbringen? Das mach ich gerne, sofern du mir zusicherst, diese bezaubernde Frau wieder in deiner Wohnung anzutreffen!« Konstantin zwinkerte den beiden verschmitzt zu. Ohne eine Antwort abzuwarten, küsste er seine Schwester auf die Wange und schlenderte zur Haustür.

»Ciao, Greta. Auf Wiedersehen, bezaubernde Mimi. Ich hoffe wirklich, wir sehen uns bald wieder!« Er winkte nochmals lässig in den Raum.

Kurz darauf hörte man die Wohnungstür ins Schloss fallen. Mimi ließ sich schwer auf das Sofa plumpsen und starrte in den leeren Wohnungsflur.

»Oh nein, bitte nicht! Bleib stark, Mimi! Verguck dich nicht in meinen Bruder! Er und seine Freunde sind nichts für brave Mädchen wie dich!« Theatralisch schüttelte sie Mimi an den Schultern, während sie auf sie einredete. Endlich fand Mimi ihre Sprache wieder.

»Wie konntest du mir nur vorenthalten, dass du einen so gutaussehenden Bruder hast?«, erkundigte sie sich und Greta lachte schallend.

20 Georg

Georg saß in Moritz' Wohnung. Der Fernseher lief und sie zappten sich gelangweilt durch die Programme. Es war später Abend und er stellte fasziniert fest, dass jeder Sender irgendwelche Titten oder Ärsche zeigte. Langweilig. Es gab nichts, was er in seinem Leben noch nicht gesehen hatte. Da brauchte er keine nackten, über Laufstege stolpernde Models oder mittelklassige Frauen in erbärmlichen Schulmädchen-Pornos. Dafür war er zu abgebrüht. Und Mo erst recht. Ihn musste man immer noch regelmäßig daran erinnern, wo der Spaß aufhörte.

»Wo bleiben Jan und Konstantin?«, fragte Georg.

»Keine Ahnung. Jan wusste nicht, ob er es heute schafft. Und Konstantin müsste längst da sein.« In diesem Moment klingelte es an der Tür.

»Sorry Jungs, ich habe noch die CDs für die Party bei meiner Schwester abgeholt.« Konstantin warf sie vor Georg auf den Tisch und zog seine Jacke aus. Sein dunkles Haar wirkte zerzaust. Mittlerweile war es ungewöhnlich, Konstantin in Freizeitklamotten anzutreffen. Der smarte Herr Anwalt trug beinahe nur noch Anzüge. Heute hatte er eine graue Jeans und ein enganliegendes schwarzes T-Shirt an, unter dem sich die Muskeln abzeichneten. Einen so verdammt wandelbaren Mann gab es selten, dachte Georg, als er seinen Freund betrachtete. Die knappen Ärmel boten freie Sicht auf die Ausläufer der riesigen Tattoos, die sich über Konstantins Rücken bis auf seine Brust zogen.

Als Georg sie zum ersten Mal gesehen hatte, war er beeindruckt. Er vereinbarte sofort einen Termin in einem Tattoostudio. Doch im letzten Moment entschied er sich doch dagegen. Während der Tätowierer die Gummihandschuhe anzog und ein aufwändiges Gebilde auf seinem linken

110

Unterschenkel vorzeichnete, lag Georg bäuchlings auf der Studioliege. Er ließ den Blick umherwandern und blieb auf einer dicken Schicht Staub am Türrahmen hängen. Ekelhaft. Hier konnte er sich unmöglich eine Nadel in die Haut rammen lassen. Angewidert verließ er das Studio.

»Oh, ich liebe deine Schwester«, schwärmte Moritz und griff sich dabei in den Schritt.

»Lass das, du Penner. Du hast dich damals wie der größte Arsch verhalten. Nicht umsonst will sie mit keinem von euch was zu tun haben. Du hast es damals echt verbockt«, fuhr Konstantin ihn an.

»Danke, Mo! Bloß weil du deine Finger nicht stillhalten kannst, durfte ich die sexy Schwester nicht mal kennenlernen.« Georg liebte es, seinen Freund zu ärgern. Und seine Schwester war sein wunder Punkt. Man hatte leichtes Spiel.

»Schluss jetzt, ihr notgeilen Affen!«, brüllte Konstantin, setzte sich auf die Couch und öffnete eine Bierflasche. »Stellt euch vor, Greta hatte heute Besuch von einer Freundin. Sie ist einfach umwerfend. Ich sag euch, Jungs, die Sache mit ihr ist ernst.« Georg und Moritz brachen in Gelächter aus.

»Schon wieder, du alter Romantiker?«, feixte Georg. Konstantins Verliebtheit kühlte regelmäßig deutlich ab, sobald besagte Traumfrau über seine Matratze gerutscht war. Er war eben einer von ihnen. Georg wusste bloß nicht mit Sicherheit, ob Konstantin selbst nicht doch immer wieder den Funken einer Hoffnung in sich trug, dass sich mehr entwickeln könnte.

»Diesmal ist es anders«, erwiderte Konstantin patzig. »Jetzt mal ernsthaft. Ich muss sie haben. Greta war aber leider nicht sehr erfreut, als ich damit angefangen habe, Eindruck bei ihr zu schinden.«

»Wen wundert das? Du bist eben keiner, den man gern seiner besten Freundin vorstellen möchte. Das ist, als würde man seine Freundin ins offene Messer laufen lassen.« Mo musste ja gerade reden.

»Was heißt hier, ins offene Messer laufen? Das einzige, was sich heute geöffnet hat, war mein Herz. Und darauf folgen gerne meine Hemdknöpfe und mehr, wenn sie das denn möchte«, grinste Konstantin.

Voller Enthusiasmus prostete er seinen Freunden zu, als würde er einen Pakt, den er mit sich selbst geschlossen hatte, besiegeln wollen.

Zwei Stunden stumpfsinniges Gerede später, erhob sich Konstantin endlich und trat den Heimweg an. Georg war erleichtert. Konstantin redete zu viel. Wie konnte ein Mann in so kurzer Zeit bloß so eine Menge Unsinn labern? Mittlerweile war ihm das Gefasel über diese ominöse Freundin seiner Schwester auf die Nerven gegangen. Konstantin sollte sie einfach knallen. Dann kehrte wieder Ruhe ein.

»Bleibst du noch?«, wandte sich Mo an ihn.

Draußen ist es kalt, dachte Georg. Er hatte sein Auto noch im Hotel geparkt und seine Jacke war dünn.

»Was steht auf dem Plan?«

»Die Bedienung, die wir letztens im Prix kennengelernt haben, kommt dann vorbei.«

»Alles klar, ich hol mir noch ein Bier.«

Georg hatte keine besondere Vorliebe für Dreier. Dennoch teilte er sich ab und an eine Frau mit Moritz. Die fast schon winterliche Kälte draußen konnte also warten. Als Georg ein zaghaftes Klopfen an der Tür vernahm und Mo blitzschnell aufsprang, zuckte es erwartungsvoll in seiner Hose.

»Hi, oh du bist ja gar nicht allein!« Die Kellnerin aus dem Prix, die Mo beim letzten Männerabend abgeschleppt hatte, stand in ihrer Arbeitsuniform im Türrahmen zum Wohnzimmer. Die schwarzen Strümpfe unter ihrem Rock wurden von einer auffällig langen Laufmasche durchzogen. Georg fand das unattraktiv, störend. So ein Detail konnte ihm die Laune verderben. Er sagte aber nichts und musterte stattdessen den Rest von ihr. Das Mädchen war kaum älter als zwanzig, hatte langes, dunkles Haar, das etwas strähnig über ihre Schultern fiel. Bevor das Abenteuer seinen Anfang nehmen konnte, würde Georg sie in die Dusche schicken. Ansonsten lief nichts.

»Du erinnerst dich an Georg?«, fragte Moritz gutgelaunt und beachtete ihren Missmut erst gar nicht. Er holte ihr einen Drink und bot ihr den Platz auf dem Sofa zwischen ihnen an.

»Natürlich, hallo!«, sagte sie schwach.

»Hi, wie ist noch gleich dein Name?«

»Jenny.«

»Jenny, natürlich. Tut mir leid.« Höflich hielt Georg ihr die Hand entgegen und schenkte ihr ein schmeichelhaftes Lächeln. Selbst den Namen fand er ordinär. Sofort entspannte sie sich ein wenig und nippte seufzend an ihrem Getränk. Moritz und er mussten das Mädchen mit Charme und Freundlichkeit ein bisschen locker machen, wenn sie das heute durchziehen wollten.

Mo hatte sich nach einem dezenten Wink dazu bereit erklärt, Jenny in die Dusche zu verfrachten und sie dort startklar zu machen. Sie war wahrscheinlich zu jung, um die Tragweite des ihr in Aussicht gestellten Abenteuers zu erfassen. Georg schmunzelte bei der Vorstellung, wie sie ihren Freundinnen beschämt und zugleich stolz davon berichten würde, sobald sie sich nach ein paar Tagen erholt hatte.

Er stand am geschlossenen Fenster im Wohnzimmer seines Freundes und rauchte eine Zigarette. Die großzügige Wohnung lag mitten in der Stadt, im vierten Stock eines teuren Mietshauses. Wenige Querstraßen weiter pulsierte das Nachtleben. Dort säumten exklusive Clubs und Bars

113

die Fußgängerzone. Im Gegensatz dazu bot sich die Straße unter Mos Fenster zwar hell erleuchtet dar, wirkte aber wie ausgestorben. Keiner wagte sich zu dieser Nachtzeit hinaus in den eisigen Wind. Die Leute lagen in ihren Betten, grübelten über ihr Leben, hatten Sex mit ihren Partnern oder schliefen friedlich vor sich hin. Gefangen im Hamsterrad. Für ihn war es nun Zeit zu spielen.

21 Mimi

Wie ein Reiseführer navigierte Greta Mimi durch den Stadtteil Urfahr, in dem ihr Wohnhaus lag. Mimi entdeckte neue Wege und versteckte Plätzchen mit vereinsamten Parkbänken. Im Frühjahr und Sommer würde sie sich hier hinsetzen, genüsslich Eis schlecken und ein Buch lesen, nahm sie sich vor. Ihr erster Stopp war ein futuristisches Gebäude, das neben einem Museum auch ein Restaurant beherbergte. Der riesige gläserne Kubus wechselte in der nächtlichen Dunkelheit im Minutentakt seine Außenfarbe und tauchte die unmittelbare Umgebung in ein warmes Licht. Mimi und Greta fuhren mit dem Fahrstuhl in das oberste Stockwerk. Während sie ein feines Abendessen zu sich nahmen und fröhlich plauderten, genoss Mimi immer wieder den Blick auf die Donau, die Brücke und die Stadt auf der anderen Seite des Flusses. Sie sog das Gefühl des pulsierenden Wochenendtreibens innerhalb des schicken Lokals ein.

»Darf ich Ihnen noch etwas bringen?«

»Ich hätte bitte gerne noch ein Glas dieses Weins.« Greta deutete auf die bereits geleerte Flasche im Weinkühler. Gekonnt wickelte sie die letzten Spaghetti auf die Gabel und schob sie in den Mund.

Marie hatte Spaghetti geliebt.

»Es tut mir leid, dieser Wein wird nur in Flaschen ausgegeben. Ich kann Ihnen aber zum Dessert einen anderen, ganz hervorragenden Wein empfehlen. Darf ich Ihnen einen Schluck zum Probieren anbieten?«

»Nein, danke. Bringen Sie einfach ein Glas davon. Hauptsache Wein«, meinte Greta. Der entgeisterte Blick des Kellners brachte Mimi beinahe zum Lachen. Daher versteckte sie sich schnell hinter der Dessertkarte und gab vor, sie eingehend zu studieren. Dabei wusste sie längst, was sie bestellen würde.

Seit ihrem Umzug freute sie sich auf Palatschinken mit Marillenmarmelade. Leider wurden sie in Lokalen selten angeboten und sie selbst hatte es nie geschafft, halbwegs ansehnliche Palatschinken zu fabrizieren. Doch sie liebte diese einfache Süßspeise. Alex' Mama machte die besten Marillen-Palatschinken der Welt. Davon konnte sie locker sechs Stück essen, denn für noch eine und noch eine und noch eine war immer noch ein bisschen Platz im Bauch. Gisi Bergmann hatte oft gescherzt, dass sie jedes Mal doppelt so viel Teig vorbereitete und dennoch blieb nie etwas für sie selbst übrig. Mimi war dieser Nachtisch gleich aufgefallen, als sie die Speisekarte aufgeschlagen hatte.

»Es ist schön hier. Dieser Ausblick, dieses Farbenspiel. Danke, dass du mich hierhergebracht hast«, schwärmte sie.

»Mir gefällt es auch hier. Es ist ein besonderer Ort. Auch wenn die Kellner ein bisschen hochnäsig sind.« Greta kicherte. Die Flasche Wein schien die Stimmung ihrer Freundin nach dem Zusammentreffen mit ihrem Bruder zu heben.

Zwei Stück Palatschinken mit Marillenmarmelade für Mimi und eine Eispalatschinke für Greta später bezahlten sie die Rechnung. Greta verschwand noch einmal schnell auf der Toilette. Mimi fuhr währenddessen mit dem Fahrstuhl hinunter und trat in die frostige Nacht hinaus. Der Wein und das Essen hatten sie ermüdet. Die Luft würde ihr guttun, um wieder etwas frischer zu werden und noch ein bisschen durchzuhalten. Greta hatte nämlich noch nicht vor, nach Hause zu gehen.

Obwohl sie der eisige Wind frieren ließ, machten sie sich zu Fuß auf, um einige Bars abzuklappern, die die Fußgängerzone säumten. Schließlich blieben sie in einer hängen, die man nur fand, wenn man sie kannte. Sie lag versteckt in einer Seitenstraße und war sehr klein. Mimi verliebte sich sofort in die leckeren Cocktails, die der Barmann für seine Gäste zau-

116

berte, in die lockere Musik und in eine der Fotografien an der Wand. Greta erklärte ihr, dass es sich um ein Werk des begnadeten Fotografen Peter Lindbergh handelte. Und das Model war niemand anders als die junge Eva Herzigová, wie sie nackt vor einem Tisch saß, den Kopf in die Hände gestützt. Der Fotograf hatte einen so betörenden Ausdruck eingefangen, dass Mimi das Bild am liebsten von der Wand gerissen und mit heim genommen hätte.

»Nun weißt du, warum ich gerne hierherkomme.« Greta schmunzelte angesichts Mimis Faszination.

»Ist dein Bruder auch manchmal hier?«, fragte Mimi und lief augenblicklich rot an. Ihre Freundin warf den Kopf in den Nacken und lachte laut auf.

»Vergiss meinen Bruder bitte ganz schnell wieder«, flehte sie, bevor sie fortfuhr. »Nein, soweit ich weiß, ist das keines seiner Stammlokale. Aber ich muss ehrlich gestehen, dass ich nicht sehr viel über die Freizeitgestaltung meines Bruders weiß. Wir verstehen uns ganz gut, gehen ab und zu Mittagessen oder treffen uns auf einen Kaffee in der Nähe der Kanzlei. Doch das war es dann auch wieder. Er und seine Freunde sind gerne unter sich, jetten von einem Hotspot zum nächsten oder treffen sich privat. Ich habe einmal einen seiner Freunde zu Gesicht bekommen ... warte, ich glaube, er hieß Moritz ... und das hat mir gereicht.«

»Wieso denn?«

»Tja, es ist eine Sache, wenn man Geld hat und smart ist. Aber die Einstellung dieses Idioten gegenüber Frauen hat mich wirklich verärgert.«

»Was hat er denn für eine Einstellung?«

»Also, das war so. Konstantin kam eines Abends in angeheitertem Zustand zu mir und hatte diesen Vollpfosten im Schlepptau. Sie waren wohl gerade in der Nähe gewesen und wollten die Zeit bei einem Bier in meiner Wohnung

117

überbrücken, bevor sie von einem anderen Freund abgeholt wurden. Ich hab sie reingelassen und ihnen etwas zu trinken gebracht. Und dann ging es schon los mit den blöden Sprüchen. Anfangs noch ganz harmlos, dass ich eine heiße Nummer wäre. Er fragte Konstantin gespielt interessiert, ob er uns seinen Segen geben würde und lauter so Quatsch. Als ich mich dann zu ihnen auf die Couch setzte, wurde er zudringlich und versuchte, mich zu begrapschen. Konstantin trat natürlich erschüttert dazwischen, schnappte Mo und tauchte nie wieder mit einem seiner Freunde bei mir auf.«

»Oh Gott. Und er ist noch immer mit diesem Moritz befreundet?«

»Ich denke schon. Soweit ich weiß, ist er auch mit dem Hoteldirektor gut befreundet. Aber wie gesagt, unsere Lebensbereiche überschneiden sich seitdem nur noch bei sporadischen Essensterminen und da sprechen wir nicht über solche Sachen.« Greta zuckte mit den Schultern und bestellte einen weiteren Mojito. Mimi hätte gerne noch mehr über Konstantin erfahren. Aber für Greta war das Gespräch offenbar beendet. Sie deutete auf den sexy Po des Kellners und prustete lauthals los, als Mimi schon wieder rot anlief.

Als es Zeit war zu gehen, warf sie noch einen letzten Blick auf das Foto und speicherte es als das atemberaubendste Bild ab, das sie je gesehen hatte.

»Kommt bald mal wieder vorbei, ihr Süßen«, flirtete der Barmann beim Abschied und zwinkerte Mimi zu.

Müde, aber glücklich schloss Mimi die Tür zu ihrer Wohnung auf. Sie streifte sich das Kleid, das sie von Greta geliehen hatte, ab und ließ es achtlos auf den Boden sinken. Ihre Zähne putzte sie nur halbherzig und sie dachte erst gar nicht daran, sich abzuschminken. Dann kuschelte sie sich auf ihrer Schlafcouch ins Kissen. Die Nachttischlampe warf ein spärliches Licht auf das Kleid am Boden, das wie ein leerer Kartoffelsack dort ruhte und einen Schatten warf. Mimi starrte es lange an, bis sie das Licht löschte. Dann schloss sie die Augen. Von da an dauerte es noch lange, bis sie endlich in einen unruhigen Schlaf fiel.

22 Georg

»Wie war das Treffen mit Ihren Eltern?«

»Es war wie immer.«

»Wirklich?«

»Nein, nicht ganz. Es war ein weiterer Gast da. Eine Direktorin aus einem unserer Häuser in Hamburg.«

»Das ist doch mal eine nette Abwechslung, oder?«

»Wenn Sie es sagen ...«

»Georg, erzählen Sie mir doch bitte etwas mehr über diesen Abend.«

»Mein Vater war ein Arschloch wie immer, meine Mutter war ignorant und müde wie immer und die Direktorin und ich haben uns überraschenderweise nicht schlecht verstanden.« ›Vor allem im Bett habe ich mich ganz hervorragend mit ihr unterhalten. Als sie unter mir lag, wehrlos, bereit‹, fügte er gedanklich hinzu. Georgs Blick verklärte sich bei den Erinnerungen daran.

»Lassen Sie uns heute über Ihre Mutter sprechen. Was meinen Sie damit, dass sie ignorant und müde war wie immer?« Einen Moment lang starrte Georg in die Ecke des Zimmers, in der eine riesige Tonvase mit Kunstblumen darin stand.

»Haben Sie die selbst gemacht, Frau Doktor?«, fragte er und deutete auf die Vase.

»Ja, ich töpfere in meiner Freizeit.«

»Aha.« Sie bastelte also auch gerne. Wie seine Mutter. Und da waren noch mehr Gemeinsamkeiten, die ihm bisher wohl einfach nicht auffallen wollten. Das teure Auto, die schicke Mode, die alte Haut. Der Lidschatten verkroch sich in den Augenlidern und hinterließ hässliche Streifen vom Schwitzen, die man gut sehen konnte, wenn sie den Blick auf ihre Notizen hinabsenkte. Sogar Frisur und Haarfarbe waren denen

120

seiner Mutter ähnlich. Beide trugen ihr Haar mittellang und mittelblond, niemals zu einem Zopf zusammengebunden. Der Unterschied zwischen den Frauen lag lediglich darin, dass die Therapeutin ihr Geld selbst verdiente. Und nicht zu wenig davon, wenn man bedachte, dass Georg für jede Minuten Reden oder Schweigen zwei Euro bezahlte.

»Zurück zu Ihrer Mutter. Inwiefern war ihr Verhalten ignorant?«

»Sie ist es einfach. Sie ist immer ignorant. Seit ich denken kann, kenne ich sie als ignoranten, lieblosen Menschen.«

»Lieblos ... interessant.« Die Therapeutin notierte sich etwas. Was an lieblos nun so interessant war, konnte sich Georg nicht erklären. Er wusste nur, dass er heute zu viel redete. Frau Doktor witterte Fortschritte, wenn sie ihren teuren Waterman zückte. Er musste sich zurückhalten.

Was hatte sich sein Großvater bloß dabei gedacht, ihm im Testament diese Sitzungen aufzuzwingen?

Mein Sohn Robert und meine Schwiegertochter Irene haben bei der Erziehung meines Enkels alles falsch gemacht, was man falsch machen kann. Daher erlege ich Georg, wenn ihm sein Erbanteil lieb ist, die Pflicht auf, sich bis zur Vollendung seines dreißigsten Lebensjahres in regelmäßigen Abständen bei Dr. Desiree Würfel in therapeutische Behandlung zu begeben.

Manchmal fragte sich Georg, ob der Tag der Aufsetzung des Testaments für seinen Großvater ein glücklicher, vielleicht sogar lustiger Tag gewesen war.

»Und warum empfinden Sie das Verhalten Ihrer Mutter lieblos und ignorant?«

»Weil sie sich noch nie dafür interessiert hat, was andere Menschen empfinden oder denken.«

»Welche Gefühle und Gedanken sollten Ihre Mutter Ihrer Meinung nach interessieren?«

»Ich hätte mir oft gewünscht, dass sie mich vor meinem Vater verteidigt, wenn er mich mal wieder als Versager hingestellt hat. Aber mittlerweile ist es mir egal. Sie hat immer nur das Geld gesehen, den Luxus, den ihr mein Vater bieten konnte, das schöne Leben, wie man so treffend sagt. Sie hat sich nie auf meine Seite gestellt, aus Angst mein Vater würde ihr den Geldhahn zudrehen.« Abrupt brach er ab.

»Gut, Georg! Erzählen Sie ruhig weiter«, motivierte sie ihn. Aber auch diesmal würde er sie enttäuschen. Er hatte heute schon zu viel gesagt. Und wozu? Die Tatsache, über etwas zu sprechen, machte es nicht weniger wahr.

»Haben Sie wieder angefangen zu schreiben?«, fragte sie weiter. Sie genoss offenbar seine Redelaune. Ihre Wangen hatten plötzlich eine gesunde Farbe, als käme sie von einer Wanderung aus den Bergen, und der Stift in ihrer Hand wackelte zwischen Zeigefinger und Mittelfinger hin und her wie das Pendel der Standuhr, die auf Georgs Kamin stand.

»Nein.«

»Warum nicht?«

»Mir ist etwas dazwischengekommen.« Ein Dreier mit einem meiner besten Freunde und einer Schlampe aus einer Bar, dachte Georg weiter, sprach es aber nicht laut aus. Die Zeit war ohnehin bald um für heute.

»Schade, ich denke, es würde Ihnen gut tun.«

Zehn Minuten später schritt Georg die breite Reiterstiege hinunter, straffte die Schultern und atmete tief durch. Die Praxisräume seiner Therapeutin befanden sich, neben denen anderer Ärzte, Physiotherapeuten und Lebensberatern, in einem alten Schloss etwas außerhalb von Linz. Das Kopfsteinpflaster im Innenhof lag uneben unter seinen Füßen. Das

122

schwere Eisentor knarrte, als wäre es heute besonders unwillig, jemanden durchgehen zu lassen.

Als er schließlich auf den Parkplatz trat, steuerte er, wie immer, erst die Parkbank hinter den abgestellten Autos an, von der aus man einen so schönen Ausblick auf den Tod genoss. Das, was einen am Ende erwartete, lag ihm hier zu Füßen. Sogar dem Tod war er überlegen. Natürlich war es viel zu kalt, um sich zu setzen. Dennoch verweilte er auch heute ein paar Minuten an dieser Stelle. Georg trat ganz nach vorne, an den Rand der mindestens zwanzig Meter tiefen steinernen Mauer, deren Oberkante von der Rasenfläche hinter dem Parkplatz abging. Darunter lag Natur in ihrer Urform. Verdorrtes Geäst, tote Bäume, langes Gras. Nur ein dünner Holzzaun verhinderte, dass man einen kleinen Schritt zu weit ging und in den Abgrund stürzte.

»Hast du Feuer?« Georg erschrak so sehr, dass er beinahe gegen den Zaun gefallen wäre. Er wollte nicht darüber nachdenken, ob dieser seinem Gewicht standgehalten hätte.

»Ja, ... selbstverständlich«, stotterte er und kramte in seiner Anzugtasche, bis er endlich sein Feuerzeug fand und es hervorzog. Er entfachte es und hielt es unter das Ende einer Zigarette, die zwischen den vollen Lippen einer jungen Frau steckte. Genüsslich verzog sie das Gesicht, als sie ihren ersten Zug nahm.

»Danke«, sagte sie dann schlicht und wandte sich von ihm ab. Von Georg hatte sie überhaupt keine Notiz genommen. Sie hatte nur Feuer gebraucht. Pikiert verbesserte er seine Haltung und ging zu seinem Wagen. Noch einmal drehte er sich nach der Frau um, die mit jedem Schritt näher an das Eisentor trat.

»Hey, dich habe ich doch letztens erst vor meinem Hotel fast umgerannt!«, rief er ihr euphorisch nach. Das lange, braune Haar, das sich in wilden Wellen über ihren Rücken ergoss und die schmale Figur ... er kannte diese Frau.

»Welches Hotel?« Sie hatte sich tatsächlich nochmals zu ihm umgedreht und sah ihn nun neugierig durch ihre blauen Augen an. Wenigstens beachtete sie ihn jetzt. Dass er ein eigenes Hotel besaß, hatte wohl ihre Aufmerksamkeit geweckt.

»Das Parkhotel. Es gehört mir. Du bist dort gestanden, als ich es verlassen habe und da wäre ich beinahe in dich hineingerannt.«

»Ach. Ja, kann sein«, antwortete sie gelassen. Sie taxierte ihn scharf. Sie hielt eine Tasche in der einen Hand, ihr Handy in der anderen. Die Zigarette steckte lässig zwischen ihren Lippen. Die Kälte schien ihr nichts auszumachen. Georg hingegen fröstelte.

»Wollen wir mal essen gehen?« Abrupt hielt sie inne. Er hatte sie offenbar überrascht. Und sich selbst gleich mit. Was wollte er von dieser Frau? Jetzt musterte sie ihn eingehender. Von Kopf bis Fuß ließ sie ihren Blick an ihm hinab- und wieder hinaufwandern, bis sie ihm mit ihren kühlen blauen Augen direkt ins Gesicht sah. Sie schwieg, nahm die Zigarette aus dem Mund und warf sie auf den Boden. Sie ist verrückt, dachte Georg. Was hatte er sich dabei gedacht, sie einfach anzusprechen? Doch sie umgab ein Energiefeld, gegen das er sich nicht wehren konnte. Was wollte er von ihr? Es war nicht seine Art, sich anzubiedern.

»Warum nicht«, sagte sie schließlich und hielt ihm ihr Handy unter die Nase.

Zuerst wollte er es nicht nehmen. Auf fremden Telefonen hafteten Millionen von Viren und Bakterien. Doch er überwand sich und tippte seine Nummer in ihr Handy. Wortlos. Er schwieg genauso wie sie.

»Danke, Georg«, sagte sie gleichgültig, ohne dass sie auf das Display ihres Telefons geschaut hätte. Woher kannte sie

124

seinen Namen? Doch noch bevor er etwas sagen konnte, war sie durch das schwere Tor verschwunden. Es schlug ungebremst und überaus laut zu.

23 Mimi

Verzweifelt starrte Mimi auf ihr Handy. Bereits zum dritten Mal probierte ihre Mutter heute schon, sie zu erreichen. Abgesehen von den sporadischen Versuchen seit ihrer Abreise war es ansonsten ziemlich ruhig gewesen. Bisher hatte sie es tunlichst vermieden, mit ihr zu sprechen. Ihre Schonfrist war nun wohl endgültig abgelaufen, daher nahm sie den Anruf seufzend entgegen: »Hallo, Mama!«

»Hallo Miriam! Was ist denn los mit dir? Ich versuche bereits seit Wochen dich zu erreichen! Geht es dir gut?«

»Ja, mir geht es gut.«

»Gott sei Dank, ich war schon drauf und dran mich auf den Weg zu machen. Karl hätte mir bestimmt sein Auto geliehen. Ich habe mir solche Sorgen gemacht.«

»Was ist denn mit deinem Auto?«, fragte Mimi, ohne sich auf das Eigentliche des Gesprächs einzulassen.

»Oh, naja, das ist in der Werkstatt.«

»Schon wieder? Ich habe es doch erst vor Kurzem überprüfen lassen. Ist es kaputt?«

»Ja, es ist kaputt. Ich hatte einen kleinen Unfall.«

»Was für einen Unfall?« Alarmiert schnellte Miriam in eine aufrechte Sitzposition.

»Es ist nichts weiter. Ich habe eine kleine Betonmauer übersehen.«

»Also ein Parkschaden? Das wird ja in ein paar Tagen wieder behoben sein.«

»Kein Parkschaden, ich bin dagegen gefahren, als ich auf dem Weg zu Karl war. Es war so dunkel. Meine Brille habe ich zuhause vergessen und da habe ich die Mauer einfach übersehen. Aber es ist nichts passiert, nur ein Blechschaden.«

Sie hat es schon wieder getan, dachte Mimi. Sie war erneut betrunken mit dem Auto herumgefahren, mitten in der

Nacht, um sich mit ihrem Lover zu treffen. Wut kroch in ihr hoch und sie war drauf und dran aufzulegen. Nachdem sie einige tiefe Atemzüge genommen hatte, sprach sie weiter.

»Hast du getrunken, Mama?«

»Ich war nicht betrunken, falls du das meinst. Ja ich hatte ein, zwei Gläschen. Aber ich war vollkommen fahrtüchtig.«

»Wenn man fahrtüchtig ist, übersieht man nicht einfach eine verdammte Betonmauer!« Nun verlor sie doch die Nerven. Sie hatte keine Ahnung, wie oft ihre Mutter schon alkoholisiert mit dem Auto gefahren war. Immer wieder hatte Mimi sie mit eigenen Augen aus der Garage zum Haus torkeln sehen, als sie noch zuhause gewohnt hatte. Nicht nur einmal hatte sie versucht, ihre Mutter darauf anzusprechen, sie riet ihr davon ab, schrie sie an, drohte ihr mit einer Anzeige bei der Polizei. Geändert hatte sich nichts.

»Ich will mich nicht mit dir streiten, Miriam. Du hast dich wochenlang nicht gemeldet. Was ist los mit dir?« Mimi beschloss, das Thema abzuhaken. Sie war nicht mehr zuhause. Sie musste sich das Drama nicht vor Ort ansehen. Sie würde es dabei belassen. Es brachte nichts, jetzt wieder einen Streit vom Zaun zu brechen. Ihre Mutter war eine Alkoholikerin und setzte durch ihr Verhalten permanent ihr eigenes und das Leben anderer aufs Spiel. Mimi musste lernen, loszulassen. Sich damit zu belasten war müßig, denn sie hatte keine Handhabe gegen ihre Mutter. Und sie wollte mit diesen Problemen schlichtweg nichts mehr zu tun haben.

»Ich war beschäftigt. Der Job nimmt mich sehr in Anspruch und auch sonst muss ich sehen, dass ich alles auf die Reihe kriege.« Die Gefühlsachterbahn wegen des arroganten Chefs, die Schwärmerei für Gretas Bruder ... Aber das erwähnte sie natürlich nicht. »Alex hat dich ja bestimmt darüber informiert, dass ich noch lebe, nachdem er wieder zurückgekommen ist.«

127

»Ja, er war hier. Alex ist ziemlich durch den Wind wegen dem, was du zu ihm gesagt hast. Er hat mir sehr leidgetan.«

»Wegen dem, was ich zu ihm gesagt habe? Ich habe ihm bloß geraten, dass er sein Leben nach seinen eigenen Vorstellungen leben soll, denn ich werde es tun. Das finde ich jetzt nicht besonders schlimm.« Dass Mimi den Verlobungsring in seiner Tasche gefunden hatte, verschwieg sie.

»Ach Kindchen, ich wünschte, ich könnte dich zur Vernunft bringen. Du wirfst dein ganzes Leben weg. Das Hotel von Alex Eltern, der Komfort, das gute Leben. Wofür? Für das bisschen Freiheit?«

»Ich werfe mein Leben nicht weg. Du weißt genau, warum ich diesen Schritt gegangen bin und komm mir bitte nicht mit Vernunft. Wo bleibt *deine* Vernunft, wenn du dich immer wieder betrinken musst und dann auch noch ins Auto steigst? Hast du denn überhaupt keine Skrupel? Stell dir mal vor, es passiert irgendwas, du fährst einen Menschen um oder lenkst dein Auto in die Mühl.« Mimi redete sich ziemlich in Rage. Immer wieder schaffte es ihre Mutter, sie so dermaßen wütend zu machen, dass sie sich selbst nicht wiedererkannte. Sie hatte keine Gefühle mehr für diese arme, kranke Frau, welche auch nur im Ansatz denen einer gesunden Eltern-Kind-Beziehung entsprachen. Die ganze Liebe, die sie für ihre Mutter empfunden hatte, war nach und nach blankem Hass gewichen. Seit einigen Monaten schmolz dieser Hass stückchenweise unter dem destruktiven Mantel der Verdrängung. Aber noch war das Feuer der Wut nicht gänzlich erloschen, ein Funke reichte, um die Glut von Neuem zu entfachen.

»Wie dem auch sei. Ich bin froh, dass es dir gut geht. Wann kommst du zu Besuch nach Hause?«

»Ich weiß es noch nicht.«

»Aha.« Jetzt war ihre Mutter eindeutig verstimmt. Aber das war Mimi mittlerweile egal. Sie war gerade dabei, den Anruf

128

zu beenden, da klang aus dem Telefon nochmals die Stimme ihrer Mutter: »Morgen ist übrigens der 28.«

»Ich weiß.« Der 28. November. Es würde kalt werden. Der Wetterbericht meldete sogar den ersten Schnee. Die Handschuhe waren noch in einer Kiste verpackt. Sie hatte sich für morgen freiwillig für die Mittagsschicht und die Abendschicht gemeldet. Auf keinen Fall wollte sie an diesem Tag zu viel Zeit zuhause verbringen. Denn dann kamen sie, die Erinnerungen an den grauenvollen Tag vor zehn Jahren. Der Tag, der alles verändert hatte. Der Tag, an dem sie ihre Schwester, ihre Mutter, ihren Vater und ihre Kindheit verloren hatte. Man musste sie nicht daran erinnern, dass morgen der 28. war. Niemals wieder würde ein 28. November ein normaler Tag im Jahr für sie sein.

»Bis bald, Miriam.«

»Tschüss.«

24 Georg

Das Läuten des Telefons riss Georg aus seiner Konzentration. Pamela hatte ihm einen Stoß Unterlagen auf den Schreibtisch gelegt und ihn dem Schicksal des Papierkriegs überlassen. Die Zahlen verschwammen vor seinen Augen. Er nahm mit einem genervten »Ja« den Hörer ab, nachdem er sah, dass der Empfang bei ihm durchklingelte.

»Hier ist eine Dame, die zu Ihnen möchte, Herr Soyer!« Olivia, ganz der Profi. »Ihr Name ist Jennifer Bogner.«

»Kenn ich nicht, was will sie?« Georg zermarterte sich das Gehirn. Er war sich sicher, dass für heute keine Vorstellungsgespräche angesetzt waren. Die administrative Arbeit hatte diese Woche Vorrang und Pamela hatte deshalb alle seine Termine verschoben. Sonst würde sein Vater bald ein Büro hier einrichten. Dauernd saß er ihm im Nacken, der alte Knacker.

»Die Dame meint, Sie würden sich privat kennen.« Oooh, Olivias kühle Freundlichkeit ließ ihn aufhorchen. Sie war eifersüchtig, zumindest ließ sie diese Situation nicht kalt.

Zumeist hatte sie keinerlei Anlass zur Eifersucht, denn Georg organisierte Privates strikt am Hotel und somit auch an Olivia vorbei.

Er durchforstete sein Gehirn. ›Jennifer Bogner. Jennifer? Jenny! Ach, du Scheiße.‹

»Schick sie hoch!« Schnell legte er auf und sprang vom Stuhl. Georg richtete seinen Gürtel, steckte sein Hemd ordentlich in den Hosenbund und setzte sich wieder, was das vorangegangene Prozedere obsolet machte. Wie dem auch sei. Er würde diesen unerfreulichen Besuch mit der Gewissheit empfangen, dass sein Hemd ebenso ordentlich saß wie seine Hosen und sein Gürtel. Er hatte alles unter Kontrolle. Was zum Teufel hatte die Kellnerin hier verloren? Was wollte sie von ihm? Woher wusste sie überhaupt, wo er zu finden war?

130

Mo hatte wahrscheinlich geplaudert. Er sprang wieder auf und blickte aus dem Fenster.

Nichts war ihm so zuwider wie die Durchmischung von Privatem und Beruflichem.

Die Partys waren sein einziges Zugeständnis an die Zusammenführung der beiden Bereiche, aber die hatte er im Griff. Bei ihnen war er die letzte Instanz. Er war Herr der Lage. Doch hier im Hotel war kein Platz für Privates. Er musste sich darauf konzentrieren, der Direktor zu sein. Na gut, der Direktor, der die Empfangsdame vögelte. Aber das war auch schon alles. Er stand weiterhin mit dem Rücken zum Eingang des Büros. Ein zaghaftes Klopfen war zu vernehmen. Zaghaft öffnete sich nach seinem herrischen »Herein!« die Tür.

»Hallo Georg!« Die Stimme gehörte eindeutig zur Kellnerin. Fuck.

Naja, möglich dass sie sich in Moritz verknallt hatte und seinen Rat einholte. Er würde ihr eine Chance geben. Daher drehte er sich um und nahm die Besucherin ins Visier.

»Hallo, Jenny. Was führt dich zu mir?«

Sie zögerte einen Augenblick.

»Ich wollte dich besuchen.« Nervös stand sie mitten in seinem Büro. Es hatte sie offenbar eine Menge Überwindung gekostet, hierher zu kommen.

»Ich verstehe.« Nun hast du mich besucht und kannst wieder gehen, dachte Georg weiter, sprach es aber nicht laut aus. Jenny atmete tief durch und fuhr fort. »Es war sehr schön mit dir, mit euch, meine ich. Und ich dachte, wir könnten uns wieder mal treffen. Wenn du Zeit hast ... nur wir beide.« Er und Mo hatten sie angefixt. Sie hatte die dunkle Seite kennengelernt, jetzt wollte sie nicht mehr zurück. Aber sie war eindeutig eher an Georg interessiert, als an einem weiteren Dreier. Sie war verknallt. So ein Mist.

131

»Ich bin sehr beschäftigt, doch man weiß nie, wann sich wieder eine Gelegenheit ergibt«, antwortete er geschäftsmäßig und so diplomatisch wie möglich.

»Oh, ja natürlich. Ich will dich auch gar nicht länger stören.« Trotz ihrer Worte kam sie mutig auf ihn zu und legte fast ängstlich ihre kleinen Hände auf seine Brust. Sie ging aufs Ganze, gab nicht so schnell auf. Georg nahm eine abweisende Haltung ein und trat einen Schritt zurück. Er wollte nicht angefasst werden.

»Wie gesagt, ich ertrinke heute in Arbeit. Vielleicht sieht man sich wieder einmal. Danke für deinen Besuch, auf Wiedersehen.« Er ließ sich auf den Bürostuhl fallen und senkte seinen Blick auf die Schreibtischunterlage vor ihm.

»Auf Wiedersehen!« Jenny verließ sein Büro.

Georg hob den Kopf und starrte auf die geschlossene Tür.

Er hasste das. Er fühlte sich durch den aufgezwungenen Besuch und das Eindringen in sein Büro beschmutzt. Sie hatte nicht das Recht dazu, ihre ungewaschenen Hände auf seine Brust zu legen. Das hatte er ihr nicht erlaubt; an sein Hemd zu fassen, das er nicht mal in die Reinigung brachte, weil er nicht wollte, dass fremde Menschen seine Kleidung betatschten. Ekel stieg in ihm auf.

Schnell begab er sich auf die Toilette, um sich zu waschen. Anschließend holte er ein frisches Hemd aus der untersten Lade seines Schreibtischs und zog sich um. Das alte Hemd schmiss er in den Mülleimer. Das Knacksen in seinem Nacken, als er den Kopf auf jede Seite bog, schwächte den Schwindel ab. Langsam beruhigte er sich.

»Komm rauf zu mir, Olivia«, bellte er in den Hörer und legte gleich wieder auf. Keine fünf Minuten später klopfte sie an seine Tür und trat ein.

132

»Du wolltest mich sprechen?« Sie stand mitten im Raum und sah ihn mit ihren giftgrünen Augen an. Was bildete sie sich eigentlich ein, hier die Beleidigte zu spielen?

»Es gibt nichts zu sprechen. Zieh dich aus!«, wies er sie an und drückte seinen Rücken fest gegen die Sessellehne.

»Ich kann nicht. Ich muss Rita an der Rezeption ablösen. Sie hat einen Zahnarzttermin.«

Mit einem lauten Knall ließ Georg die flache Hand auf den Tisch niedersausen. »Du ziehst dich aus, sagte ich!« Seine Stimme war zu laut. Olivia zuckte nicht mal mit der Wimper.

»Die Rezeption ist nicht besetzt«, wiederholte sie ruhig und wich einen Schritt zurück in Richtung Tür.

»Du meinst, du kannst eifersüchtig sein? Ich bin dir keine Erklärung schuldig, Olivia«, fuhr er sie an. Mit dem linken Zeigefinger rieb er unter der Tischplatte an immer der gleichen kleinen Stelle auf seinem Oberschenkel, knapp über dem Knie. Er musste damit aufhören, sonst würde sich ein hässlicher Scheuerfleck auf der Anzughose bilden.

»Nein, Georg. Ich habe kein Recht dazu, eifersüchtig zu sein. Ich muss einfach nur zurück an meinen Arbeitsplatz.«

Georg wusste, dass sie log. Natürlich war sie eifersüchtig. Sie war am Telefon zickig und jetzt folgte sie ihm nicht. Was für ein Scheißtag war das eigentlich? Er konnte sich kaum noch beherrschen. Noch immer wollten seine Finger nicht stillhalten. Und erneut schlug er mit aller Kraft auf das massive Holz vor ihm und schrie: »Raus hier!« Olivia drehte sich sofort um und verließ das Büro.

25 Mimi

»Ich kann heute nicht alleine sein. Darf ich zu dir kommen?«
Mimi schritt ruhelos in der Wohnung auf und ab, während sie
mit Greta telefonierte. Ihr Herz raste und sie fasste sich
erschrocken an die Brust. Im Restaurant war nichts los
gewesen, daher hatte Lars sie schon kurz vor einundzwanzig
Uhr nach Hause geschickt. Ausgerechnet heute. Er hatte es
wahrscheinlich gut gemeint. Aber Mimi hätte viel lieber noch
stundenlang weitergearbeitet.

»Klar, ich bin bald daheim. Willst du auch etwas essen?
Ich stehe gerade bei Giovanni´s und decke mich mit einer
riesigen Portion Pasta für einen gemütlichen Abend vor dem
Fernseher ein.«

»Nein, ich will nichts. Danke.«

»Na gut. Wir sehen uns dann bei mir. Sagen wir in fünfzehn Minuten?«

»Geht klar. Bis später.«

Überpünktlich stand Mimi vor Gretas Tür und wartete
darauf, dass ihre Freundin endlich die Treppe hochkam. Sie
wollte keine Minute länger alleine sein. Glücklicherweise
hörte sie Greta bereits die Haustür unten aufstoßen.

»Hey, du bist ja schon da!« Die Nachbarin küsste sie
freundschaftlich auf die Wange. Dann drückte sie Mimi zwei
mit Nudeln vollbepackte, heiße Tüten in die Hand und
sperrte die Wohnungstür auf. Sie roch nach ihrem blumigen
Parfum und Zigaretten. Mimi war sich sicher, dass sie ab und
zu rauchte, hatte sie aber nie dabei gesehen.

»Ja, es tut mir leid, dass ich dich heute Abend belästige.«

»Du belästigst mich doch nicht. Ich freu mich immer,
wenn du kommst. Rein mit dir in die gute Stube!« Mimi
folgte ihr in die gemütliche Wohnung und schälte sich aus
ihrer dicken Weste. Draußen war es bitterkalt und sie hatte

sich bis jetzt noch nicht ordentlich aufwärmen können. In Gretas Nähe fühlte sie sich gleich ein bisschen besser. Mimi warf einen Blick in die dampfenden Taschen, verzog aber angewidert das Gesicht, als ihr der Duft nach frischer Pasta in die Nase kroch. Sie war den ganzen Tag schon appetitlos und kämpfte gegen ein flaues Gefühl in ihrem Magen. Es war jedes Jahr das Gleiche. Und es würde auch nächstes Jahr so sein.

Früher war sie an diesem speziellen Tag im Jahr oft mit Alex in die Dorfdisco gegangen und hatte viel getrunken. Niemand hatte etwas davon mitbekommen. Alex ließ sie nie aus den Augen und schob sie rechtzeitig zur Tür hinaus, bevor die Leute anfingen zu reden. Da das Hotel seiner Eltern gleich schräg gegenüber des Lokals lag, hatte er sie einfach in sein Bett verfrachtet, zugedeckt und ihre Kotze aufgewischt. Als sie noch zu jung war, um ihre Gedanken mithilfe von Alkohol auszulöschen, hatte sie sich bei Alex daheim versteckt und nächtelang mit ihm geredet. Immer wieder kauten sie die Geschichte durch, immer wieder weinte und trauerte sie. Alex saß ratlos neben ihr und versuchte, sie unbeholfen zu trösten. Doch das reichte für Mimi aus, um den Tag zu überstehen. Und niemals fiel es ihrer Mutter auf, dass sie die ganze Nacht lang nicht nach Hause kam. Sie war viel zu beschäftigt damit, Hass gegen ihren Vater zu versprühen und ihr Selbstmitleid in Alkohol zu ertränken.

Dieses Jahr war anders, weil sie nicht von zuhause flüchten musste. Ihre Mutter würde betrunken vor sich hin jammern. Mimi wollte niemals so enden wie sie. Daher hatte sie nicht vor, sich zu betäuben. Diesmal musste sie den Schmerz aushalten. Aber ohne Greta war das unmöglich. In ihrer Wohnung hatte sie beinahe eine Panikattacke überfallen. Gerade noch rechtzeitig konnte sie sich das Telefon schnappen, um sich selbst bei Greta einzuladen.

»Willst du wirklich nichts essen? Ich habe genug für uns beide mitgebracht. Eigentlich habe ich genug für eine ganze Fußballmannschaft hier. Von den Resten kann ich wohl ein paar Tage leben.«

»Nein danke, wirklich nicht. Ich kann nichts essen.«

»Okay Mimi, ich bin eigentlich nicht der Typ, der viel hinterfragt. Du siehst aus wie ein Häufchen Elend und hast keinen Hunger, was für sich gesehen schon ein Zeichen ist, dass etwas nicht stimmt. Also, raus mit der Sprache. Was zum Teufel ist passiert?« Ungewohnt streng schaute sie ihrer Freundin direkt ins Gesicht und wartete auf eine Antwort. Mimi schloss die Augen und überlegte, was sie sagen konnte. Es kam nur eine einzige Möglichkeit in Frage. Die Wahrheit. Sie musste sich Greta endlich anvertrauen.

»Heute vor zehn Jahren ist meine Schwester Marie gestorben.«

»Oh mein Gott, das tut mir sehr leid.« Sofort nahm Greta sie in den Arm und bei Mimi begannen die Tränen zu fließen. Mimi war so weit, die ganze unschöne Geschichte zu erzählen. Tapfer löste sie sich aus Gretas Umarmung und deutete auf die Couch.

»Ich muss dir was erzählen. Hast du Zeit?«, fragte sie und probierte ein schwaches Lächeln. Greta nickte nur und setzte sich.

26 Georg

Immer wieder starrte Georg auf sein Handy. Sofort, nachdem er zuhause eingetroffen war, hatte er Olivia eine Nachricht geschickt. Sie sollte sich ein Taxi bestellen und herkommen. Normalerweise dauerte es keine fünf Minuten, bis er eine Antwort bekam. Heute nicht. Eine halbe Stunde war schon vergangen. Nichts. Da er überhaupt nicht wusste, was er davon halten sollte, machte er sich entgegen seinen Gewohnheiten einen Kaffee. Ab fünfzehn Uhr trank er normalerweise keinen mehr. Am liebsten würde er gar keinen trinken, aber sein Status verlangte es ihm ab und irgendwann hatte er es sich angewöhnt. Der Kaffee würde ihn die ganze Nacht wachhalten. Aber er ging immer noch davon aus, dass Olivia bald eintreffen würde, und dann wollte er ohnehin nicht schlafen. Er nippte am Kaffee und betrachtete dabei seine Hand, die sich um die winzige Espressotasse schloss. Dann griff er nach dem Handy und schoss ein Foto davon. Diese Hände ...

Verdammt nochmal, warum meldete sie sich nicht? Georg war aufgebracht. Was sollte das? Ihr Verhalten war neu und es irritierte ihn. Natürlich ahnte er, dass Vereinbarungen wie er sie mit Olivia getroffen hatte, Frauen auf Dauer nicht hundertprozentig zufriedenstellen würden. Aber das war nun mal der Deal und sie kannte seine Position. Sowohl was seine Meinung betraf, als auch beruflich gesehen. Er war ihr Chef. Und sie? Sie wäre nichts ohne ihn. Hätte er sie nicht eingestellt, würde sie noch immer irgendwo auf der Welt herumstrawanzen. Georg hatte ihr einen festen, gar nicht mal schlecht bezahlten Job gegeben und ihr gesagt, dass er mit ihr schlafen wollte. Und sie meinte, das wäre in Ordnung für sie. Und nun war nichts mehr übrig von dieser Vereinbarung. Bloß weil ihn eine andere Frau in seinem Büro besucht hatte?

137

Je länger er darüber nachdachte, desto wütender wurde er ob ihres absurden Fehlverhaltens. Sie meinte wohl, sie könnte Spielchen mit ihm spielen und ihn so dazu bringen, ihn in eine feste Beziehung einzuwickeln. Aber das würde nicht funktionieren. Es gefiel ihm, dass sie eifersüchtig war. Das war ihm lieber, als es wäre ihr egal, dass er das, was er zu bieten hatte, auch anderen Frauen zuteilwerden ließ. Aber wenn er ihr befahl, zu ihm zu kommen, und sie ignorierte ihn, dann hörte der Spaß auf. Wenn er ignoriert werden wollte, dann würde er sich auf eine Tasse Tee mit seiner Mutter treffen. Ignoranz und fehlende Anerkennung konnte er sich bei ihr seit jeher kostenlos abholen. Das Haus seiner Eltern war ein Drive-in für gefühlstote Gesten, leere Worthülsen und knackig verpackte Abwertungen. Wenn man wollte, konnte man sich dort die ganze Ladung zum Mitnehmen bestellen und erhielt es kurze Zeit darauf lauwarm in Tüten verpackt überreicht. Die zahlreichen Miniportionen reichten, um tagelang davon zu zehren.

Es war ganz ausgeschlossen, dass er eine feste Beziehung mit Olivia einging. Niemals würde er sich darauf einlassen. Viel zu anstrengend wäre es auf Dauer, die Haltung zu bewahren. Viel zu viel Kraft würde es ihn kosten, permanent den Menschen wiederzugeben, der er vor anderen vorgab zu sein. Georg brauchte seine Freiräume, um sich nicht unentwegt verstellen zu müssen. Niemand konnte sich vorstellen, wie anstrengend das war. Die Beziehung wäre sein Ende. So, wie es war, war es gut. Er hatte sein Haus für sich. Georg brauchte seine Ruhe.

Ein Blick auf das Handy verriet ihm, dass Olivia noch immer nicht auf seine Nachricht geantwortet hatte. Wütend warf er die halbvolle Tasse in die Spüle und ging ins Bad. Bevor er sich auszog, betrachtete er sich im Spiegel. Die Krawatte saß etwas schief und eine Strähne seines braunen Haars

138

fiel störrisch in die Stirn. Er spannte den Rücken und strich sie nach hinten. Langsam begann er sich auszuziehen. Seine Hüften schwangen im Takt der Musik, die nur in seinem Kopf zu hören war. Betört von seinem Anblick löste er die Krawatte, knöpfte das Hemd langsam auf. Er hatte ein gemächliches Lied aufgelegt, verrucht und dunkel schwang es aus dem Inneren hinaus in seine Ohren. In Zeitlupe öffnete er den Hosenknopf und zog den Reißverschluss Stück für Stück auf. Als er endlich nackt war, betrachtete er sich nochmals lange im Spiegel.

Gerade als er aus der Dusche stieg, hörte er sein Telefon in der Küche klingeln. Das musste Olivia sein. Vielleicht hatte sie seine Nachricht erst jetzt bekommen. Ganz sicher hatte es am Netz gelegen oder sie hatte ihr Handy nicht dabei. Nun würde sie reumütig und auf Knien vor ihm rutschen und ihn anbetteln, dass sie noch kommen dürfte. Georg war sehr zufrieden mit sich. Er schnappte sich ein Handtuch und rannte in die Küche, um den Anruf entgegenzunehmen. Unterdrückte Nummer. Eigenartig.

»Hallo?«

»Hallo, du mit dem Feuerzeug!«

Es war die Frau mit der Zigarette vor dem Schloss, in dem seine Therapeutin ihre Praxisräume hatte.

»Hi!«, begrüßte er sie ein zweites Mal. Mit viel zu dünner Stimme, wie ihm sofort auffiel. Er räusperte sich, um noch etwas hinzuzufügen. Aber sie redete gleich weiter.

»Wollen wir uns treffen, Georg Soyer?«

»Ja … klar«, antwortete er. Was war hier los? Georg war so verunsichert, dass er kaum einen Ton herausbrachte. Das konnte doch nicht wahr sein. Hatte Olivias Verhalten etwas damit zu tun? Irgendetwas stimmte nicht mit ihm. Sofort riss er sich zusammen und diesmal hatte er die richtigen Worte und den richtigen Ton getroffen. »Ich habe übermorgen Zeit. Um neunzehn Uhr bei Federicos. Das ist ein kleines italienisches ...« Doch da war die Leitung bereits tot. Der Anruf war unterbrochen worden. Oder sie hatte aufgelegt. Georg konnte sie nicht erreichen, denn er kannte ihre Nummer nicht. Er wusste noch nicht mal ihren Namen. Das zweite Mal an diesem Tag starrte er auf sein Handy und wollte es so dazu bringen, einen Laut von sich zu geben. Aber es passierte nichts. Würde sie übermorgen um neunzehn Uhr bei Federicos sein? Hatte sie ihn überhaupt noch gehört?

Die Sache mit Mimis Vater

Mimi sitzt in ihrem Zimmer und blättert in den alten Weihnachtsbüchern von Mama. Bis jetzt hat Mama noch keine einzige Geschichte vorgelesen. Mimi schnuppert an den vergilbten Seiten und liest Väterchen Frost. Aber selbst zu lesen ist anstrengend. Wenn Mama vorliest, kann man die Augen zumachen und die Bilder kommen ganz von alleine in den Kopf hinein.

Jetzt wird hier zuhause niemand mehr vorlesen. Da ist sich Mimi ziemlich sicher. Überhaupt hat man in letzter Zeit nicht viel mit Mimi geredet oder gemacht. Alle hatten so viel zu tun und dann war da dieser schreckliche Tag in der Kirche und auf dem Friedhof. Jetzt ist alles vorbei, Gott sei Dank.

Es ist sehr still im Haus. Papa ist fast immer arbeiten und kaum daheim. Darüber ist Mimi aber gar nicht so traurig, denn wenn er daheim ist, hört sie ihre Eltern nur streiten. Mama sagt böse Sachen zu Papa, wie »Du hast unser Kind umgebracht!«, »Du hättest sie beschützen müssen!«, »Ich hasse dich!«.

Mimi ist froh, dass Papa ihr nicht erzählt, dass es eigentlich ihre Schuld war, dass Marie jetzt tot ist. Schließlich hat er sich auf sie verlassen. Und nun ist sie tot. Aber bisher hat er sie nicht verpetzt. Sonst würde Mama sie auch hassen. Und das will sie wirklich nicht.

Sie vermisst Marie. Nachts träumt sie oft von ihr. Manchmal hat sie das Gefühl, ihre Stimme zu hören. Maries Zimmer ist mittlerweile leer. Nur noch ein Kasten steht dort. Darin sind viele ihrer Sachen verstaut. Gewand, Spielzeug, Puppen. Mimi hätte sich gerne den rosafarbenen Teddy rausgenommen und ihn in ihr Bett gelegt. Aber das traut sie sich nicht. Das könnte Mama wütend machen oder zum Weinen bringen. Manchmal schleicht sie zum Kasten und holt den Teddy raus, drückt ihn kurz ganz

141

fest an sich und legt ihn wieder an seinen Platz. Marie hat ihn »Bärli« genannt. Bärli ist ihr Ein und Alles gewesen. Jetzt liegt er zusammen mit dem anderen Krimskrams in der dunklen Ecke und wartet genauso wie Mimi darauf, wieder von Marie gekuschelt zu werden.

Sie hat immer gerne gekuschelt. Manchmal hat es Mimi genervt, dass sie so anhänglich war. Alles wollte sie mit ihr machen, überall wollte sie dabei sein. Mittlerweile tut es ihr leid, dass sie oft gemein zu ihr war und sich in ihrem Zimmer eingesperrt hat, um Ruhe zu haben.

Ihre Tür ist jetzt immer offen, aber Marie kommt nicht. Sie bettelt nicht mehr vor der Tür, um hineingelassen zu werden. Es ist so verdammt still ohne Marie. Sie hätte besser auf sie aufpassen müssen. Wenn sie die Augen schließt, spürt sie Maries kleinen Körper an ihren Bauch gekuschelt. Sie hört das fröhliche Kreischen ihrer Schwester, kurz bevor sie gestorben ist.

»Ich werde eine Weile bei Onkel Arthur wohnen«, sagt Papa. Er sieht fürchterlich aus, ist zu dünn und käsebleich.

»Warum?«, fragt Mimi.

»Nun, Onkel Arthur wohnt näher am Büro und daher muss ich nicht so weit fahren. Außerdem haben Mama und ich beschlossen, dass wir ein bisschen Abstand brauchen.«

»Abstand? Kommst du denn wieder?«

»Natürlich, ich komme dich besuchen und hole dich ab, so oft es geht. Ich liebe dich, meine kleine Mimi!« Papa seufzt auf und drückt sie fest an die Brust. Seine großen Hände liegen warm auf Mimis Rücken.

142

27 Mimi

»Du hast deinen Vater nie wiedergesehen?«, fragte Greta ungläubig.

»Nein. Er hat mich niemals besucht, nicht angerufen, nicht geschrieben. Seit diesem einen Tag habe ich nie wieder etwas von ihm gehört.«

»Aber wieso? Du hast doch bestimmt deine Mutter nach ihm gefragt.«

»Natürlich, ich habe nachgefragt und ich habe sie nicht nur einmal um seine Telefonnummer oder eine Adresse angebettelt. Aber sie wollte nichts davon hören. Sie wurde immer so wütend, wenn ich anfing von ihm zu sprechen, und irgendwann habe ich aufgegeben. Als ich älter wurde ist mir klar geworden, dass sie den Kontakt zwischen Papa und mir absichtlich unterbunden hat. Sie wollte nicht, dass er mir zu nahe kam. Sie hat ihn mir einfach weggenommen.« Immer neue Tränen rannen Mimis Wangen herunter. Ihrer Mutter würde sie niemals verzeihen können. Sie hasste sie dafür. Aber sie war immer noch ihre Mutter, daher hatte sie es nie geschafft, sich komplett von ihr loszusagen.

Eine Zeit lang hatte sie sich in den Kopf gesetzt, ihren Papa zu finden. Alex hatte ihr dabei geholfen, doch sie hatten keinen Erfolg. Onkel Arthur, der gar nicht richtig mit ihnen verwandt war, sondern bloß ein guter Freund ihres Vaters, sagte ihr damals, dass er nur ein paar Wochen bei ihm untergekommen war. Er wohnte in einer Garçonnière in Urfahr und war froh gewesen, als Mimis Vater weitergezogen war. Diese Enge, zwei Männer auf achtunddreißig Quadratmetern ... das hätte nicht für immer so bleiben können, meinte er. Wo er danach hingegangen war, hatte Onkel Arthur nicht gewusst. Eines Morgens hatte er mit der Tasche im Flur gestanden, hatte seinem Freund gedankt und war verschwunden.

143

Mimi war davon überzeugt, dass ihre Mutter zu diesem Zeitpunkt noch in Kontakt mit ihrem Vater gestanden hatte. Aber sie stritt es ab und hüllte sich in Schweigen. Sie hatte eine solche Angst davor gehabt, ihre zweite Tochter auch noch zu verlieren, dass sie die beiden mit aller Kraft voneinander ferngehalten hatte. Auf der anderen Seite war sie gar nicht mehr in der Lage, für Mimi zu sorgen. Immer wieder hatte sie tagelang betrunken auf der Couch gelegen und sich weder um ihre Tochter noch um sich selbst gekümmert.

»Es war wirklich eine harte Zeit. Ich war damals gerade mal zehn oder elf, stieg morgens alleine aus dem Bett, wusch mich, frühstückte irgendetwas, vorausgesetzt, wir hatten überhaupt etwas zu Hause. Dann fuhr ich mit dem Bus zur Schule, kam irgendwann nach Hause. Ich war komplett auf mich allein gestellt. Meine Mutter funktionierte überhaupt nicht mehr. Und dann noch ihre Angst, dass ich sterben könnte, wenn ich mit meinem Papa zusammen sein würde. Es war grauenvoll. Alex hat mich in dieser Zeit sehr oft aufgefangen. Dabei war er doch selbst noch ein Kind. Er und seine Eltern waren lange so etwas wie meine Ersatzfamilie. Es tat gut, als Alex und ich mit fünfzehn nach Bad Leonfelden ins Internat kamen. Plötzlich waren wir auf uns gestellt, denn in Aigen kümmerten sich Alex´ Eltern um ihn und auch um mich. Sie wussten, dass die Situation zuhause schwierig war und waren immer so liebevoll mir gegenüber. Alex und ich wuchsen im Internat noch mehr zusammen. Das erklärt vielleicht auch, dass es mir so schwergefallen ist, ihn nach Hause zu schicken.«

»Aber Mimi du weißt doch, dass du keine Schuld am Tod deiner Schwester hast, oder?«

»Ja, mittlerweile weiß ich das. Es ist niemandes Schuld. Auch mein Vater konnte nicht ahnen, welche schreckliche Wendung alles nehmen würde. Aber sehr lange habe ich das

144

nicht so gesehen. Zuerst war es für mich klar, dass ich Marie getötet habe, weil ich nicht aufgepasst habe. Obwohl sich Papa doch auf mich verlassen hat. Ich redete mir immer wieder ein, dass besser ich hätte sterben sollen. Als ich älter wurde, habe ich wie meine Mutter gedacht. Ich war wütend auf meinen Vater, weil er für uns verantwortlich gewesen war. Ich war zornig, weil er mich nicht besuchen kam und weil er sich nicht meldete. Darum fiel es mir leichter, ihm Vorwürfe zu machen. Aber irgendwann wurde mir klar, dass keinen von uns irgendeine Schuld traf. Es war einfach ein schrecklicher Unfall.«

Aufgewühlt betrat Mimi einige Zeit später ihre Wohnung. Es war weit nach Mitternacht. Greta hatte ihr angeboten, sie bis zum Frühstück bei sich aufzunehmen. Daher holte sie ihre Zahnbürste und ein paar andere Kleinigkeiten. Seufzend setzte sie sich kurz und ordnete ihre Gedanken. Es war unglaublich still und dunkel. Nur das dumpfe Licht im Vorzimmer brannte.

Sie hatte Greta alles erzählt. Sie hatte keines der schmerzhaften Details ausgelassen.

Ihr Innerstes war leer. Doch die Leere war nicht mehr so bedrückend. Sie hatte endlich das Gefühl, dass diese Leere Platz schuf. Den dringend benötigten Platz, um ihn mit neuen Erfahrungen, Geschichten und neuem Leben zu füllen. Der 28. November zählte in diesem Jahr bereits zu den verflossenen Tagen. Erneut rannen Tränen über Mimis Wangen. Erneut nahm sie Abschied von Marie. Aber vielleicht auch zum ersten Mal mit dem festen Vorsatz, sich wirklich von ihr und der Vergangenheit zu lösen. Sie würde den Verlust ihrer Schwester, ihres Vaters und den Bruch in der Beziehung zu ihrer Mutter niemals vergessen, doch vielleicht ihren Frieden damit schließen.

Ihre Entscheidung, in die Stadt zu ziehen, war richtig gewesen. Sie würde sich ein Leben aufbauen, in dem sie sich an die Vergangenheit erinnern konnte und vielleicht sogar einmal so etwas wie Dankbarkeit für die Zeit mit ihrer Schwester und für ihre perfekte Kindheit bis zu jenem Unfall empfinden. Und Greta hatte völlig Recht. Alex hatte seinen Platz nicht hier, nicht bei ihr. Sie würde ihm die Tasche endlich schicken, selbst wenn das bedeutete, dass sie ihn damit für immer verlieren könnte.

28 Greta

›Der Tod gehört zum Leben dazu‹, sagte man. Und wahrscheinlich war das auch so. Aber das würde sie Mimi nicht vorbeten. Es gab keine Worte, die jetzt richtig wären. Greta schwieg lieber. Doch sie dachte lange darüber nach. Die arme Mimi ..., dass sie das alles mitmachen musste. Sie war noch ein Kind gewesen. Ein kleines, unschuldiges Mädchen, das in eine tolle Familie hineingeboren wurde. Und dann war da die Schwester, die plötzlich einfach starb.

An einem Tag in ihrem Leben war Greta auch gestorben. Ein paar Mal zuvor dachte sie, sie sei längst tot, bis sie dann an einem Tag wirklich abgetreten war. Alles davor war, im Nachhinein betrachtet, nicht erwähnenswert im Gegensatz zu diesem einen Tag. Der Moment, als er sie verließ. Er ging nicht nur, weil er so nicht mehr weiterleben konnte. Er wollte gehen. Er gab ihr noch nicht mal die allerkleinste Chance, ihn umzustimmen. Marco ging einfach.

Oft wünschte sie sich, dass sie an diesem Tag nicht nur gestorben wäre, sondern auch aufgehört hätte zu atmen. Aber aus irgendwelchen Gründen spürte sie trotz allem eine winzige Hoffnung in sich. Dabei wusste sie doch, dass seine Entscheidung endgültig war. Woher die Hoffnung kam? Sie wusste es nicht. Sie war dumm gewesen. Sie hätte es einfach akzeptieren müssen und aufhören sollen zu atmen. Und jetzt war es zu spät. Nun wäre es bloß ein bemitleidenswerter Akt. Nach der langen Zeit? Undenkbar. Der passende Moment dafür war längst verstrichen.

Das, was Mimi und sie erlebt hatten, konnte man nicht vergleichen. Die arme, kleine Mimi. Dieses zehnjährige Mädchen, das aus der heilen Welt geschmissen wurde und jahrelang in der zerstörerischen Familienmaschinerie gefangen blieb, aus der sie nicht ausbrechen konnte.

147

29 Georg

»Kommen Sie herein, Frau Lenz!« Georg machte eine einladende Bewegung mit der Hand und bedeutete Mimi, in seinem Büro Platz zu nehmen.

»Danke!«, erwiderte sie höflich und ließ sich auf einem der Sessel nieder. Sie scharrte mit den Füßen auf dem Boden und wartete.

»Wie geht es Ihnen?«

»Gut, danke.«

»Schön. Ich hoffe, es gefällt Ihnen bei uns. Ich für meinen Teil höre nur Gutes über Sie.« Georg lächelte sie an. Sein Plan war es, sie heute nicht aufs Glatteis zu führen.

»Natürlich gefällt es mir hier. Ich fühle mich wirklich sehr wohl und ich danke Ihnen nochmals für die Umwandlung meines Arbeitsverhältnisses in eine Dauerstelle. Dadurch ist viel Druck von mir abgefallen.« Wow. Georg erinnerte sich nicht daran, dass Miriam Lenz in seiner Gegenwart jemals derart souverän einen kompletten Satz herausgebracht hätte. Sie taute langsam auf. Sehr gut. Denn er hatte sie aus einem bestimmten Grund in sein Büro zitiert.

»Das freut mich. Die Stelle haben Sie sich durchaus verdient. Nun zum eigentlichen Thema.« Georg registrierte, wie sich ihr Oberkörper spannte und sie trotzig die Schultern straffte. Sie war offenbar auf alles gefasst. Interessant.

»Entspannen Sie sich!«, wies er sie streng an. Oh nein. Er hatte es sich doch so fest vorgenommen, sich zu benehmen. Schnell schickte er ein jungenhaftes Lächeln hinterher, um das Gesagte zu entschärfen.

»Wie Sie vielleicht schon gehört haben, veranstalte ich in mehr oder weniger regelmäßigen Abständen Partys. Diese halte ich in meinem privaten Haus ab und ich lade dazu, neben meinen Freunden, auch immer wieder ausgewählte

148

Mitarbeiter und Mitarbeiterinnen des Hotels ein. Wenn Sie Lust haben, können Sie gerne bei der nächsten dazukommen. Sie wird am Freitag in zwei Wochen stattfinden. Betrachten Sie es als eine Art inoffizielle Weihnachtsfeier.«

»Oh, vielen Dank für die Einladung. Ich werde Ihnen noch Bescheid geben, ob ich teilnehmen werde. Ist Ihnen das recht?«

»Natürlich!« Georg war überrascht. Er hatte erwartet, dass sie sofort darauf anspringen und die Einladung augenblicklich dankend annehmen würde. Ihre Reaktion irritierte ihn. Er wusste nicht, was er sonst noch hätte sagen können, ohne Gefahr zu laufen, sie in hohem Bogen aus dem Hotel zu schmeißen. Undankbare Person. Vielleicht waren ihr schon so manche Details über die Partys zu Ohren gekommen, die sie abschreckten. Die Gerüchteküche brodelte unaufhaltsam und das durfte man nicht unterschätzen.

Die Kellnerin rutschte ganz unruhig auf dem Stuhl hin und her. Sie war immer so aufgeregt. Ihre Wangen färbten sich rosa. Sie legte ihre Hände auf die Knie wie ein kleines Schulmädchen, das beim Direktor saß und seine Strafe abholte. Georgs Hose wurde eng. In diesem Moment klopfte es energisch an der Tür und sie flog sogleich auf.

Im Türrahmen stand Konstantin. Der Termin mit ihm wäre eigentlich erst in dreißig Minuten. Georg wurde unsanft aus einer sich anbahnenden Fantasie mit der Kellnerin gerissen. Die drehte sich ebenfalls erschrocken in Richtung Tür und man hatte den Eindruck, die Augen fielen ihr gleich aus dem Kopf.

»Hey, sorry dass ich so bald da bin. Ich dachte, wir essen noch schnell was, bevor wir den Vertrag durchgehen. Bis jetzt hatte ich noch nicht mal Zeit für ein Frühstück ...« Als Konstantin feststellte, dass Georg nicht allein war, stoppte sein Redefluss schlagartig.

»Oha, guten Tag, bezaubernde Mimi! Welch reizende Überraschung, dich so schnell wiederzusehen!«

Bezaubernde Mimi? Was war denn das für ein Mist? Woher kannte er Miriam Lenz? Was war hier los?

Georg erhob sich aus seinem Stuhl.

»Frau Lenz, wir sind hier fertig, Sie können gehen!«

»Ja...« Mit hochrotem Kopf stürmte sie aus dem Zimmer.

Konstantins Mund stand offen, als er ihr nachschaute. Dann drehte er sich in Georgs Richtung.

»Wer zum Teufel ist das?«

»Sag du es mir, Konstantin! Bezaubernde Mimi? Was soll denn der Blödsinn?«

»Das ist die Freundin meiner Schwester, von der ich euch erzählt habe! Was macht die in deinem Hotel?«

»Sie arbeitet in meinem Restaurant. Sie ist die neue Serviceangestellte. Und *das* ist die Freundin deiner Schwester, auf die du so abfährst?«

»Ja, genau die ist es!«

»Oh Mann, ja sie ist wirklich heiß!« Langsam amüsierte sich Georg über Konstantins Sprachlosigkeit. Er wirkte fast entrüstet auf ihn.

»Spar dir deine Sprüche, das seh ich selbst!«

»Nun halt aber mal die Füße still. Bis eben wusste ich ja gar nicht, dass du dir die Kleine als nächste Beute ausgesucht hast. Ich will es mal eindeutiger ausdrücken: Ich bereite sie schon seit Wochen darauf vor, unter mir ihre Schüchternheit abzulegen. Wie du also siehst mein Lieber, diesmal jagen wir im selben Revier.«

»Sag mal, hörst du dir eigentlich zu? Ich warne dich, Georg, lass die Finger von ihr, sonst vergesse ich mich!« Drohend baute sich Konstantin vor dem Schreibtisch auf, hinter dem Georg lässig in seinem Drehstuhl saß. Sogar unter dem maßgeschneiderten Anzug und dem dunkelblauen, perfekt gebügelten Hemd ließen sich Konstantins bedrohlich angespannten Arm- und Brustmuskeln ausmachen.

»Du kannst mich doch nicht für etwas anmachen, was ich nicht wissen konnte. Jetzt komm runter, ich war zuerst an ihr dran und ich hab den konkreten Plan, sie auf der nächsten Party klarzumachen. Ende der Durchsage.«

»Du hast sie zur Party eingeladen?«

»Ja gerade eben, darum war sie hier. Ich habe vor, sie an dem Abend für mich zu gewinnen.«

»Für dich zu gewinnen? Du willst sie nur einmal ins Bett kriegen und dann rutschst du wieder auf Knien zu Olivia.«

»Ach und bei dir wäre es etwas anderes? Du würdest sie heiraten, oder wie?«

»Ich sagte bereits, dass ich mehr in ihr sehe, als nur eine schnelle Nummer.«

»Das sagst du bei jeder, Konstantin. Aber wir werden ja sehen, wer das Rennen macht.«

30 Mimi

Oh mein Gott! Mimi presste ihren Rücken gegen die geschlossene Tür der Angestelltenumkleide. Ihr Herz hämmerte in ihrer Brust und ihr Atem ging stoßweise. Greta hatte bei ihrem ersten Treffen erwähnt, dass ihr Bruder als Anwalt für das Hotel tätig war. Aber diese Information war ihr komplett entfallen. Niemals hätte sie damit gerechnet, Konstantin Wagner hier zu begegnen. Und dann auch noch im Büro des Direktors, der gerade dabei gewesen war, sie zu einer seiner Partys einzuladen. Das alles war zu viel für sie. Sie musste dringend einen klaren Kopf bekommen.

Zum Glück hatte sie ihre heutige Frühschicht bereits vor dem Termin in Georg Soyers Büro beendet. Rasch zog sie sich die Arbeitskleidung aus, faltete sie sorgfältig und verstaute sie in ihrem Spind. Dann schlüpfte sie in ihre Jeans und den dicken, schokobraunen Schlabberpulli. Was passierte bloß mit ihr, wenn Konstantin Wagner in ihre Nähe kam? Als sie ihn zum ersten Mal gesehen hatte, war er leger gekleidet gewesen. Sie hatte die Tattoos auf seinen Oberarmen entdeckt, deren Ausläufer wie Schlangen aus den Ärmeln des T-Shirts herauskrochen. Der klare, selbstbewusste Blick, das schiefe, jungenhafte Lächeln. Die bedachte Wortwahl. Umgarnend, aber nicht plump. Schon damals hatte er sie fasziniert.

Heute, die gleiche Person, verwandelt zu einem taffen Geschäftsmann in einem teuren Anzug. Das taillierte dunkle Hemd, das unter seinem geöffneten Sakko hervorblitzte und das ihm zweifellos auf den Körper geschneidert worden war. Und dann noch diese feste Stimme mit dem freundschaftlichen Ton gegenüber Georg Soyer. Das war mehr, als sie vertragen konnte.

›Bezaubernde Mimi ...‹ Bei diesen Worten hätte sie sich am liebsten in seine Arme geworfen. Doch natürlich würde sie jenseits der Zufälligkeiten niemals auch nur in seine Nähe kommen. Er war vielleicht freundlich zu ihr, sogar sehr charmant. Aber er und die Menschen, mit denen er verkehrte, waren eben, wie nannte es Greta noch gleich ... nicht der richtige Umgang für sie. Das Leben war wie ein Jahrmarkt für die reichen, verwöhnten Jungs. Sie hatten allesamt die beste Ausbildung genossen, hatten Macht und Geld, waren gerissen und intelligent, aber auch schnell wieder gelangweilt. Urlaube, Partys, Frauen, Drogen, Alkohol, die ewige Suche nach dem nächsten, einzigartigen Kick. Alles, was man mit Geld kaufen konnte, machten sie sich zu eigen und sorgten so für Spaß, Abwechslung und Dekadenz im Überfluss. Greta hatte ihr eindeutig klar gemacht, dass sie um diese Art von Männern am besten einen weiten Bogen machen sollte. Davon einmal abgesehen rechnete sich Mimi kaum Chancen aus, denn solche Typen hatten an jeder Hand fünf Frauen gleichzeitig.

Sie hatte Konstantin Wagner, geschockt wie sie gewesen war, noch nicht mal begrüßt, sondern war nur an ihm vorbei aus dem Raum gerauscht. Was dachte er nun von ihr? Und was würde ihr Chef dazu sagen? Sprachen die beiden über sie? Und würde Herr Soyer sie für ihr kindisches Verhalten rügen? Enttäuscht von sich selbst wegen ihres peinlichen Abgangs aus dem Büro warf sich Mimi ihren Schal und ihre Jacke über. Sie stieg in ihre Stiefel und verließ mit gesenktem Kopf und im Laufschritt das Hotel. Für heute war sie nur froh, wenn sie endlich nach Hause kam. Auf keinen Fall wollte sie dem Hoteldirektor, der bissigen Rezeptionistin oder gar Konstantin Wagner begegnen.

Es war gerade Mittag und es blies mal wieder ein eisiger Wind durch die Stadt. Zitternd wickelte sich Mimi den Schal fester um den Hals und bis über ihre Ohren. Sie beschleunigte ihr Schritttempo und hielt erst knapp vor dem großen Einkaufszentrum, um sich dort mit Lebensmitteln für die

153

nächsten Tage einzudecken. Danach würde sie sich heute nicht mehr vor die Tür wagen. Nun ja, höchstens bei Greta wollte sie kurz vorbeischauen. Obwohl das vielleicht gar keine so gute Idee war. Sie war sicher nicht angetan von Mimis Begeisterung für ihren Zwillingsbruder. Andererseits hatte Mimi bisher außer Greta noch keine Freunde hier gefunden. Ihre Kolleginnen fragten sie zuweilen, ob sie auf einen Drink nach der Arbeit mitgehen wollte. Mimi war nach den Abendschichten aber meist so erledigt, dass sie nie zugesagt hatte. Ja, sie würde Greta heute noch besuchen. Nicht nur vom Zusammentreffen mit Konstantin Wagner musste sie ihr berichten. Auch die Einladung zur Party wollte sie mit ihrer Freundin besprechen. Obwohl sie sich insgeheim gewünscht hatte, dass sie bei der nächsten Feier zum erlauchten Kreis der geladenen Mitarbeiter zählte, war sie Herrn Soyer eine definitive Zusage schuldig geblieben. Zum einen hatte sie die mündliche Einladung überrumpelt. Was hatte sie denn gedacht? Dass er Briefe aussenden würde? Trotzdem war sie in diesem Moment damit überfordert gewesen.

Außerdem fühlte sie sich in seiner Gegenwart immer noch merkwürdig unwohl. Sein Verhalten war arrogant und unvorhersehbar, sodass jeder Gang zu seinem Büro mit einem unbehaglichen Gefühl in der Magengegend verbunden war. Trotzdem war sie neugierig, was auf diesen Partys lief. Anitas damalige Reaktion auf Lisas Frage, ob sie dabei sein würde, fiel Mimi ein. Sie hatte so ablehnend, beinahe verängstigt, gewirkt. Von Lisa glaubte sie hingegen, dass sie regelmäßig an den Festen teilnahm und ungern eines ausließ. Vielleicht wusste Greta mehr über diese ominösen Nächte.

154

31 Georg

Als Georg am Abend das Hotel verließ, konnte er den Schnee riechen. Der kalte Wind blies seit Tagen unaufhörlich und mit enormer Kraft. Er wehte Wolken über den Himmel, wirbelte sie wild durcheinander und ebendiese Wolken würden bald den ersten Schnee auf die Erde niederlassen. Womöglich schon heute Nacht. Sein Kaschmirmantel wärmte ihn. Trotzdem bewegte er sich in hohem Tempo und mit ausladenden Schritten auf den Gehwegen bis zu dem reizenden italienischen Restaurant. Er beeilte sich, denn er war spät dran. Er hasste Unpünktlichkeit, bei anderen und bei sich selbst.

Das Lokal lag in einer versteckten Seitenstraße im Altstadtviertel, etwa fünfzehn Gehminuten vom Hotel entfernt. Doch wenn er darüber nachdachte, wirkte jede Straße dort versteckt. Jedes Haus strahlte etwas Besonderes aus. Alle Gässchen erzählten eine Geschichte. Dass dort nachts Betrunkene und Junkies von Bar zu Bar zogen, konnte man sich tagsüber kaum vorstellen.

Stürmisch stieß er die kleine, alte Holztür mit den gläsernen Einsätzen auf. Diese würden dem leisesten Klopfen nicht standhalten, so filigran lagen sie in der vergoldeten Fassung. Georg fragte sich, wie oft sie bereits ausgetauscht werden mussten. Die authentische Einrichtung und die freundlichen Besitzer hatten es ihm von Beginn weg angetan. Er war hier Stammgast und genoss die kurze Reise nach Italien mitten in seiner Stadt. Außerdem war das junge Restaurant bisher wenig bekannt und blieb so von den Touristen verschont. Georg fürchtete sich bereits jetzt vor dem Tag, an dem es populär wurde. Doch das war unausweichlich, denn die kleine, aber feine Küche bot exzellente Köstlichkeiten. Erst würde die hiesige Schickeria es stürmen. Und bald darauf würde es in sämtlichen Reiseführern erwähnt werden.

155

Als Georg das Lokal betrat und den Blick durch den Raum schweifen ließ, fiel sie ihm gleich auf. Sie war wirklich gekommen. Seine Verabredung saß auf einem zierlichen Sessel an seinem Lieblingstisch. Er reservierte immer diesen einen Tisch, ganz hinten neben dem kleinen Fenster. Wenn man die Vorhänge ein wenig zur Seite schob, hatte man einen herrlichen Blick hinaus und fühlte sich fast so, als säße man in der Seitengasse eines italienischen Dorfes. Bis auf die Bedienung war man hier nahezu ungestört, denn die Tische standen trotz der überschaubaren Größe des Restaurants weit auseinander und sorgten für ausreichend Privatsphäre.

Sie hatte selbstverständlich den Stuhl an der Wand gewählt, sodass sie den gesamten Raum im Blick behielt und ihn eintreffen sah. Normalerweise war es Georgs Platz. Die Tatsache, dass sie sich wie selbstverständlich darauf niedergelassen hatte, ärgerte ihn. Und der Ärger steigerte seine Nervosität. Er war noch nie nervös gewesen, wenn er sich mit einer Frau getroffen hatte. Aber heute hatte er ein komisches Gefühl. Was erwartete er sich von dem Treffen mit ihr? Warum hatte er sich darauf eingelassen? Er hatte überlegt, im Hotel zu bleiben und den Monatsbericht für seinen Vater vorzubereiten, auf den er immer bestand. Aber er war neugierig gewesen, ob sie kommen würde. Nun saß sie hier auf seinem Platz. Und er dachte gleichzeitig an den Monatsbericht und wie er sich in dieser Frau versenken würde.

Im Moment war ihr Gesicht dem Fenster zugewandt. Sie war offenbar tief in Gedanken versunken. Doch bereits im nächsten Augenblick sah sie ihm direkt ins Gesicht. Sie hatte ihn entdeckt. Ihr Blick haftete an ihm. Georg riss sich zusammen und setzte sich endlich in Bewegung. Rasch durchquerte er den Raum. Auf dem Weg zum Tisch hielt ihn der Inhaber am Arm fest und begrüßte ihn wie einen alten Freund. Er ließ es zu. Wollte die Berührung nicht, konnte sie kaum ertragen, bei aller Sympathie. Aber er wusste, was sich gehört. Schließlich stand er vor ihr. Sie saß da und machte keine Anstalten, sich zu erheben, um ihm die Hand zu schütteln oder ihn zu umarmen. Wieso sollte sie ihn auch umarmen? Er wusste nicht einmal ihren Namen.

»Hallo!«, sagte er schlicht und wartete vor ihr stehend eine Reaktion ab. Sie sah ihn an, musterte ihn ausdruckslos von oben bis unten, wie ein Objekt. Meine Güte, was sollte denn das Theater? Er würde sich jetzt umdrehen und von hier verschwinden. Doch bevor er sich dazu durchrang, öffnete sie den Mund.

»Guten Abend, Georg! Schön, dass du da bist. Setz dich doch zu mir!« Sie lud ihn ein, an seinem Tisch Platz zu nehmen. Was für eine Anmaßung. In Georg brodelte es. Unbeholfen nuschelte er ein weiteres »Hallo« zurück und setzte sich. Wo war er hier gelandet und worauf ließ er sich da ein? Eine solche Frau war kompliziert. Vom ersten Augenblick an hätte ihm das klar sein müssen. Nicht mal im Ansatz erfüllte sie die Attribute, die er am weiblichen Geschlecht schätzte. Beim besten Willen konnte er sich nicht vorstellen, wie sie unterwürfig vor ihm kniete um seinen ...

»Geht es dir nicht gut, Georg? Du wirkst angespannt.« Ihre Stimme war nicht mehr als ein Flüstern. Die Besorgnis war gespielt. Sie blickte auf ihn herab, obwohl sie dürr und lässig auf ihrem Stuhl hing.

»Mir geht es ausgezeichnet. Du musst mir nur endlich verraten, wie du heißt«, gab er so taff wie möglich zurück.

Ihr Name schlich sich durch das Ohr in seinen Kopf.

»Marleen. Ein wunderschöner Name. Er passt hervorragend zu dir.« Langsam kam er in Fahrt. Er würde sich nicht länger verunsichern lassen. Schließlich war er Georg Soyer und als solcher musste er ihr klarmachen, wie es zu laufen hatte. Sie war es gewesen, die sich treffen wollte. Also hatte sie

Interesse. Und wenn sich ihr Gehabe, das ihn an die Attitüden eines Möchtegern-Rockstars erinnerten, ein wenig ablegte, würden sie sich schon noch amüsieren.

»Wollen wir einen Blick in die Karte werfen?« Er hielt sie ihr hin und sie vertiefte sich in deren Inhalt. Über den Rand des ledernen Büchleins in seiner Hand beobachtete er Marleen. Sie war kein bisschen aufgeregt. Konzentriert studierte sie die Gerichte und verzog hin und wieder das Gesicht. Einmal fuhr sie sich mit einer lässigen Handbewegung durch ihr langes Haar. Als wenig später Federico vor ihm stand, hatte er selbst noch keine Zeile gelesen.

»Wollen Sie bestellen?«, fragte dieser mit hartem italienischen Akzent. Natürlich oder nicht, Georg gefiel das.

»Bitte sehr, die Dame zuerst!«, antwortete er galant und nahm einen Schluck Wasser, das bereits auf den Tisch gestellt worden war.

»Bitte bestell du für mich«, sagte Marleen und klappte die Karte entschieden zu. Warum machte sie das? Sie hatte doch so genau darin gelesen und sich ihrer Mimik nach über jedes Gericht ein Urteil gebildet. Wieso sollte er nun für sie bestellen? Georg war überfordert. Wollte sie ihn testen? Sie sah ihn auffordernd an. Er nickte kurz und begann, fahrig durch die Seiten zu blättern. Dann räusperte er sich und fand endlich zu sich zurück. »Als Vorspeise teilen wir uns den frittierten Mozzarella und das Carne Cruda. Dann nehmen wir beide die Spaghetti alle vongole. Du hast doch nichts gegen Venusmuscheln?«, richtete er an Marleen.

»Nein.« Er hätte sie nicht fragen dürfen. Sie wollte, dass er bestellte, dass er den Ton angab, und er musste sich rückversichern. So etwas war ihm noch nie passiert. Schnell orderte er noch einen passenden Wein zur Vorspeise. Wenigstens das hatte er hinbekommen.

158

»Entschuldige mich, bitte!«, stammelte er und verschwand in Richtung Toilette. Georg brauchte einen Moment, um sich zu sammeln. Das hier lief ganz und gar nicht so, wie er sich das vorstellte. Überhaupt lief dieses Treffen so, wie noch nie zuvor ein Date gelaufen war. Wahrscheinlich, weil er sich niemals mit Frauen wie Marleen traf. Sie war hochmütig und arrogant. Ja, sie war hübsch. Ihr Haar hatte einen schönen Glanz und die olivgrüne Bluse schmeichelte ihrer schmalen Figur. Doch ansonsten hatte sie nichts an sich, was ihn ansprach. Oder? Irgendetwas musste da noch lauern, sonst wäre er doch gar nicht hierhergekommen. Georg konnte sich nicht erklären, was er an ihr so faszinierend fand. Lange wusch er sich die Hände, schrubbte sie ab und trainierte seine Mimik vor dem Spiegel.

»Lass uns gehen«, schlug Marleen nach dem Hauptgang vor und warf ein paar Geldscheine auf den Tisch.

»Das Essen bezahle natürlich ich«, versuchte Georg abzuwehren, doch es gelang ihm nicht, wie so vieles an diesem Abend.

»Bemüh dich nicht. Komm, wir gehen«, sagte sie, stand auf und schlüpfte mit einer fließenden Bewegung in ihren Mantel. Im Stehen stürzte Georg den restlichen Wein herunter und zog sich ebenfalls an. Er konnte sich nicht erinnern, dass er es jemals zugelassen hatte, eine Frau im Restaurant bezahlen zu lassen.

Draußen schlug ihnen klare Schneeluft entgegen. Nach dem dünnen Smalltalk beim Essen meinte Georg, ernüchtert genug gewesen zu sein. Doch die Kälte gab ihm den Rest. Die enge Gasse führte sie beide bergab in Richtung Hauptplatz. Er hätte auch beim Lokal nach links abbiegen können und wahrscheinlich wäre sein Weg zurück ins Hotel dann sogar kürzer gewesen.

Aber Marleen hatte ihn nicht gefragt, wohin er musste, war einfach gegangen und er war ihr gefolgt wie ein Pudel.

Verärgert über seine Dummheit zog er den Mantel enger um die Mitte und senkte den Kopf. Er hatte keine Lust mehr, sich mit ihr zu unterhalten. Zu mühselig und anstrengend waren ihm die Gespräche beim Essen vorgekommen. Georg rechnete damit, dass sie den die Stadt teilenden Fluss auf der Nibelungenbrücke überqueren würde, um nach Urfahr zu gelangen, den Stadtteil, in dem sie wohnte. Wenigstens diese Information hatte er Marleen während des gesprächsarmen Abends entlocken können. Er hingegen würde in die entgegengesetzte Richtung durch die Innenstadt zurück ins Hotel gehen. Ihre Wege trennten sich also in weniger als hundert Metern auf dem Hauptplatz.

Da stieß ihn Marleen plötzlich in eine tunnelartige Einfahrt, die in einen der paradiesischen Innenhöfe der Stadt führte. Kaum befanden sie sich im Schutz der Dunkelheit, drängte sie Georg gegen die kahle Steinmauer und legte ihre Lippen auf seinen Mund. Es war kein romantischer Kuss, er war wild und schmeckte nach Freiheit. Paradox, dachte Georg, war sie doch die Erste, mit der er sich traf, die ihn nicht anbetete und unterwürfig um seine Zugewandtheit bettelte.

»Danke für den Abend«, hauchte sie und löste sich viel zu schnell von ihm. Dann verschwand sie. Kein weiterer Kuss, kein freundlicher Gruß, kein »Bis bald« oder »Ich melde mich«. Sie ging einfach.

Unfähig, sich zu bewegen, blickte Georg ihr nach. Er genoss einen Moment lang ihre schlanke Silhouette, die durch den taillierten dunkelgrauen Wollmantel zur Geltung kam. Sie trug keine Mütze. Ihr langes, braunes Haar floss wie ein tosender Wasserfall über ihren Rücken.

»Marleen«, flüsterte er aus dem leeren Tunnel hinaus, als er sie nicht mehr sehen konnte. Niemand hörte ihn und er war sich nicht sicher, wem er ihren Namen so zärtlich anvertraute.

32 Mimi

Schnaufend kämpfte sich Mimi die Treppen hoch zu ihrer Wohnung. An ihrem linken Arm hing eine schwere Einkaufstüte und zerrte an ihr. Sie hatte im Einkaufszentrum eine frühere Freundin aus dem Internat getroffen, die sie spontan zu einem Kaffee einlud. Aus dem Kaffee wurden zwei und noch zwei Prosecco. Die Uhrzeit und die Einkaufspläne waren fürs Erste völlig vergessen. Mimi hatte eine Menge Spaß, denn Franzi war schon immer eine begnadete Geschichtenerzählerin gewesen. Als sie sich verabschiedeten, versprach Mimi, sich ganz bald bei ihr zu melden, um etwas zu unternehmen. Sie waren beide vom Mühlviertel in die Stadt gezogen. Franzi arbeitete als Nighty, also Nachtrezeptionistin, in einem in die Jahre gekommenen Hotel direkt an der Donau. Durch die Nachtzulagen verdiente sie nicht schlecht, was sie für den Job, der nicht gerade ihre erste Wahl nach der Matura war, ein wenig entschädigte. Sie hatte sich von Mimi alles über das Parkhotel erzählen lassen und beglückwünschte sie zu ihrem Einstieg in die Soyer-Group. Mimi und sie waren nie beste Freundinnen gewesen, aber sie wusste ganz sicher, dass Franzi keine neidvolle Person war. Daher freute sie sich umso mehr darüber, dass sie endlich jemandem von ihrem Job erzählen konnte, der etwas davon verstand.

Ein Blick auf die Uhr am Ausgang des Cafés verriet Mimi, dass wohl in ganz Linz kein Geschäft mehr geöffnet hatte. Daher machte sie sich mithilfe von Google Maps auf die Suche nach einer Tankstelle in der Nähe. Gleich gegenüber des Shoppingcenters, in dem sie mit Franzi versumpft war, entdeckte sie eine grell leuchtende Anzeigetafel mit Benzinpreisen. Sie überquerte die Straße und deckte sich mit den notwendigsten Lebensmitteln und Getränken ein, die sie nun die Treppe hinaufschleppte. Auf der vorletzten Stufe zu ihrem

162

Stockwerk blieb sie erschrocken stehen. Da lehnte er, mit einer Schulter an der Wand. Groß, dunkel, elegant, geschäftsmäßig. Er wirkte ein wenig genervt, wie er so auf seine teure Uhr sah, aber kein bisschen nervös.

Was zur Hölle hatte Konstantin Wagner vor ihrer Wohnung zu suchen? Er wartete doch nicht etwa auf sie? Bevor Mimi einen klaren Gedanken fassen oder gar die Flucht in Richtung Greta ergreifen konnte, erspähte er sie. Seine Miene hellte sich deutlich auf. Lässig stieß er sich von der Mauer ab und machte zwei große Schritte auf sie zu.

»Hallo nochmal, bezaubernde Mimi!«, sagte er leise und schenkte ihr ein hinreißendes Lächeln. Er nahm ihr die Tasche aus der Hand.

»Hi!« Mimis Krächzen war kaum zu hören. Noch immer stand sie wie festgetackert da.

»Darf ich dir den Einkauf in die Wohnung tragen?« Wieder dieses charmante Grinsen. Mimi registrierte, wie ihre Knie zitterten und sie Gefahr lief, die Treppe rückwärts hinunterzustürzen. Rasch fing sie sich wieder, schüttelte kurz ihren Kopf, so als wollte sie sich selbst aus einem Traum wecken. Nervös kramte sie in ihrer Handtasche nach dem Schlüssel, bevor sie ihn endlich fand und ins Schloss steckte. Was machte er bloß hier? Was sollte sie nur tun? Er würde doch nicht etwa mit in die Wohnung kommen? Vielleicht hatte er ja nur vorgehabt, seine Schwester zu besuchen, und sich im Stockwerk geirrt. Nein, das war natürlich Schwachsinn. Konstantin Wagner war hier, um sie zu sehen. Ach, du meine Güte ...

»Stell die Tasche einfach hier ab! Danke.« Mimi deutete auf die kleine Arbeitsfläche in ihrer Küche, während sie anfing, ihre Einkäufe zu verstauen, und verhielt sich so, als sei Konstantin gar nicht hier. Das war natürlich albern. Aber sie hatte

163

beim besten Willen keine Ahnung, wie sie mit der Situation umgehen sollte.

Konstantin lehnte sich, so lässig wie vorhin, gegen den Kühlschrank und beobachtete sie schweigend. Er brachte sie komplett aus dem Konzept, sodass sie die Butter prompt fallen ließ, als sie bemerkte, dass sie sich nicht zum Kühlschrank wagte. Der wirkte neben Konstantin plötzlich gar nicht mehr so riesig. Dieser Mann war mit Sicherheit eins neunzig groß. Seine Muskeln waren nicht so aufgeblasen wie die eines Bodybuilders, aber er hatte breite Schultern und starke Arme. Schnell bückte sie sich und stellte die Butter einfach auf den Herd. Sie würde schlecht werden. Doch er wartete nur darauf, dass sie in seine Nähe kommen würde. Das verriet ihr sein Schmunzeln, während er jeden ihrer Handgriffe genau studierte. Diese Genugtuung gönnte sie ihm nicht.

»Warum bist du hier?«, fragte sie endlich.

»Wie kannst du das nur fragen, Mimi? Ich bin hier, weil ich dich sehen musste!« Seine Stimme war jetzt klar und fest. Sie spürte förmlich, wie die Antwort in sie eindrang. Die Worte bewegten sich von ihrem Ohr in ihr Gehirn, von ihrem Gehirn in ihre Brust und in den Bauch.

»Aha.« Ihr fiel nichts Besseres ein, was sie darauf erwidern konnte. Außer vielleicht »Warum?«, aber das kam ihr irgendwie unpassend vor.

Konstantin zog die Augenbrauen zusammen. Ein Blick, in dem die Andeutung eines Tadels mitschwang. Sie traute sich nicht mehr, nachzuhaken.

»Du willst wissen, warum ich dich sehen muss?« Plötzlich stand er direkt vor ihr. Sein Gesicht war nah. Seine Hände ruhten in den Taschen der gut sitzenden Anzughose. Seine Augen leuchteten und seine Lippen waren leicht geöffnet. Er

164

war eindeutig zu nahe. Mimi brachte keinen Ton heraus. Daher nickte sie nur schwach.

»Du hast mich in deinen Bann gezogen, Mimi. Und jetzt bin ich hier, um dich in den meinen zu ziehen. Ich will dein Herz erobern und dich danach nie wieder loslassen. Darum bin ich hier. Darum musste ich dich sehen, bezaubernde Mimi.«

»Oh...« Er schmunzelte, senkte seinen Kopf und kam ihrem Gesicht noch näher. Nur noch wenige Zentimeter trennten sie. Sein Atem streichelte über ihre Nase. Sie roch einen Hauch Pfefferminze und die herbe, schon beinahe verflogene Note seines Aftershaves oder Parfums. Mimi musste sich zusammenreißen, um nicht die Augen zu schließen und auf einen Kuss zu hoffen.

»Ich hole dich morgen um neunzehn Uhr ab. Wir gehen essen und danach in eine Bar. Sei bereit, ich werde pünktlich sein.« Ohne eine Antwort abzuwarten, drehte sich Konstantin um und verschwand aus der Wohnung. Das Poltern der ins Schloss fallenden Tür weckte Mimi aus ihrer Trance. Erst jetzt bemerkte sie, dass sie die Luft angehalten hatte. Sie lehnte sich gegen den Kühlschrank und keuchte schwer auf. Morgen, neunzehn Uhr. Ein Date mit Konstantin Wagner. Sie erfasste kaum, was eben passiert war. Aber sie war sich sicher: Er würde pünktlich sein.

Erst eine halbe Stunde später, als Mimi sicher war, dass sie Konstantin nicht mehr im Hausflur begegnete, stolperte sie die Treppe runter zu Greta.

»Du willst mit meinem Bruder ausgehen?«, fragte Greta fassungslos. Sie war eben erst nach Hause gekommen, denn sie streifte gerade ihre Stiefel ab. Ihre Stirn war in grobe Falten gelegt.

»Ja. Er hat mich gefragt und ich habe zugesagt. Naja, eigentlich habe ich nicht zugesagt. Er hat gesagt, dass er mich morgen abholen wird und ist dann gegangen.«

»Das sieht ihm ähnlich. Immer die Zügel in der Hand. Was soll ich bloß dazu sagen, Mimi? Du willst meine Erlaubnis? Die kann ich dir nicht geben. Ich kenne meinen Bruder. Und ich habe genug über die Leute gehört, mit denen er abhängt. Versteh mich nicht falsch, ich liebe Konstantin. Aber er und seine Freunde sind nicht die Typen, mit denen brave Mädchen wie du sich abgeben. Sie wollen, dass die ganze Welt sich um ihre Bedürfnisse dreht. Es zählen nur Frauen, Partys, Abenteuer. Alles muss extrem sein, nichts ist ihnen genug. Du solltest dich nicht in einen solchen Mann verlieben.« Gretas Ton wurde langsam etwas milder. »Aber wenn du meinst, kannst du ja einen Abend mit ihm verbringen. Er wird wohl keinen Frieden finden, bevor er nicht seinen Willen bekommen hat. Außer ich hau ihm vorher eine rein.« Beide kicherten und tranken einen großen Schluck des billigen Weins, den Greta im Kasten unter der Spüle fand.

Trotz des Schlummertrunks bei Greta und des Proseccos mit Franzi war Mimi so durch den Wind, dass sie die ganze Nacht kaum Schlaf fand. Sie hatte nicht mal daran gedacht, Greta über die berühmt berüchtigten Soyer-Partys auszufragen. Aber vielleicht wusste sie auch gar nichts darüber. Greta hatte doch überhaupt keinen Kontakt zu Konstantins Freunden.

Bis zur Party waren es noch mehr als zwei Wochen und sie war ohnehin nicht mehr wichtig. Sie hatte eine Verabredung mit Konstantin Wagner.

33 Georg

»Das Gästepaar Kocievsky hat sich darüber beklagt, dass die Zimmer nicht sauber genug waren und dass die Minibar nicht ausreichend gefüllt war. Ich habe ihnen das Frühstück am Abreisetag erlassen und ihnen versichert, dass ich den Hoteldirektor darüber in Kenntnis setzen werde.« Angestrengt starrte Olivia auf die Unterlagen auf ihrem Schoß. »Außerdem habe ich eine E-Mail vorbereitet, die du ihnen schicken kannst. Am Mittwoch ist ein Gast ..., lass mich nachsehen, Herr Röger, im Spa-Bereich ausgerutscht und hat sich einen blauen Fleck am Oberschenkel geholt, weil er beim Hinfallen auf der Ecke einer Liege gelandet ist. Er hat es bei der Abreise angemerkt. Ich denke aber nicht, dass er irgendwelche rechtlichen Schritte einleiten wird. Die Schilder, die auf die Rutschgefahr hinweisen, waren gut sichtbar positioniert. Demnach dürften wir auf der sicheren Seite sein. Ansonsten hielten sich die Beschwerden in der vergangenen Woche in Grenzen und es ist nichts Nennenswertes vorgefallen.« Olivia warf noch einmal einen Blick auf ihre Notizen und schloss gleich darauf die Mappe, die auf ihrem Schoß lag. Der wöchentliche Bericht vom Empfangsbereich war somit erledigt. Georg würde ihn in den Report für seinen Vater einarbeiten müssen. Keiner wusste, dass er dazu gezwungen wurde, sich Monat für Monat vor dem Alten zu rechtfertigen.

Das durfte auch niemals jemand erfahren. Er würde das Gesicht vor seinen Angestellten verlieren. Was wäre das für ein Armutszeugnis für ihn als Hoteldirektor. Sie alle dachten, er wäre die letzte Instanz und er sei an den ganzen Beschwerden und Kuriositäten, die sich hier im Hotel in einem Monat ansammelten, tatsächlich interessiert. Wahrscheinlich wäre er es sogar, überlegte Georg, wenn er damit arbeiten dürfte. Aber alles, was er mit den Informationen zu tun hatte, war, sie für

167

Vater in eine vorgefertigte Powerpoint-Präsentation hinein zu tippen. Seine Vorschläge, Ideen, die vielen mühselig ausgearbeiteten Konzepte, die er anfangs mitgeliefert hatte, dienten seinem Vater als Vorlage, um ihn zu blamieren und ihn auszulachen. »Mein Sohn versteht von der Führung eines Hotels genauso viel wie eine Hure vom Hausbauen, müssen Sie wissen.« Großes Gelächter bei der Jahresversammlung der Direktoren aller Soyer-Hotels.

»Ach übrigens, am Freitag in zwei Wochen ist eine Party anberaumt.« Georg konzentrierte sich lieber auf den Bereich, dessen alleiniger Herrscher er war. Dazu gehörten die Partys.

»Ich werde nicht dabei sein, aber danke«, antwortete Olivia leise und stand auf.

»Was ist mit dir los, Olivia?« War sie etwa immer noch eifersüchtig? Langsam ging ihm ihre Art auf die Nerven. Alles, was er wollte, war ab und zu mit ihr zu schlafen und ansonsten seine Ruhe haben. Er war nicht enttäuscht darüber, dass Olivia nicht zur Party kam. Im Gegenteil. Aber dieses Spielchen, das sie gerade trieb, würde sie verlieren. Georg lehnte sich betont entspannt in seinem Sessel zurück und steckte die Hände in die Hosentaschen, so wie er es bei Konstantin oft gesehen hatte. Er warf einen Blick auf seine schönen Arme, dann betrachtete er Olivia. Ihre Augen waren müde, ihr Teint war gräulich und sie sah dünner aus als gewohnt.

»Nichts. Alles gut.« Sie würdigte ihn keines Blickes.

»Kommst du heute Abend zu mir?«, fragte Georg forschend.

»Ich denke nicht, dass das eine gute Idee ist.«

»Warum?«

»Keine Ahnung.«

»Was zum Teufel soll das, Olivia? Raus mit der Sprache!« Langsam verlor er die Geduld.

»Lass es gut sein, Georg. Ich kann nicht. Ich brauche Zeit zum Nachdenken.«

168

»Was meinst du damit?«

»Ich will einfach ein bisschen Abstand haben.«

»Abstand? Abstand von mir?« Georg stand auf, umrundete den Schreibtisch und baute sich vor Olivia auf. Sie senkte den Blick und starrte auf ihre Schuhe. Die waren flacher als gewohnt. Und er hatte sich nicht getäuscht, sie sah wahnsinnig mager aus.

»Du sagst mir jetzt sofort, was mit dir los ist!« Georg streckte den Arm aus und ließ seine Finger zärtlich durch ihr Haar gleiten. Dabei blickte er wieder auf die freigelegten Unterarme und ließ die Muskeln spielen. Er brauchte einen Termin für ein Waxing. Dann packte er zu und hob ihren Kopf. Sie sah ihn an, blieb still. Ihre Miene verriet nichts. Er hatte keine Ahnung, was da lief.

»Raus mit der Sprache!«, sagte er streng.

»Ich kann nicht. Bitte lass es gut sein.« In ihren Unterlidern sammelten sich Tränen.

Georg hatte sie noch niemals weinen sehen. Er wusste nicht, wie er darauf reagieren konnte. Nur Kinder weinten. Nur Mädchen. Das war nichts für ihn.

»Du kannst mir alles sagen«, sagte er unsicher. Es kostete ihn eine Menge Kraft, sich zu beherrschen.

»Das nicht.«

»Habe ich etwas falsch gemacht?«

»Georg, bitte, lass mich gehen.« Ihre Stimme war nur noch ein Flüstern.

»Das werde ich nicht, bevor du mir gesagt hast, was zur Hölle mit dir los ist! Verstanden?«

»Ich bin schwanger.« Georg ließ sie schnell los und wischte mit der Hand, die eben noch in Olivias Haar vergraben war, über seine Hose. Er starrte sie ungläubig an. Sie senkte sofort wieder ihren Kopf.

»Ach du Scheiße!«, entfuhr es ihm. »Von wem?«

169

»Von dir natürlich.«

»Von mir? Wie konnte das passieren? Verdammt nochmal!« Georg schrie sie an. Er sah keine Möglichkeit, sich im Zaum zu halten.

›Ich bin schwanger,‹ wiederholte Georg in seinem Kopf. Drei Worte, die so schlicht waren und ihm gleichzeitig mit einer enormen Wucht den Boden unter den Füßen wegrissen. Selbstverständlich wusste er, wie so etwas passieren konnte. Olivia nahm die Pille. Und nun hatte sie es darauf angelegt, um ihn an sich zu binden. Dieses verdammte Miststück. Und wer konnte ihm denn garantieren, dass wirklich er es war, der sie geschwängert hat? Georg schloss einen Moment lang die Augen.

»Bist du sicher, dass du schwanger bist?« Man sah nichts, im Gegenteil, sie war so dünn wie nie. Es konnte einfach nicht sein.

»Ja, ich war beim Arzt. Mir war ständig übel und mein Kreislauf machte dauernd schlapp.« Sie war beim Arzt. Es gab also keinen Zweifel.

»Wie weit bist du?« Sie war bestimmt erst am Anfang. Sie konnte noch abtreiben. Dieses Kind würde nicht zur Welt kommen.

»In der neunten Woche.«

»Geh jetzt!«, schnauzte er sie an. Sie musste verschwinden, bevor er etwas sagte, was er später vielleicht bereuen würde. Sofort kehrte ihm Olivia den Rücken zu und verschwand aus dem Büro.

170

34 Mimi

Ungeduldig sah Mimi auf die Uhr. Sie war seit einer Stunde fertig angezogen, obwohl sie zuvor dreimal das Outfit gewechselt hatte. Sie hatte keine Ahnung, wohin Konstantin Wagner sie ausführen würde. Das machte die Kleiderwahl überaus schwierig. Sie wollte keinesfalls zu schick, aber trotzdem für jede Eventualität angemessen gekleidet sein. Draußen war es kalt. Schließlich hatte sie sich für ein unauffälliges Wollkleid entschieden, dazu passende Strumpfhosen mit raffiniertem Muster und schwarze Stiefel. Das dunkle Outfit peppte sie mit etwas Modeschmuck auf und ihr blondes Haar hatte sie mühselig zu wilden Wellen à la Gretas Undone-Look geformt.

In wenigen Augenblicken würde Konstantin hier sein. Das flaue Gefühl im Magen wurde von Minute zu Minute stärker. Sie dachte an seine Worte: ›Ich werde pünktlich sein.‹ Gerade als sich Mimi ein Glas Wasser füllte, klingelte es. Aufgeregt schoss sie zur Tür, strich nochmals ihr Kleid glatt, atmete tief durch und öffnete.

»Guten Abend, bezaubernde Mimi!« Konstantin sah fantastisch aus. Er war glattrasiert, trug schwarze Hosen, einen dunkelgrauen Schal und ein hellgraues, tailliertes Hemd blitzte unter dem geöffneten Mantel hervor. Sein dunkles Haar hatte er dezent gestylt und er roch unwiderstehlich. Mimis Kopf war komplett leer.

»Hi«, war alles, was sie herausbrachte und weil sie nicht wusste, was sie sonst tun sollte, streckte sie ihm ihre Hand entgegen. Konstantin lachte leise auf, bevor er sie ergriff. Sein Händedruck war fest und geschäftsmäßig. Dennoch zuckte Mimi bei der warmen Berührung zusammen.

»So förmlich wollen wir unseren Abend also beginnen? Nun gut, wie du willst.« Mit einem Ruck zog er sie an seine Brust und berührte beinahe ihr Ohr mit den Lippen.

»Aber das ist erst der Anfang, Mimi. Ich werde dir nicht die Hand reichen, wenn wir uns wieder verabschieden müssen. Das ist dir doch klar, oder?« Gänsehaut breitete sich auf Mimis Haut aus. Sein Mund war viel zu nah an ihrer Haut. Was stellte er bloß mit ihr an? Gretas Worte fielen ihr wieder ein. Sie war wahrscheinlich bloß sein nächster Kick, keine Besonderheit in seinem Leben. So eigenartig das war, half es ihr gerade, Ruhe zu bewahren.

»Das werden wir dann ja sehen. Können wir los?«, erwiderte sie und schob sich an ihm vorbei aus der Tür.

Die Fahrt zum Restaurant in Konstantins Wagen war kurz. Mimi hätte gerne länger neben ihm gesessen. Das dunkle Auto war kraftvoll, laut und schnittig. Die Vibrationen lullten sie ein. Sie beobachtete die vorbeiziehenden Menschen, die sich aus der Kälte in die wärmende Geborgenheit verschiedenster Gebäude flüchteten.

Nach nur wenigen Minuten erreichten sie ein verstecktes, kleines Lokal inmitten einer Wohnsiedlung.

Während des Essens ließ Konstantin sich dauernd neue Themen einfallen, die ihnen beiden Anlass gaben, um locker im Gespräch zu bleiben. Mimi war ohnehin zu nervös, um von sich aus zu plaudern, und war erleichtert über seine lockere Art. Nach dem zweiten Glas Wein wurde ihre Unsicherheit langsam fortgetragen und sie begann sich zu entspannen. Sie lachte, musterte ihn nicht mehr so verstohlen und freute sich über die unverfänglichen Komplimente, die er immer wieder fallen ließ. Konstantin machte keinen Hehl daraus, dass er sie äußerst attraktiv fand. Er lobte ihr Kleid, ihr Haar und bekundete während des Desserts unvermittelt seine Begeisterung für ihre Natürlichkeit. Mimi kicherte über diese ungewöhnliche Schmeichelei.

Doch kurz darauf blieb ihr beinahe der Kuchen im Hals stecken.

»Du forderst mich ganz schön heraus, bezaubernde Mimi.« Konstantin saß ihr gegenüber und sah ihr fest in die Augen, während er ernst und leise weitersprach.

»Du bist etwas Besonderes. Du bist traumhaft. Und ich versuche immer, mir meine Träume zu erfüllen. Ich werde dich erobern und dich dann nie wieder gehen lassen.«

»Mit wie vielen vor mir hast du diese Masche abgezogen?«, fragte Mimi schnippisch, um ihre Befangenheit zu überspielen. Konstantin warf den Kopf in den Nacken. Sein Lachen klang hell, jung und aufrichtig.

»Keine Sorge, ich habe selten die Gelegenheit, mich für etwas anstrengen zu müssen. Aber du, Mimi, du wirst es mir nicht leicht machen.« Mimis Puls schoss in die Höhe. Ihre Hände waren feucht und sie konzentrierte sich darauf, das Dessert vor ihr in kleine Teile zu zerstechen. Dann hielt sie plötzlich inne und sah ihm in die Augen.

»Es geht nicht darum, es jemandem leicht oder nicht leicht zu machen. Viel wichtiger ist es doch, sich kennenzulernen, oder?« Sie hatte keine Ahnung, woher das kam und was sie damit wirklich ausdrücken wollte. Aber sie empfand seine Aussage als überheblich. Konstantin stutzte kurz und sie senkte rasch den Blick, um sich wieder auf die Krümel auf ihrem Teller zu konzentrieren.

»Eigentlich wollte ich dich noch in eine Bar entführen. Doch ich denke, es wird Zeit, dich nach Hause zu bringen.« Konstantin winkte den Kellner herbei und orderte die Rechnung. Hatte sie etwas falsch gemacht? Sie hatte sich darauf gefreut, mit Konstantin nach dem Essen noch eine Bar zu besuchen. Sie war gerne in seiner Nähe, auch wenn sie oft einfach nicht wusste, was sie sagen sollte.

Warum machte er einen Rückzieher? Hatte sie ihn mit ihrer Wortkargheit verärgert oder gelangweilt? Vielleicht war ihr letzter Satz zu harsch gewesen. Der Satz einer Zicke, die gleich auf Kennenlernen und Beziehung machen wollte. Wahrscheinlich hatte er festgestellt, dass sie nur ein Landei war, das die Mühe nicht wert war. Sie war nicht schlagfertig genug für seine Annäherungsversuche. Er dachte wahrscheinlich, dass die Mühe umsonst war, weil sie kaum reagierte. Und wenn sie dann etwas erwiderte, war sie patzig. Doch sie hatte kein Talent für das Flirten. Ihr fehlten die richtigen Worte und sie war zu angespannt, um mit ihm zu schäkern. Aber sie hörte ihm so gerne zu. Herbe Enttäuschung breitete sich in ihr aus, aber sie wollte sich nicht aufdrängen. Also stimmte sie wortlos zu.

Auf dem Weg zurück wurde kaum ein Wort gesprochen. Als Konstantin vor Mimis Wohnhaus hielt, bedankte sie sich rasch für das Essen und öffnete die Wagentür. Konstantin machte den Motor aus und griff ebenso nach der Türschnalle. Mimi war verwirrt.

»Du hast doch nicht gedacht, dass ich dich spät abends noch alleine nach Hause gehen lasse?«

»Aber ich wohne doch direkt hier, das ist wirklich nicht nötig.«

»Selbstverständlich werde ich dich nach oben begleiten und dich sicher nach Hause bringen. Rede bitte keinen Unsinn.« Seine Worte duldeten keinen Widerspruch. Mimi stieg aus und fragte sich, was das sollte. Sie konnte die Haustür von hier aus sehen. Er hätte einfach warten können, bis sie drinnen war. Aber er wollte mit rein und vielleicht sogar mit nach oben. Er würde doch nicht etwa mehr wollen? Mimi wurde heiß. Sie war so ernüchtert gewesen, dass der Abend schon zu Ende sein sollte. Aber für eine Nacht mit Konstantin war sie

174

nicht mal ansatzweise bereit. Oder? Sie hatte in keinem Augenblick daran gedacht, dass das Date so enden könnte. Vielleicht war sie einfach zu blauäugig. Er wollte sie bloß ins Bett kriegen. Der ganze Abend war vermutlich darauf ausgelegt gewesen, sie flachzulegen, und sie war auf dieses Theater reingefallen. Wieder war sie enttäuscht, wenn auch aus dem gegensätzlichen Grund als noch vor einer Viertelstunde.

Mimi ärgerte sich über ihre Naivität. Konstantin Wagner war der beste Freund von Georg Soyer. Die beiden Männer waren in einer ganz anderen Welt zuhause als sie. Und je mehr sie darüber nachdachte, desto weniger wollte sie dieser anderen Welt angehören. Sie hätte auf Greta hören sollen, als sie ihre eindeutigen Warnungen ausgesprochen hatte. Na gut. Sie würde ihre Lehren daraus ziehen und zusehen, dass diese Verabredung, auf die sie sich so sehr gefreut hatte, nun ein halbwegs würdevolles Ende nahm.

Mimi ging voraus und tat so, als wäre Konstantin nicht direkt hinter ihr. Vielleicht wollte er ja auch nur auf einen Schlummertrunk mitkommen. Sie unterstellte ihm hier weiß Gott welche Absichten und dabei sorgte er sich vielleicht wirklich nur um ihre Sicherheit. Oh Gott, sie war von ihren Gedanken hin- und hergerissen. Der Abend sollte niemals enden, so sehr genoss sie Konstantins Gegenwart. Doch sie befürchtete, dass seine Pläne mit ihr nur die nächsten paar Stunden umfassten und sie schon morgen nichts weiter als eine Anekdote war.

Und wenn? Würde es ihr schaden, mal frei und wild zu sein? Dann würde sie eben eine Nacht mit Konstantin Wagner verbringen und sie genießen. Wer wusste schon, was morgen war. Es war ihr Leben und sie konnte machen, was sie wollte. Ein Mann wie er ... nein, so einen Mann hatte sie noch nie kennengelernt. Ich werde in die Offensive gehen, dachte sie selbstbewusst und atmete tief durch, als sie endlich vor ihrer Tür angekommen waren.

»Willst du noch mit reinkommen?«, fragte Mimi und sah ihm direkt ins Gesicht. Ja. Sie war bereit, zu leben. Das hier war ein weiterer Schritt in unbekannte Gefilde, in denen sie sich nun behaupten würde. Konstantins Miene war und blieb unangenehm lange undurchdringlich. Er sagte nichts, sah sie bloß an, als wollte er irgendetwas an ihrem Gesicht ablesen. Seine Augen hatten durch die grellgelbliche Flurbeleuchtung einen scharfen Blauton angenommen, so als wären sie eingefroren. Eisaugen.

Mimi trat nervös von einem Bein auf das andere. Hätte sie ihn nicht fragen sollen? Vielleicht dachte er jetzt, sie würde andauernd irgendwelche Typen abschleppen. Oh mein Gott, was hatte sie da gesagt?

»Ich werde nicht reinkommen, Mimi.«

»Oh, ach so, ich verstehe«, stammelte sie verlegen und überlegte, wie sie die Einladung irgendwie abschwächen konnte. Das Blut schoss ihr in die Wangen, so sehr schämte sie sich.

»Du verstehst es nicht. Wenn ich durch diese Tür gehe, kann ich mich nicht mehr beherrschen. Ich würde dich küssen, dich ausziehen und mit dir schlafen wollen.« Mimi erschauderte. Konstantin kam näher.

»Aber das wäre übereilt. Ich werde jetzt gehen, bezaubernde Mimi.« Mit diesen Worten ließ Konstantin den Mund langsam auf Mimis Lippen sinken, schloss die Augen und gab ihr den keuschesten Kuss, den sie je bekommen hatte. Seine Lippen lagen ganz weich auf ihren, sein Duft war köstlich. Er öffnete sich ein wenig und zog sich in dem Augenblick zurück, als Mimi darauf wartete, dass seine Zunge Einlass in sie fordern würde.

176

»Gute Nacht!«, flüsterte er, bevor er die Stufen nach unten lief. Mimi legte ihre Finger an die Lippen und starrte ihm hinterher.

»Warte!«, rief sie ihm einige Sekunden später nach. Er konnte doch nicht einfach gehen! Mimi spürte seine Lippen noch auf ihren. Der Kuss war zu kurz und viel zu wenig gewesen. Sie hatten noch nicht einmal Telefonnummern ausgetauscht. Wann sah sie ihn wieder?

›Ich würde dich küssen, dich ausziehen und mit dir schlafen wollen.‹ Was für ein Satz. Dazu sein Blick aus diesen eisblauen Augen. Sie war noch nie zuvor so angesehen worden. Mimi stand noch immer vor ihrer Tür und horchte angestrengt. Er antwortete nicht. Die Eingangstür fiel polternd ins Schloss. Konstantin hatte sie nicht mehr gehört. Oder er hatte sie ignoriert. Völlig durch den Wind betrat Mimi alleine ihre Wohnung.

35 Georg

»Warum wollten Sie diesen Termin, Georg?« Er schwieg.

»Sehen Sie, ich betrachte es als großen Fortschritt, dass Sie professionelle Hilfe suchen, wenn Sie Probleme haben. Sie sind auf dem richtigen Weg.« Frau Doktor war heute sehr motiviert. Georgs Kopf lag schwer auf der linken Hand, mit der er ihn und seine Gedanken abstützen wollte. Er saß eingesunken in dem alten Polstersessel und starrte angeekelt auf den Mund der Therapeutin. Er war dünn und ein wenig schief. Hinter den Lippen lagen graue Zähne, die zum jeweils nächsten immer ein bisschen Abstand hielten. Mäusezähnchen. Klein, aber scharf genug, um sich in jeder seiner Fasern zu verbeißen.

Er hatte gleich nach der Beendigung des Telefonats bereut, sie angerufen zu haben. Doch er wollte nicht schwach wirken und erschien brav zum Termin kurz darauf. Frau Doktor hatte ihre langweiligen Patienten verschoben, um in ihrem Triumph zu baden. Georg Soyer will einen Termin, weil er ohne sie nicht klarkommt. So ein Scheiß.

Zu spät. Er saß nun da und schwieg weiter. Sie redete ohnehin so gerne, da konnte er diese Stunde auch gut hier absitzen und in der Zeit überlegen, wie er ihr Gesicht auf das Bett drückte und sie von hinten nahm. Wie sie sich pikiert unter ihm winden würde und ihre alte, faltige Haut bei jedem Stoß klatschte wie vom Regen aufgeweichtes Zeitungspapier.

»Bitte Georg, Sie müssen mir schon von ihren Beweggründen für dieses außertourliche Treffen erzählen. Sonst kann ich Ihnen keine Unterstützung sein.«

»Gar nichts muss ich, außer Sie zu bezahlen.«

»Das stimmt natürlich. Aber Sie wissen selbst, dass wir so nicht vorankommen.«

»Worin liegt denn das Ziel unseres Vorankommens, Desiree?« Jetzt war sie es, die schwieg. Sie bemühte sich um die richtige Antwort, denn mittlerweile wusste sie, dass eine falsche Silbe ihr Vorankommen, wie sie es nannte, empfindlich bremsen konnte. Georg genoss ihre eifrige Suche nach den richtigen Worten.

»Olivia ist schwanger«, unterbrach er ihre Gedanken und erfreute sich an Frau Doktors außer Kontrolle geratenen Gesichtszügen.

»Oh. Und ich gehe davon aus, dass Ihnen diese Tatsache nicht gefällt?«

»Das haben Sie ganz wunderbar analysiert. Oder haben Sie einfach nur gut geraten?«

»Ich denke zu wissen, wie Sie zum Thema Familiengründung stehen. Wollte Olivia schwanger werden?«

»Keine Ahnung. Vielleicht hat sie es darauf angelegt.«

»Sie meinen, Olivia will Sie mit dem Kind an sich binden?«

»Wahrscheinlich.«

»Vielleicht war es nicht beabsichtigt und sie ist selbst nicht glücklich über diese Situation. Haben Sie mit ihr darüber gesprochen?«

»Nein.«

»Sie haben nicht mit ihr geredet?«

»Nein.«

»Warum nicht?«

»Weil ich nicht in der Lage war, mit ihr zu reden.«

»Waren Sie zu überrascht dafür?«

»Ich war verdammt nochmal zu wütend!«, schrie Georg. Seine Schläfen pochten.

»Ich verstehe. Georg, es ist nun äußerst wichtig, dass Sie auf sich achtgeben. Diese Situation ist eine enorme Herausforderung für Sie. Aber ich bin sicher, Sie werden das gut meistern. Nehmen Sie die Medikamente, die ich Ihnen verschrieben habe, regelmäßig?«

»Natürlich nicht.« Alleine die Frage zu stellen zeugte von ihrer Inkompetenz. Georg schnaubte und schloss die Augen. Alles in und rund um ihn würde einstürzen. *Er* würde einstürzen.

»Keine Medikamente.« Ihre Stimme klang ein wenig schriller als sonst. Er hatte sie mit reingezogen, sie trug nun Mitverantwortung, durfte sich keinen Behandlungsfehler erlauben. Hätte sie das geahnt, wäre sie mit ihrer insistierenden Fragerei zurückhaltender gewesen. Georg freute sich kurz darüber, dass er ihr damit wohl den Tag vermiest hatte.

»Im Moment rate ich Ihnen: Halten Sie ein paar Tage Abstand von Olivia. Sie wollen doch nicht, dass Ihnen die Situation entgleitet. Georg, ich ersuche Sie, mich bis zu unserem nächsten Termin täglich anzurufen. Sie haben einen nicht ganz einfachen Weg vor sich. Aber Sie schaffen das. Und finden Sie ein Ventil. Schreiben Sie wieder!« Sie sprach davon, dass ihm die Situation entgleiten könnte. Wie damals, als die Sache mit Eva passiert war. Warum er ihr darüber erzählt hatte, konnte er sich nicht erklären. Manchmal redete er einfach zu viel. Würde Frau Doktor heute Abend in ihrem Bett liegen und an ihn denken? Würde der schwierige Patient sie um den Schlaf bringen?

»Finden Sie ein Ventil. Schreiben Sie wieder!«, hatte sie ihm geraten. Dann war die Stunde um gewesen. Zuhause führte Georgs erster Weg zum Tresor. Wenn er wirklich versuchte, alles aufzuschreiben, würde er vielleicht klarer sehen. Die dunklen Schatten in seinem Gehirn könnten sich auflösen. Er sollte es versuchen. Das Pochen in seinem Schädel musste aufhören. Georg griff nach dem obersten Buch, das erst bis zur Hälfte gefüllt war und setzte sich mit der Füllfeder in der Hand auf den Boden.

Es war leicht: Stift öffnen, ansetzen, schreiben. Die Gedanken würden sich dabei automatisch sortieren. Er würde mit jedem, auf das Papier gebrachten Wort ruhiger werden. Womit wollte er beginnen? Olivia war schwanger. Von ihm. Er hatte ihr vertraut und sie hatte ihn hintergangen. Alleine der Gedanke daran ließ ihm Magensäure in den Hals steigen. Vermutlich war sie tatsächlich mit Absicht schwanger geworden. Konstantins Worte fielen ihm wieder ein. Er hatte gemeint, dass sich Olivia nicht ewig damit zufriedengeben würde, nur die Daueraffäre zu sein. Sie wollte Exklusivität, ihn binden. Sie hatte es wahrscheinlich lange geplant. Wer konnte ihm sagen, seit wann sie es schon versuchte, schwanger zu werden. Dieses hinterhältige Miststück. Sie hatte ihn benutzt und er war in ihre Falle getappt.

Noch bevor Georg auch nur einen Buchstaben geschrieben hatte, sprang er wieder hoch und riss sämtliche Tagebücher aus dem Tresor. Dann hetzte er die Treppe hinunter ins Wohnzimmer, riss auf dem Weg dahin die Seiten aus den Büchern. Die losen, mit seiner schwungvollen Handschrift gefüllten Blätter warf er angewidert in den Kamin und entfachte das Feuer. Die Flammen züngelten immer schneller um die Ränder, leckten die einzelnen Seiten an und verwandelten sie gleich darauf zu Asche. Georg stand davor. Er stützte sich mit beiden Händen am Kaminsims ab, spürte die Hitze.

Er war machtlos. So machtlos wie damals, als er sich die Liebe seines Vaters erarbeiten wollte. Alles hätte er für seine Anerkennung getan. Alles würde er dafür geben, Olivia zu einer Abtreibung zu bringen. Doch es lag nicht in seiner Hand.

Er schrie laut auf, griff nach der Standuhr, einem Erbstück seines Großvaters, und schleuderte sie mit aller Kraft gegen die Wand. Er würde Olivia herbestellen und sie überreden, eine Abtreibung machen zu lassen. Wenn nötig würde er sie an den Haaren ins Auto schleifen und sie in das nächste Krankenhaus fahren, um es zu erledigen. Heute Abend könnte schon wieder alles gut sein. Sie musste nur zur Vernunft kommen.

Die Sache mit Eva

»Bitte, Georg, hör auf!«

»Baby, du bist so feucht. Ich sehe doch, dass es dir gefällt.«

»Nein, bitte, ich will das nicht!«

»Pssst, sei still!«

Von Evas vorheriger Flirtlaune ist nicht mehr viel übrig, aber darüber will er jetzt nicht nachdenken. Ihre Handgelenke hat er am Bett fixiert. Die Fersen stemmen sich gegen seine linke Schulter und die Beine hält er in Höhe ihres Knies mit dem Arm fest. Sie wehrt sich dagegen, als er hinten gegen sie drückt. Doch je mehr sie sich unter ihm windet und ihn anbettelt, aufzuhören, desto erregter wird er.

Es gibt kein Zurück.

»Das tut mir weh, Georg, bitte nicht so! Ich hab es so noch nie gemacht und ich will das wirklich nicht.«

»Halt endlich den Mund!«, knurrt er sie an und drückt noch fester gegen ihr Poloch.

Er lässt seinen Körper nach vorne sinken.

Es wird ihr gefallen.

Sobald er in ihr ist, wird es ihr gefallen.

Sicherheitshalber legt er seine freie Hand auf ihren Mund. Evas Augen treten hervor und blicken ihn entsetzt an. Er kann selbst kaum glauben, was hier passiert.

Aber sie will es auch.

Ja, sie will es unbedingt.

Eine halbe Stunde zuvor hat sie ihm noch erklärt, dass sie für einen Typen wie ihn alles tun würde. Jetzt ist der Augenblick gekommen, Wort zu halten. Er starrt in ihr Gesicht, verstärkt den Druck auf seine Hand an ihrem Mund und zwängt sich in sie hinein. Sie versucht aufzuschreien, aber der Laut kommt nur gedämpft an die Oberfläche. Ihre Gesichtsfarbe ist plötzlich ganz rot. Einen Moment lang hat er Angst, sie könnte platzen.

Er muss damit aufhören.

Stopp!

Doch es ist zu spät – alles ist zu spät.

Er sieht die Tränen. Sie probiert jetzt nicht mehr zu schreien. Er bewegt sich ein wenig vor und zurück und sieht ihr weiter direkt ins Gesicht. Der Anblick ist so wunderbar, dass es ihm die Kehle zuschnürt. Er kann förmlich spüren, wie sie ihren Willen aufgibt. Angst liegt in der Luft. Ihre Augen sind weit aufgerissen, starren ausdruckslos ins Nichts. Und er kommt mit so einer Heftigkeit, dass er beinahe das Bewusstsein verliert.

Erst als er sich aus ihr zurückzieht, sieht er das Blut auf den Bettlaken unter ihnen. Er befreit Eva aus seinem Griff und starrt wie gebannt die hellroten Tropfen auf dem weißen Leintuch an.

Er ist schockiert.

So schockiert, dass er im ersten Moment vergisst, Eva loszumachen.

»Es tut mir leid«, stammelt Georg und kämpft dagegen an, sich mitten auf dem Bett zu übergeben. Eva erwidert nichts. Sie zieht sich rasch an und verlässt ihn, den Raum und den Campus für immer.

36 Mimi

»Was hat er angestellt?« Greta stand mit ihrem Handy in der Hand an der Tür und wirkte nicht sonderlich erfreut über Mimis Besuch. Ungewöhnlich. Aber das war ihr jetzt gleichgültig. Sie konnte unmöglich alleine zuhause herumsitzen und sich den Kopf wegen Konstantin zerbrechen. Sie brauchte dringend eine Freundin. Was für ein Glück, dass die gleichzeitig Konstantins Schwester war. So würde sie ein wenig mehr über ihn herausfinden und sich eine Vorstellung machen, wie es zwischen ihnen weitergehen würde.

»Nichts! Störe ich dich? Lässt du mich rein?«

»Ja klar, komm herein.«

»Danke! Halte ich dich wirklich nicht auf?« Mimi trat in die Wohnung, unsicher, ob sie sich setzen sollte.

»Ich wollte bloß jemanden anrufen. Aber das kann ich später auch noch. Denkst du denn, ich lasse mir die Geschichte über den Abend mit meinem Bruder entgehen? Ich treffe ihn morgen zum Mittagessen. Da muss ich natürlich informiert sein, damit ich weiß, ob ich ihm zur Begrüßung einen Kuss oder einen Fausthieb in den Magen geben soll.«

Nachdem sich Greta die merkwürdigen Ereignisse des Abends von Mimi hatte erzählen lassen, ließ sie sich hörbar ausatmend in die Kissen auf der Couch fallen. Auf ihrer Stirn hatten sich tiefe Falten gebildet.

»Ich habe keine Ahnung, was im hübschen Köpfchen meines Bruders vorgeht. Aber eins ist sicher: Er will dich unbedingt rumkriegen.« Rasch leerte Greta ihr Glas und ließ frisches Wasser aus einem Krug auf dem Tisch einlaufen. »Vielleicht solltest du einfach mal abwarten. Er meldet sich bestimmt.«

»Hast du ihm meine Nummer gegeben?«

»Nein, er hat mich nicht danach gefragt. Aber wenn du willst, dann fühle ich ihm morgen mal ein wenig auf den Zahn. Normalerweise ist er sehr einsilbig, was seine Frauengeschichten betrifft, daher kann ich dir nichts versprechen.«

»Das musst du nicht«, antwortete Mimi matt.

Selbstverständlich wollte sie, dass Greta etwas über Konstantins Gefühle herausfand. Aber ihre Freundin sollte in keine unangenehme Lage geraten.

»Guck nicht so ernst. Ich werde sehen, was ich tun kann. Und jetzt muss ich dich leider rausschmeißen. Ich muss telefonieren.«

»Ja, klar. Ich bin schon weg. Tut mir leid, dass ich dich aufgehalten habe. Tschüss!« Schnell küsste Mimi ihre Nachbarin auf die Wange und machte sich auf den Weg nach oben.

»Wo warst du, bezaubernde Mimi? Ich dachte schon, ich muss hier einbrechen und dich aus deinem tiefen Schönheitsschlaf wachküssen!« Schmunzelnd stand Konstantin vor ihrer Tür. Die Hände steckten lässig in seinen Hosentaschen. Die Grübchen an den Wangen vertieften sich. Er amüsierte sich ganz prächtig über Mimis Überraschung, die ihr offenbar anzusehen war.

»Was machst du hier?« Mehr brachte Mimi nicht über die Lippen. Sie blieb auf der vorletzten Stufe zu ihrer Etage stehen und blickte ungläubig in sein schönes Gesicht.

»Beantworte zuerst meine Frage, Mimi! Wo warst du?«, hakte er neugierig nach. Seine Stimme enthielt aber auch eine Prise Strenge.

»Ich war bei Greta.«

»Ah, das hätte ich mir doch denken können. Du hast ihr also von unserem Date berichtet und mein Schwesterlein hat in gewohnter Weise gegen mich gewettert.« Ein kecker Schalk trat in seine Augen, der ihn schlagartig um einige Jahre jünger wirken ließ.

186

»So war das nicht. Ich war verwirrt und konnte nicht schlafen. Da habe ich noch kurz bei ihr vorbeigeschaut.« Mimi hatte das Gefühl, ihr Verhalten erklären zu müssen.

Verdammt, Greta war ihre Freundin und zufällig Konstantins Schwester. Sie musste sich nicht rechtfertigen. Aber sie tat es dennoch. Zurück zum Eigentlichen, dachte sie und stellte ihre Frage erneut.

»Warum bist du zurückgekommen?« Konstantin kam langsam auf sie zu, wie eine Raubkatze, die sich anpirschte. Er ließ sie nicht aus den Augen. Am Rande der Treppe blieb er stehen und streckte ihr seine Hand entgegen. Doch Mimi weigerte sich, sie zu ergreifen.

»Sag mir, warum du hier bist!«, forderte sie ihn stattdessen auf und versuchte einen ebenso strengen Tonfall, wie sie ihn gerade von ihm gehört hatte. Leider bewirkte das nicht die gewünschte Erklärung, sondern lediglich ein leises Auflachen von Konstantin.

»Du bekommst auf alle deine Fragen eine Antwort, bezaubernde Mimi. Ich würde das aber nur sehr ungern hier im Treppenhaus besprechen.« Noch immer lud seine Hand dazu ein, von ihr ergriffen zu werden. Angesichts der Tatsache, dass Konstantin zurückgekommen war, wurde Mimis Stimmung milder und so legte sie ihre Finger in seine Hand hinein. Mit einer raschen, kraftvollen Bewegung zog Konstantin sie an sich. Kein Blatt Papier passte mehr zwischen sie, so nah stand sie plötzlich vor ihm. Sein Atem streichelte ihre Nase, seine Augen ruhten auf ihrem Gesicht. Mimi war unfähig, sich zu rühren.

»Darf ich reinkommen?«, fragte er schlicht und hob erwartungsvoll die rechte Augenbraue. Schnell steckte sie den Schlüssel ins Schloss und schob sich durch die Tür. Sie hatte keine Ahnung, was hier lief. Zuerst konnte er es kaum abwarten, von ihr wegzukommen und im nächsten Moment stand er wieder vor ihrer Tür.

»Übrigens, das wollte ich dir schon beim letzten Mal sagen: Schön hast du es hier!«, sagte Konstantin, als sie drinnen waren. Die Floskel brachte Mimi zum Lachen. Doch er schien es durchaus ernst zu meinen, trotz der Tatsache, dass er wohl etwas mehr Luxus in seinem Leben gewohnt war. Aufmerksam betrachtete er jeden Winkel der Wohnung, die Hände wieder entspannt in den Tiefen seiner Hosentaschen.

»Danke. Und jetzt beantworte meine Frage.« Mimi war an die Küchenzeile getreten und beschäftigte sich damit, zwei Gläser mit Wasser zu füllen. Hinter ihrem Rücken hörte sie Konstantins sexy Stimme.

»Ich habe deine Nummer nicht.« Die Antwort war kurz und bündig.

Er hatte ihre Nummer nicht. War das der Grund, warum er zurückgekommen war? Das konnte doch nicht sein Ernst sein. Langsam erlangte Mimi wieder ein wenig von ihrer Schlagfertigkeit zurück.

»Dafür hättest du nicht extra herkommen müssen. Greta hat meine Nummer und Georg Soyer hat auch all meine persönlichen Daten.« Sie kicherte und drehte den Wasserhahn zu. Im nächsten Augenblick ließ sie eines der Gläser in die Spüle fallen. Unbemerkt war Konstantin direkt hinter sie getreten.

»Ich besorge mir die Nummer lieber von dir, Mimi«, raunte er in ihr Ohr.

Sie schloss die Augen und seufzte laut auf, als er ihr von hinten mit sanftem Druck eine Hand auf den Bauch legte. Ihre Knie zitterten. Sie schob ihren Kopf ein wenig zurück. Die Augen hielt sie weiter geschlossen. Was passierte hier?

Ja, er sah gut aus, er hatte eine tolle Ausstrahlung und er konnte sehr charmant sein. Doch Mimis Herz schlug selbst für diese Verhältnisse überdurchschnittlich schnell.

188

»Ich wollte mich wirklich zurückhalten. Mein Plan war es, dich ganz langsam, aber dafür für immer, für mich zu gewinnen. Ich wollte dich süchtig machen nach mir, sodass du niemals mehr ohne mich leben möchtest. Du solltest dir vollkommen sicher sein, dass ich der letzte Mann sein werde, den du lieben kannst und den du küssen wirst. Dann saß ich in meinem Auto und ... oh Mimi, ich habe es wirklich versucht. Aber ich weiß ganz genau, dass ich es keine Sekunde länger ohne dich aushalte. Und darum musste ich zurückkommen.«

Seine Stimme war kaum mehr als ein Flüstern. Mit jedem Wort vibrierte es in Mimis Ohr. Seine Lippen waren so nah. Sie waren weich und voll, das wusste sie vom schüchternen Abschiedskuss. Die Bedeutung seiner Worte konnte Mimi in diesem Moment nicht mehr erfassen. Sie war völlig gefangen von dem Gefühl, das sein Körper in ihrem Rücken in ihr auslöste. Kurz standen sie beide reglos da. Konstantins Hand ruhte weiter auf ihrem Bauch, mit der anderen stützte er sich gegen die Arbeitsplatte und er rückte noch näher an sie heran. Mimi fühlte ihn, seine Brust, den sportlichen Bauch. Sie könnte sich locker hinter ihm verstecken. Er war stark, er war groß und er war, wenn sie sich nicht täuschte, erregt. Erschrocken keuchte sie auf, als Konstantin sich fester an sie drückte. Trotz der zahlreichen Lagen Stoff zwischen ihnen verglühte Mimi fast. Sie hatte das Gefühl, als hinterließe er Brandmale auf ihrer Haut.

»Oh Gott...«, stammelte sie nur.

»Ich hoffe doch, dass der heute Nacht ein Auge zudrückt bei mir«, gab Konstantin zurück und griff ohne Vorwarnung unter Mimis Kleid. Als sie seine Hand spürte, stöhnte sie laut auf.

»Ja, ich habe so sehr gehofft, dass ich dich hören würde.« Was passierte hier? Niemals zuvor hatte sie so etwas erlebt. Konstantin trug sie zur Schlafcouch und legte sie auf den Rücken. Sie konnte sich keinen Millimeter bewegen. Er begann, sich vor ihr auszuziehen. Es würde passieren. Sie würde gleich mit diesem Mann schlafen. Er stand vor ihr, bekleidet nur mit dunkelblauen Boxershorts. Mit einer schnellen Bewegung zog er Mimi auf die Beine, streifte ihr das Kleid ab und ließ seine Augen über ihren Körper wandern.

»Meine Güte, bist du schön«, sagte er und legte sie sanft zurück auf die Couch. Er stand vor ihr, genoss offenbar das Bild, das sich ihm darbot. Völlig nackt lag sie hier unter seinem Blick. Sie wollte sich verhüllen, schloss ihre Beine und legte eine Hand über ihre Brust. Konstantin schnalzte ungehalten mit der Zunge und kniff die Augen zusammen.

»Versteck dich nicht vor mir, Mimi. Du bist das Schönste, was ich je gesehen habe.« Mit diesen Worten entledigte er sich des letzten Kleidungsstücks. Mimi schnappte hörbar nach Luft, was Konstantin ein schiefes Lächeln entlockte. Langsam ließ er sich neben ihr auf die Matratze sinken, streichelte mit den Fingerspitzen über ihre Hüfte hinauf zum Hals.

Ruckartig rollte sich Konstantin auf sie, stemmte seine Arme links und rechts von ihrem Kopf gegen die Matratze und schob mit einem Knie ihre Beine auseinander. Willig öffnete sie sich dem, was auf sie zukam. Sie schloss die Augen und fühlte die Hitze, die sich zwischen ihrem und Konstantins Körper ausbreitete. Sie war nervös, rührte sich nicht. Aber sie war bereit, wollte ihn spüren. Verlegen räusperte sich Konstantin und Mimi öffnete irritiert die Augen.

»Du solltest möglichen, zukünftigen Enkelkindern nicht erzählen müssen, dass unser erster richtiger Kuss erst nach dem Sex stattgefunden hat.« Sie kicherte. Er senkte seine Lippen auf ihren Mund herab und begann Mimi genauso zurückhaltend zu küssen wie vorhin an der Tür. Ungeduldig stöhnte sie auf, schob ihre Hände in sein herrliches Haar und zog ihn fester an sich. Er lächelte über ihre Verzweiflung und versenkte endlich seine Zunge in ihrem Mund. Sie bahnte sich in ihrer vollkommenen Weichheit den Weg durch ihre

190

Lippen, forderte ihre Zunge zu einem sanften Tanz heraus. Mimi schmeckte Pfefferminze und den Hauch einer Zigarette. Schließlich löste sich Konstantin von ihr und streifte sich ein Kondom über, das er aus seiner Hose gezaubert hatte.

»Mach die Augen auf, Mimi!«, keuchte Konstantin. Sie gab ihm nach und ihr wurde sofort klar, wieso er sie dazu aufgefordert hatte. Konstantin baute mit seinen eisblauen Augen eine glühende Verbindung zu ihr auf. Er ließ sich sehr viel Zeit, was Mimi beinahe um den Verstand brachte.

Als sie meinte, vor Verlangen zu zersplittern, drang Konstantin in sie ein. Nicht langsam, nicht schnell. Er tat es, als kenne er ihren Körper seit Ewigkeiten. Mimi stöhnte erleichtert und erregt auf.

»Ich muss mich schwer zusammennehmen, um nicht augenblicklich zu kommen, bezaubernde Mimi«, murmelte Konstantin, ohne die Augen von den ihren zu lassen. Die Erregung spiegelte sich in seinem Blick wider. Ansonsten wirkte er vollkommen beherrscht. Im Gegensatz zu ihr, die alle Kontrolle über sich selbst verloren hatte. Sie war überwältigt und fühlte sich im gleichen Augenblick wahnsinnig hilflos. Auf ihr lag ein nahezu Fremder, der ihr Gefühle schenkte, die sie noch niemals zuvor verspürt hatte.

Doch als sie dachte, ihr würde alles zu viel, hielt Konstantin inne und streichelte sanft über ihre Wange. Er küsste sie mit einer solchen Hingabe, dass sich ihre Ängste augenblicklich in Luft auflösten. In diesem Kuss verstand sie nichts anderes als die Aufforderung, ihm zu vertrauen. Sie öffnete ihre Augen und forderte ihn stillschweigend dazu auf, weiterzumachen.

37 Georg

Sorgfältig cremte Georg die roten Stellen ein. Die Haut an den Handrücken und zwischen seinen Fingern war irritiert, rau. Er brauchte eine neue Seife, eine teurere, eine bessere. Eine, die ihn nicht entstellte. Aber jetzt musste er sich erstmal darum kümmern, die Lädierungen zu versorgen. Seine ansonsten so schönen Hände, auf die er so achtgab. Die, die er stundenlang betrachten konnte, ohne sich sattzusehen. Sie sahen fürchterlich aus. Die Salbe wurde aufgesaugt, drang ganz tief in die rissigen Stellen ein. Es prickelte, als lechzte sein Körper nach mehr. Als alles bestrichen war, saß Georg einige Minuten bewegungslos auf dem Fußboden seines Badezimmers und genoss das Kitzeln. Sogar den Puls konnte er an den schadhaften Hautstellen fühlen. Er fühlte ihn, er fühlte sich. Es war nur ein kurzer Augenblick. Hin und wieder spürte er sich.

Versonnen schloss er die Augen und lehnte sich gegen die kalten Fliesen. Er stellte sich vor, wie ihn seine Mutter eingecremt hatte, als er klein war. Hatte sie ihm zärtlich über den frischgebadeten Körper gestreichelt? Georg konnte sich nicht daran erinnern. Langsam wurde er ruhiger. Olivia hatte seinen Anruf nicht entgegengenommen. Wahrscheinlich war das auch besser so. Später würde er sie nochmals anrufen und versuchen, mit ihr zu reden. Über die Abtreibung. Er würde seine Argumente in aller Sachlichkeit vorbringen. Sie musste es einfach einsehen. Das Kind zu bekommen war keine Option.

Das Handy klingelte. Vielleicht war das Olivia. Schnell sprang er auf und lief nackt ins Wohnzimmer.

»Hallo?«

»Hallo, Georg.«

»Marleen ...«

192

»Was machst du?«

»Ich ... nichts.«

»Hast du auf meinen Anruf gewartet?«

»Ja.« Ja? Hatte er auf ihren Anruf gewartet? Eigentlich nicht! Er hatte doch wegen der ganzen Schwangerschaftsgeschichte gar nicht an sie gedacht. Er hatte sie und ihre Affektiertheit so gut wie vergessen. Warum sagte er das also? Sie würde sich darin aalen und immer weiter auf ihn einstechen.

»Gut!« Sie fand es gut. Und Georg fand es schrecklich. Er stand nackt in seinem Wohnzimmer, das schweigende Telefon in der linken Hand, seine Erektion in der rechten. Seine Hand fühlte sich schon viel weicher an.

»Wo wohnst du?«, fragte Marleen.

Georg nannte ihr mechanisch die Adresse.

»Ich bin in einer Stunde da«, meinte sie und legte einfach auf.

Konzentriert lauschte er den Klängen, die von draußen in sein Haus drangen. Er hörte noch immer kein Motorengeräusch, dabei war eine Stunde längst vergangen. Mittlerweile hatte er sich angezogen und wartete ungeduldig auf sie. Warum er auf sie wartete, wusste er nicht. Georg erkannte sich selbst nicht wieder. Freute er sich auf ihren Besuch? Irgendwie schon. Aber wieso er sich freute, konnte er sich nicht erklären. Sie war die Antifrau. So eine Frau vermochte nichts Gutes zu bedeuten. Sie tanzte ihm auf der Nase herum, meldete sich, wann es ihr passte, lud sich selbst ein und er saß da und wartete auf sie. Grauenhaft. Erbärmlich.

Er würde das Licht löschen und ihr nicht öffnen, dachte Georg und schrak auf, als es im gleichen Augenblick an der Tür klingelte. War sie nicht mit dem Auto gekommen? Er hatte nichts gehört. Trotz der Absicht, sie nicht zu empfangen, sprang er blitzartig vom Sofa auf und raste zur Haustür.

»Guten Abend, Georg!« Da stand sie und war wunderschön. Ihr Haar hatte sie zu einem unordentlichen Knoten auf dem Kopf fixiert. Ihre hagere Figur war in den dunkelgrauen, taillierten Mantel gehüllt. Der Gürtel war fest zugezogen, sodass ihre Mitte aussah, als könnte er sie mit den Händen locker umfassen.

»Hallo«, stammelte er, streckte seinen Rücken durch und trat einen Schritt zur Seite, um sie hereinzulassen. Draußen war es kalt. Ihre Lippen spiegelten die Kälte wider, stellte er fest, als sie diese gegen seinen Mund presste. Doch bloß einen Augenblick später tanzte ihre warme Zunge in seinem Mund.

38 Mimi

»Du bist noch hier?« Schläfrig rieb sich Mimi über ihr Gesicht. Sie bezweifelte, dass sie wirklich wach war. Konstantin lag neben ihr auf ihrem Schlafsofa, hellwach und frisch. Er wirkte bestens gelaunt. Ganz im Gegensatz zu Mimi, die ihren unverhüllten Körper schnell bedeckte und aufsprang. Sie wollte sofort im Bad verschwinden.

»Bleib hier!«, rief Konstantin und lachte belustigt auf. Mit einem Hechtsprung schaffte er es, ihr die Decke vom Leib zu zerren. Doch sie ignorierte ihn und schloss sich schnell in dem kleinen Raum ein. Sie griff nach ihrer Zahnbürste und stellte erstaunt fest, dass neben ihrer im Becher eine weitere, ziemlich feuchte, stand. Irritiert putzte sie sich die Zähne, kämmte ihr Haar mit ein paar Bürstenstrichen und schlüpfte in frische Unterwäsche, die sie zufälligerweise im Bad deponiert hatte. Was für ein Glück. Es war zwar nur ein unerotisches weißes Baumwollset, aber immerhin musste sie sich ihm nicht wieder völlig nackt präsentieren.

Etwas selbstsicherer wanderte sie zurück in den Wohnbereich, Konstantin vollends ignorierend. Sie stellte sich aufrecht vor ihren Kleiderschrank und suchte nach einer Jeans und einem Shirt. Ihr Magen zog sich nervös zusammen. Sie war vollkommen überfordert, denn sie war noch niemals neben einem Mann aufgewacht. Abgesehen von Alex. Aber das zählte nicht.

»Du siehst fabelhaft aus«, raunte Konstantin, der – wie sie aus dem Augenwinkel festgestellt hatte – völlig nackt dalag. Es schien ihm nichts auszumachen. Mimi hingegen versuchte, nicht noch einmal zu ihm rüberzusehen.

»Danke«, antwortete sie, ohne sich zu ihm umzudrehen. Sie hoffte, er würde sich auch etwas anziehen. Zumindest seine Boxershorts.

»Komm zu mir, bezaubernde Mimi!«

»Ich möchte mich anziehen.« Mimi war unsicher. Wie sollte sie Konstantin nach dieser Nacht entgegentreten? Was wollte er von ihr, dem provinziellen Mädchen, das so gut wie keine Erfahrung in Sachen Verführungskunst hatte?

Sie war ernüchtert. Gestern war sie sicher gewesen, sie könnte mit Konstantin glücklich werden und er mit ihr. So verliebt, wie er sie angesehen hatte, so zart wie seine Küsse gewesen waren. Aber heute, bei hellem Tageslicht, war sie angespannt. Als sie die Augen geöffnet hatte, war sie überzeugt davon gewesen, dass Konstantin die Wohnung längst verlassen hatte. Über seine Anwesenheit war sie ehrlich überrascht. Und jetzt war ihr die ganze Situation unangenehm.

Sie hatte sich unter seinen Händen verloren, hatte die Kontrolle abgegeben und er hatte sie in eine Welt eingeführt, die ihr bis dahin gänzlich unbekannt gewesen war. Sie hatte zu große Angst, zuzugeben, dass es ihr gefallen hatte. Zu große Angst, wie ein kleines Mädchen dazustehen, das zum ersten Mal Schokolade probiert hatte und nun um Nachschlag bettelte. Der gönnerhafte Schenker würde sich rasch absehen an dem entzückenden Gesicht. Er würde sich bald langweilen und sich wieder seinesgleichen annehmen. Denjenigen, die sich wie selbstverständlich in seinen Kreisen bewegten, weil sie hineingeboren wurden. So wie er. Denjenigen, die ihn vielleicht sogar ab und an mit etwas überraschen konnten.

»Ich sagte, du sollst zu mir kommen.« Konstantins Stimmfarbe hatte sich geändert. Sie klang rau. Mimi erschauderte. Sie senkte den Blick und haderte mit sich. Sie wollte keine Befehle befolgen, doch gleichzeitig fand sie es aufregend. Im Gegensatz zu seinem strengen Ton lag ein flehender Ausdruck auf seinem Gesicht. Wie ein Ertrinkender wartete er darauf, dass sie ihn aus dem Strudel zog. Konstantin ließ ihr wenig Zeit nachzudenken.

»Komm jetzt!«, drängte er und sie fügte sich. Ihr Kopf blieb gesenkt, als sie auf ihn zuging, nur um ihn nicht ansehen zu müssen. Doch Konstantin griff mit zwei Fingern unter ihr Kinn und hob es an, bis sie ihm in die Augen sehen musste. Mimi rührte sich nicht, wartete ab, was er sagen würde. Vielleicht wollte er das Ganze gleich beenden, bevor die Sache zu weit ging? Aber Konstantin sagte nichts. Er kniete sich auf die Bettkante, vor der sie stand, legte seine Hand in ihren Nacken und zog sie an sich heran, um sie lange und leidenschaftlich zu küssen. Eben hatte Mimi noch gefröstelt, doch langsam kam ihr Blut in Wallung und ihr wurde heiß. Sie war sich sicher, dass sich auf ihrer Haut rote Flecken ausbreiteten. Erst recht, als Konstantin seine Hände über ihren Körper wandern ließ. Sie hatte das Gefühl, als wären sie überall gleichzeitig. Das Streicheln wandelte sich in einen festen Druck, den er an den richtigen Stellen ausübte.

Erstaunt keuchte Mimi auf. Konstantin ging keineswegs zimperlich mit ihr um. Mimi war überrascht über seine Forschheit. Doch gerade, als ihr Gehirn ihr mitteilte, sein Vorgehen wäre zu grob, spannten sich die Muskeln in ihrem Unterleib an und ein warmes Gefühl breitete sich in ihr aus. Ihre Knie begannen zu zittern. Sie verlor beinahe den Halt, wie sie so vor dem Bett stand. Plötzlich wollte sie mehr. Sie griff in sein Haar, das vom Schlafen noch wild nach allen Seiten stand und forderte weitere Küsse.

»Ooooh, bitte, Konstantin...« Mimi hatte keinen blassen Schimmer, worum sie bettelte. Sie war in seinen Bann gezogen.

»Bitte...«, wiederholte sie stöhnend.

»Was willst du?«, fragte Konstantin und grinste schief. Er genoss seine Überlegenheit anscheinend. Mit überraschender Leichtigkeit hob er sie auf sich.

Mimi stöhnte auf, als sie ihn spürte. Lediglich das dünne, weiße Baumwollhöschen trennte sie beide.

»Ich will mehr...«, bettelte sie.

»Mehr was?«, hakte Konstantin nach, während er sie kurz anhob und sich ein Kondom überstreifte. Beim Anblick seiner Hand stockte ihr der Atem.

»Mehr von dir. Bitte!«

»Sag mir, was ich machen soll, Mimi!« Er ließ nicht locker. Sie hatte keine Wahl.

»Ich will... dich spüren.«

»Ich denke, du musst schon etwas präziser werden«, flüsterte Konstantin und sein Atem streichelte über ihr Ohr.

»Bitte, ... schlaf mit mir!«, wisperte Mimi und schämte sich im selben Augenblick über ihre Worte. Sie rechnete fest damit, dass er sie auslachen würde. Aber Konstantin lachte nicht. Er stöhnte auf und riss ihren Slip herunter.

Mimis Wange ruhte auf dem Kissen, das nach Konstantin roch. Sie lauschte dem Plätschern des Wassers aus dem Badezimmer und spürte die Schwere in ihren Gliedern. Bei dem Gedanken an diesen Start in den Tag durchlief sie ein wohliger Schauer.

Ihr Höhepunkt hatte sich lange, bevor er sie mit sich gerissen hatte, angekündigt. Die Gewissheit, dass es kein Entkommen gab, aber der genaue Zeitpunkt unbestimmt war ... dieses Gefühl war phänomenal. Sie hatte keine Ahnung gehabt, dass so etwas überhaupt möglich war. Ihr Körper war völlig entspannt, die Glieder lagen bleiern auf den Laken und sie fühlte sich nicht imstande, sich zu bewegen.

»Wann musst du zur Arbeit?«, fragte Konstantin, der auf einmal vor ihr stand und sie schwer atmend betrachtete.

Er war eindeutig schon wieder erregt und Mimi schmunzelte.

»Die Schicht beginnt um elf.«

198

»Hmmm, also genug Zeit, für ein ausgiebiges Frühstück«, stellte er fest und streckte gierig seine Hände nach ihr aus. Meine Güte, war dieser Mann sexy, dachte Mimi. Sein Haar war noch nass von der Dusche, aus der er gerade kam. Auf seinen muskulösen Oberarmen perlten übriggebliebene Tropfen ab. Ihr Verlangen wuchs sofort wieder an. Doch sie merkte auch, dass sich ihre Kräfte dem Ende zuneigten.

»Ich bin für ein richtiges Frühstück. Sonst stehe ich den Tag nicht durch.«

»Das verstehe ich«, gestand Konstantin ihr zu, drehte sie unvermittelt auf den Bauch und gab ihr einen liebevollen Klaps auf den Po. Der Hunger ist verschwunden, dachte Mimi, während sie das wohlige Prickeln auf der Haut genoss.

»Vergiss das Frühstück!«, sagte sie leise und schloss erwartungsvoll die Augen. Nie zuvor hatte sie sich einem Mann so entblößt gezeigt. Doch Konstantin machte etwas mit ihr. Sie wusste nicht was, aber sie fühlte sich schön und sexy.

»Oh Mimi, du magst es also, wenn du meine Hand auf deinem Po zu spüren kriegst? Ich denke, du hast keine Ahnung, welche Möglichkeiten sich dadurch zwischen uns auftun.« Konstantins Stimme drang tief und rau in ihr Ohr. »Ich wusste, du bist etwas Besonderes. Aber langsam muss ich feststellen, dass du beängstigend perfekt bist.« Sie stöhnte, fragte sich, welche Möglichkeiten er meinte, die sich zwischen ihnen ergaben. Mimi beschloss, sich jetzt nicht den Kopf darüber zu zerbrechen. Sie wollte nur, dass er diese herrlichen Empfindungen immer und immer wieder in ihr erweckte.

»Aber du hast Recht, du solltest dringend etwas essen. Komm, ich lad dich zu einem Frühstück ein«, beschloss er und begann, sich anzuziehen.

»Konstantin, bitte …«, quengelte Mimi, die weiter in ihrer Position verharrte und darauf wartete, dass er das, was er begonnen hatte, beendete. Doch er blieb hart.

»Ich will nicht, dass du während deiner Schicht aus den Schuhen kippst. Zieh dir was an, bezaubernde Mimi! Jetzt habe ich auch Hunger«, sagte er fröhlich und bedeckte ihren Rücken mit geräuschvollen Küssen, während er sich weiter anzog.

39 Georg

»Was soll denn diese Scheiße jetzt?« Moritz sprang vom Sofa auf. Er griff nach der Whiskeyflasche auf dem Tisch und füllte die Gläser.

»Du erzählst uns hier allen Ernstes, dass du Olivia geschwängert hast? Die Schlampe hat dir das Kind doch angedreht, um dich endlich an sie zu fesseln!«

»Hey, jetzt beruhig dich mal! Sprich gefälligst nicht so über Olivia, du weißt genau, dass sie nicht so eine ist«, mischte sich Konstantin ein, der bisher nur konzentriert zugehört hatte.

»Naja, offensichtlich ja doch! In Zeiten wie diesen gibt es genug Möglichkeiten, um genau sowas zu verhindern. Sie hat es ganz klar drauf angelegt!« Georg saß zwischen seinen Freunden und schwieg. Marleen hatte ihm alles geraubt, was von ihm noch übrig geblieben war, nachdem die Bombe mit Olivias Schwangerschaft geplatzt war. Sie hatte ihn verleitet, ausgelutscht und zurückgelassen wie ein totgefahrenes Wild. Seine Kehle war trocken, also nahm er einen Schluck Whiskey und ließ ihn im Mund herumgleiten. Er betrachtete den Ring an seinem Finger, den er ausnahmsweise trug. Es war Großvaters Ehering und er wusste nicht, warum er ihn ausgerechnet heute angesteckt hatte. Vielleicht weil die Ehe für ihn sinngleich war mit Gefangenschaft. Und er war gefangen, oh Gott, ja das war er. Olivia hatte ihn mit dem Kind angekettet. Marleen hatte ihr Netz gespannt und er war in ihre Fallgrube gestürzt. Niemals zuvor hatte ihn eine Frau so verstört. Als sich ihre Körper vereinigten, wäre er beinahe zusammengebrochen. Das stur eingeübte Zustoßen war einer Trance gewichen.

»Die Pille ist nun mal nicht hundertprozentig, du Schlaumeier, und jetzt tritt gefälligst auf die Bremse, Mo!« Wieder sprang Konstantin für die abwesende Olivia in die Bresche und nahm Mo die Flasche aus der Hand.

»Du hast genug für heute. Warum regst du dich überhaupt so auf? Schließlich ist es nicht dein Problem, dass Olivia schwanger ist.«

»Ja, das würde mich auch interessieren«, meldete sich Georg lahm zu Wort.

Er war noch immer nicht im Reinen mit Konstantin wegen ihres Gerangels in Bezug auf Miriam Lenz. Seine Gedanken waren schon etwas schwerfällig, genauso wie seine Zunge. Er hatte zu viel getrunken, während er Konstantin und Moritz über die Katastrophe informiert hatte.

»Ich rege mich nicht auf, ich bin bloß fassungslos!«, antwortete Mo. »Ihr seid meine besten Freunde und wir haben ein so gutes Leben. Und dann kommt Georg daher und erzählt mal eben nebenbei, dass er ab nun Papa spielen muss. Ich bin ja gespannt, was Jan dazu zu sagen hat.«

»Jan wird es genauso aufnehmen wie jeder normale Mensch. Es geht keinen von uns etwas an. Hier geht es um das Leben eines Kindes, du Penner, und nun Schluss damit. Du tust ja gerade so, als wärst *du* der, der die Konsequenzen tragen muss. Was ist bloß in dich gefahren?« Konstantin wurde langsam sauer. Georg war zwar froh, dass Konstantin das Gespräch statt ihm führte, wunderte sich jedoch ein wenig über die Gelassenheit, mit der er die Nachricht zur Kenntnis genommen hatte. Schließlich hatte Mo nicht Unrecht. So gesehen stand er ganz klar auf dessen Seite. Es wäre aber komisch, wenn er sich jetzt mit Konstantin streiten würde.

»Die Frage muss wohl eher lauten: Was zur Hölle ist in *dich* gefahren? Alles, was bisher zählte – Freiheit, Geld, Luxus, Weiber, Party – soll nun plötzlich nicht mehr wichtig sein? Georg macht hier einen auf Daddy und du spielst dich auf

202

wie ein Heiliger!« Mo hatte anscheinend die Schnauze voll. Alle am Tisch waren angepisst.

»Du musst das verstehen, Mo! Konstantin ist verliebt«, lallte Georg und ärgerte sich über sein eigenes dümmliches Kichern. Er hatte eindeutig zu viel getrunken.

»Was hat denn das nun wieder zu bedeuten?«, fragte Moritz.

»Er ist an einer meiner Kellnerinnen dran. Hat mir letztens im Büro eine Riesenszene gemacht, als ich ihm gesagt hab, dass ich sie demnächst ficken werde.«

»Halt den Mund, Georg. Das interessiert doch keinen, was du da redest und stell verdammt noch mal endlich dein Glas auf den Tisch, es reicht für heute.«

»Ehrlich gesagt, interessiert es mich schon! Was läuft da zwischen dir und dieser Kellnerin?«, fragte Moritz neugierig.

»Das geht euch nichts an!«

»Ach, so weit sind wir nun also. Jeder kocht sein eigenes Süppchen und die besten Freunde haben plötzlich keinen Platz mehr. Mir reicht es für heute mit euch, Jungs. Ich gehe ins Bett.«

»Setz dich wieder hin, du Zicke. Ich meinte ja nur, dass es heute wohl ein wichtigeres Thema gibt, als meine Beziehung zu Mimi.«

»Beziehung?« Ungläubig schüttelten Georg und Mo den Kopf.

»Ja, Beziehung. Na gut, es ist noch ziemlich frisch. Aber was soll ich sagen, diese Frau ist einfach wunderbar. Versaut mir das bloß nicht!«

»Kein Thema, mach was du willst. Es läuft ja sowieso alles den Bach runter«, antwortete Mo und senkte kapitulierend den Kopf. »Aber die Feier nächsten Freitag steht doch, oder?«

»Ja klar, alles wie gewohnt.« Georg konnte sich heute dem eigentlichen Thema des Treffens, dem Planen der Party, nicht mehr widmen. Seine Augen waren schwer. Er wollte nur noch duschen, dann ins Bett und schlafen. Er hatte seinen Körper nach der Begegnung mit Marleen ungewaschen in Kleidung verpackt und war zu Mo gefahren. Wenn er die Augen schloss, schmeckte er sie auf seiner Zunge. Ihr Geschmack war der des Sommers. Saftige Kirschen, pralle Waldbeeren und erdiger Boden. Marleens Geschmack erinnerte ihn an die wenigen glücklichen Stunden seiner Kindheit, in denen er auf Großvaters Grundstück mit dem Mund voller Früchten durch den eben gemähten Rasen lief. Der Geruch des frischgeschnittenen Grases hing in seiner Nase. Heute war es sein Rasen und er roch nichts mehr. Der Gärtner mähte, wenn er arbeiten war und er bezahlte ihn dafür.

Morgen musste er sich im Hotel blicken lassen und sein Pensum erledigen. Sonst würde sein Vater bald wieder mehr Zeit im Parkhotel verbringen und das wollte er auf keinen Fall.

Sein Vater.

Seine Eltern.

Ach du Scheiße, er hatte keine Ahnung, wie die beiden die Nachricht mit dem Kind aufnehmen würden. Er würde Olivia dazu bringen, abtreiben zu lassen. Das Kind musste weg. Schnell leerte er sein Glas und gab Konstantin mit einem Kopfnicken in Richtung Tür zu verstehen, dass es Zeit war, heimzufahren. Er ließ sich von seinem Freund nach Hause bringen. Als er ausstieg, packte ihn Konstantin am Arm und redete eindringlich auf ihn ein.

»Vermassle es nicht, Georg. Du wirst Vater und du wirst das hinkriegen. Das bist du Olivia und dem Kind schuldig. Du wirst dich gefälligst zusammennehmen. Hast du mich verstanden?«

»Dieses Kind wird nicht zur Welt kommen«, antwortete Georg und stieß die Wagentür hinter sich zu.

40 Mimi

»Iiiiih, verdammt noch Mal, Mimi! Sei sofort still! Ich will absolut nichts über den Penis meines Bruders hören.« Greta schüttelte sich angewidert und trank ihr Bier in einem Zug leer.

»Ach hab dich nicht so, ich meinte ja nur, dass er Sachen mit mir anstellt, die ich mir noch nicht mal im Traum ausgemalt hätte.«

»Wer, mein Bruder oder sein Schwanz? Ach was, vergiss es, ich will es wirklich nicht wissen. Themenwechsel, sofort!« Mimi kicherte und kuschelte sich tiefer in Gretas Couch. Sie genoss den gemütlichen Abend mit ihrer Freundin.

Die letzten beiden Tage hatte sie hart gearbeitet. Außerordentlich viele Gäste hatten das Restaurant besucht und sie machte derzeit einige Extrastunden. Morgen hatte sie endlich einen Tag frei und dann waren es nur mehr wenige Tage bis zu Georg Soyers Party. Sie hatte noch immer nicht entschieden, ob sie die Einladung annehmen sollte oder nicht. Auf jeden Fall würde sie in ein paar Läden nach einem neuen Kleid Ausschau halten. Wenn sie hinging, wollte sie zumindest hübsch gekleidet sein.

Würde Konstantin auch dort sein? Er war offensichtlich gut mit ihrem Chef befreundet. Da sie nicht mit Konstantin darüber gesprochen hatte, wann sie sich wiedersahen, wäre dies eine Gelegenheit, ihm über den Weg zu laufen.

»Weißt du eigentlich etwas über die Partys, die Georg Soyer immer wieder gibt?«

»Ist das dieser Hoteldirektor? Der Freund meines Bruders?« Mimi nickte.

»Naja, ich weiß nichts Genaueres. Nur, dass es dort wohl ziemlich abgehen dürfte.«

»Was meinst du mit ziemlich abgehen?« Gespannt wartete Mimi auf Gretas Erzählungen.

»Wie gesagt, ich weiß nicht viel. Ich hab nur am Rande mitbekommen, dass es auf diesen Partys so gut wie keine Regeln gibt. Feines Ambiente mit toller Musik, köstliches Essen, viel Alkohol und bestimmt auch andere berauschende Substanzen. Und offenbar laufen die Nächte immer wieder auf dasselbe hinaus: Eine exquisite kleine Swingerparty. So könnte man es wohl am treffendsten beschreiben.«

»Bitte was?«, schockiert starrte Mimi ihre Freundin an. Swingerparty? Einige ihrer Kolleginnen waren schon dabei gewesen. Das konnte unmöglich stimmen. Oder? Die Mädels in der Arbeit hatten damals komisch reagiert, daran erinnerte sie sich. Das würde zumindest erklären, wieso.

»Naja, ich sagte dir doch bereits, dass die Leute rund um meinen Bruder nicht die Männer sind, die man sich zum Heiraten aussuchen sollte. Mimi, diese Typen haben einen Haufen Geld und jede Menge Ideen, wie sie dieses Geld an den Mann bringen können. Dazu kommt eine latente Unzufriedenheit über die starre Gesellschaft und deren Prüderie. Sie wollen sich abheben, wollen frei sein und um Himmels Willen nicht so enden wie ihre Eltern. Warum willst du das überhaupt wissen?«

»Am Freitag steigt die nächste Party.«

»Und Konstantin will dich dahin mitnehmen?«, fragte Greta erschrocken.

»Nein!« Mimi schüttelte den Kopf. »Georg Soyer hat mich eingeladen.«

»Oh! Das ist ja mal ein Ding. Was sagt Konstantin dazu?«

»Nichts, wir haben nicht darüber gesprochen.«

»Überlege dir bitte gut, ob du zu diesem Club gehören möchtest. Das ist eine ganz andere Szene.«

»Aber wenn ich will, dass die Sache mit Konstantin ernst wird, dann muss ich doch wissen, wie die aussieht, oder?«

206

»Ich habe keine Ahnung, inwieweit er da mit drinnen steckt. Vielleicht solltest du Konstantin erst mal richtig kennenlernen.«

»Das will ich ja. Trotzdem reizt es mich, mir die Party genauer anzusehen. Vielleicht sind das ja alles bloß Gerüchte und es wird nur ganz normal gefeiert.«

»Kann ich mir nicht vorstellen, aber bitte. Finde es raus! Aber Mimi, ganz ehrlich, ich bin über das Privatleben meines Bruders nicht gut informiert. Ich weiß nicht, welche Rolle Konstantin bei diesen Partys spielt. Das sind keine Themen, die wir bei unseren Treffen zum Mittagessen besprechen. So wie es scheint, dürfte er dich ziemlich gut finden. Ob er dich will, ob er nur dich will, ob er mit vielen Frauen schläft oder sonstige spezielle Neigungen hat, weiß ich leider nicht.«

Gretas Worte hatten Mimi getroffen. Sie wusste nicht wieso, denn sie redete sich doch ohnehin die ganze Zeit ein, dass Konstantin nicht zu ihr passte, oder besser gesagt, sie zu ihm. Sie fühlte sich müde und ausgelaugt, als sie die eine Etage zu ihrer Wohnung hinaufschlurfte. Vor Greta hatte sie behauptet, sie habe Kopfschmerzen. Doch in Wahrheit wollte sie nur allein sein. Der Abend war amüsant gewesen. Sie hatte über Konstantin geschwärmt, hatte tausend Schmetterlinge im Bauch gespürt, als sie die Lightversion ihrer gemeinsamen Zeit erzählt hatte. Sie hatte sich eindeutig in Konstantin verliebt.

Und was jetzt?

Sie steckte den Schlüssel zu ihrer Wohung in die Tür. Da fiel Mimis Blick auf etwas, das unter ihrer Fußmatte hervorlugte. Sie bückte sich und zog einen dunkelblauen, festen Umschlag hervor. Darauf stand nichts. Sie öffnete ihn rasch und es kam ein schlichter zusammengefalteter Papierbogen zum Vorschein. Neugierig strich sie die Seite glatt und las:

Direkt vor der Eingangstür steht ein Taxi. Zieh dir bequeme Kleidung an, pack ein paar Sachen zusammen und steig in den Wagen. Ich möchte, dass du die Nacht bei mir verbringst! Konstantin

Mimis Hände zitterten. Sie starrte auf die in geschwungener, aber maskuliner Handschrift verfassten Worte. Schweiß sammelte sich auf ihrer Stirn und sie sah auf die Uhr. Es war neun Uhr abends. Wie war der Brief hierhergekommen? Hatte ihn Konstantin hier platziert? War er hier gewesen, um sie zu besuchen? Warum hatte er nicht nach seiner Schwester gesehen? Wahrscheinlich war er gar nicht selbst hier gewesen, um den Umschlag abzulegen. Oder etwa doch? Und wie lange wartete der Fahrer des Taxis schon auf sie? Greta und Mimi hatten bestimmt drei Stunden herumgelungert.

Sie überprüfte vom Fenster aus die am Bordstein parkenden Autos. Und tatsächlich stach ihr ein dunkler Wagen mit unbeleuchtetem Taxischild am Dach direkt vor der Haustür ins Auge. Was sollte sie nun machen?

Natürlich wollte sie zu Konstantin. Jede Faser ihres Körpers sehnte sich nach ihm. Mimis Herz klopfte wie wild. Sie hetzte durch die kleine Wohnung, besann sich wieder und setzte sich kurz. Sie hatte keine Ahnung, wo und wie Konstantin lebte. Sollte sie sich wirklich in ein Taxi setzen und an einen unbekannten Ort chauffieren lassen? Das konnte sie bei aller Verliebtheit nicht zulassen.

Wie der Blitz raste Mimi wieder die Stufen im Treppenhaus hinunter und klingelte bei Greta Sturm. Wortlos hielt sie ihr Konstantins Nachricht unter die Nase und starrte sie erwartungsvoll an. Sie sah zu, wie Gretas Augen über die Zeilen huschten. Ihre Freundin hob den Kopf, grinste breit.

»Oh, wie süß. Fragst du mich um Erlaubnis, ob du die Nacht mit meinem Bruder verbringen darfst? Spaß beiseite. Er

208

wohnt etwa zwanzig Minuten von hier entfernt in einer riesigen Dachgeschosswohnung, falls es das ist was du wissen willst. Und ja, das ist eindeutig Konstantins Handschrift.«

»Danke!«

»Auf, auf in die starken Arme deines Lieblings mit dem riesigen Penis! Ich hoffe, er kann deine Kopfschmerzen lindern«, setzte Greta süffisant hinterher, doch Mimi hörte gar nicht mehr richtig zu. Sie raste die Stufen wieder hoch und warf, nach Luft ringend, wahllos ein paar Kleidungsstücke, ihr Kosmetiktäschchen, einen Kamm und ihre Zahnbürste in eine kleine Tasche. Sie duschte kurz, zog sich eine Jeans und ein Shirt über, schlüpfte in die Stiefel und griff beim Hinauseilen aus der Wohnung nach der Jacke.

Ihr Herz hämmerte vor Aufregung. Sie öffnete die hintere Tür des Taxis und kletterte in das Innere des Wagens. Jetzt gab es kein Zurück mehr.

Sie würde die Nacht bei ihm verbringen.

»Wir sind da!« Der Fahrer wollte weder ihr Geld noch Mimis Dank. Er wollte einfach nur, dass sie ausstieg. Mimis Hände zitterten. Der Wagen hatte am Straßenrand vor einem modernen Mehrparteienhaus in einer der besten Wohngegenden der Stadt gehalten. Der gepflasterte Weg war gepflegt und eine Reihe niedriger Bäume säumte den Pfad zum Gebäudeeingang.

Ein Eingangstor, keine Tür. Es handelte sich tatsächlich um ein schmiedeeisernes, schweres und vor allem altes Tor, das so gar nicht als Zugang zu dem modernen Wohnkomplex passte. Mit ihrer Tasche in der Hand eilte Mimi den Weg hin zu diesem Tor. Erst beim letzten Drittel des Weges entschleunigte sie ihre Schritte und versuchte, ihre Atmung zu normalisieren.

Am Tor stellte sie fest, dass die Namensschilder fehlten. Die einzelnen Klingeln waren durchnummeriert. Sie war schon drauf und dran, nach ihrem Handy zu kramen. Da fiel ihr Blick auf eine große goldene Glocke. Kurz nachdem sie diese zaghaft betätigt hatte, schwang das Tor automatisch auf und sie hatte freie Bahn hinein in eine beeindruckende Lobby.

Der steinerne Boden wirkte kühl und bildete einen heftigen Kontrast zu den modern getäfelten Wänden und dem gläsernen Aufzug. Im rückseitigen Teil des Eingangsbereichs entdeckte Mimi eine kleine Theke, hinter der ein Mann saß und sie fragend ansah. Da sie nicht wusste, wie sie sonst zu Konstantin kommen sollte, bewegte sie sich angespannt auf ihn zu.

»Guten Abend!«, sagte der Mann kühl.

Sein abschätziger Blick fiel zuerst auf ihre kleine Tasche, dann taxierte er sie von unten nach oben und hielt seine Augen schließlich auf ihr Gesicht gerichtet.

»Hallo! Ich bin ..., ich habe einen Termin mit Herrn Wagner. Konstantin Wagner. Mein Name ist Miriam Lenz«, stotterte Mimi vor sich hin. Oh Gott, war das peinlich.

»Moment bitte!«, erwiderte ihr Gegenüber und griff zum Telefon. »Guten Abend, Herr Wagner. Ihr Termin Miriam Lenz ist eingetroffen ... Ja, ich verstehe. Danke. Gute Nacht!« Der Mann trat hinter dem Tresen hervor und nahm Mimi, ohne zu fragen, die kleine Reisetasche aus der Hand.

»Folgen Sie mir bitte, Frau Lenz!« Sie eilte ihm hinterher in Richtung Lift. Als die Fahrstuhltüren aufglitten, ließ er Mimi den Vortritt. Dann bestieg er die Kabine ebenfalls und tippte eine lange und komplizierte Zahlenabfolge in ein Touchpad. Die Türen schlossen sich lautlos und sie setzten sich in Bewegung. Sie zählte fünf, sechs, sieben Stockwerke, bevor die Fahrt zu Ende war.

»Ich wünsche Ihnen einen schönen Abend, Frau Lenz!«, verabschiedete sich der arrogante Thekenmann trocken und drückte ihr die Tasche in die Hand. Mimis Stichwort, den Aufzug zu verlassen. Sie rief noch rasch ein verwirrtes »Danke« in seine Richtung, während die Türen schon wieder dabei waren, sich zu schließen. Etwas verloren stand Mimi im Flur und fixierte die einzige Tür, die sich auf der Etage befand. Wie von alleine öffnete sie sich in diesem Moment und eingetaucht in warmes Licht, das aus den dahinterliegenden Räumen drang, trat Konstantin in den Rahmen.

Mimi bekam weiche Knie. Er trug nichts als eine lässige Jeans. Sein Oberkörper war völlig nackt. Seine Tätowierungen, die in vollen, kräftigen Schwüngen vom Rücken über die Schultern in Richtung Brust und Oberarme ausliefen, drängten sich in ihr Blickfeld. Es sah aus, als würde ihn von hinten ein Krake in seine eiserne Umarmung ziehen.

In den wenigen Momenten, in denen sie Konstantin nackt gesehen hatte, war sie wohl zu aufgeregt gewesen, um sich ein genaues Bild davon zu machen. Doch diesmal fesselte sie dieser Anblick. Sie konnte sich nicht von ihm abwenden, wie er dort stand … Die Hände steckten, wie so oft, in den Hosentaschen, was seine Muskeln hervorhob. Sein gesamter Oberkörper wirkte zwar nicht übertrieben trainiert, aber sportlich.

»Hallo, bezaubernde Mimi!« Die Worte waren süß wie Schokolade, doch sein unnahbarer und gefährlicher Ton elektrisierte sie. Mimi konnte es kaum abwarten, sich in die Gefahrenzone zu begeben.

»Schön, dich zu sehen.« Konstantins Stimme war nicht mehr als ein Raunen. Er stand wie ein Raubtier vor ihr, das die Witterung seiner Beute aufgenommen hatte. Mimi schritt langsam auf ihn zu. Die breiten Schultern warfen Schatten auf den Boden vor ihm. Sie hielt im Rahmen dieser Dunkelheit an und hob ihren Kopf, um ihm ins Gesicht sehen zu können.

»Hi«, krächzte sie und versuchte ein zaghaftes Lächeln. Ihre Nervosität war zum Greifen. Mit beiden Händen umklammerte sie ihre Tasche und hielt sie schützend vor ihren Bauch. Doch die Barriere zwischen ihren Körpern überwand Konstantin mühelos, indem er ihr die Tasche abnahm und hinter sich auf den Boden des Flurs stellte. Keine Sekunde später hatte er sich wieder in voller Größe vor ihr aufgebaut. Er ließ seinen Blick über sie streifen. Wie ein Gemälde betrachtete er sie von Kopf bis Fuß. Es schien, als würde er sich fragen, was der Künstler mit diesem Werk aussagen wollte. Doch bevor Mimi seinen Blick als unangenehm empfand, zog er sie an sich.

»Du bist so wunderschön«, flüsterte er in ihr Ohr. Sie seufzte leise auf. Seine Hände streichelten zart über ihren Rücken, doch gleichzeitig hielt er sie fest an sich gedrückt. Sie konnte sich kaum bewegen.

»Komm rein!«

41 Greta

Mimi verschenkte sich Stück für Stück an Konstantin. Dagegen war nichts zu machen, gegen die Liebe war man machtlos. Sie war verliebt und versuchte, alles von dem Gefühl in sich aufzunehmen. Zu Recht. Mimi musste ihre eigenen Erfahrungen machen. Es stand Greta nicht zu, sie über die Gefahren aufzuklären. Allen voran die Gefahr, sich dem Rausch hinzugeben und von einem Moment auf den anderen alles zu verlieren.

Sie wusste genau, was ihre Freundin gerade empfand, und versuchte mit aller Kraft, sich mit ihr zu freuen. Hoffentlich hatte sie Mimi mit ihrer Zurückhaltung nicht enttäuscht. Es war gar nicht Gretas Absicht, schlecht über Konstantin zu sprechen und Mimi damit zu entmutigen. Ja, er und seine Freunde waren schon eine eigene Gattung. Sie genossen das Leben, soweit es ihnen im engen Korsett ihrer tief verbuddelten Probleme möglich war. Aber ihr Bruder war toll. Er war ganz offensichtlich in Mimi verknallt und sie gönnte es den beiden, wenn sie miteinander glücklich wurden. Mimi passte perfekt zu ihm. Konstantin war ein guter Mensch und Mimi war es auch. Außerdem war Mimi stärker, als sie dachte. Wenn sie das einmal verstanden hatte, würde sie ihn in der richtigen Lebensspur halten.

Aber Gretas Schmerz brachte sie dazu, die beiden beschützen zu wollen. Sie wollte ihnen all das Leid ersparen, das sie oder ihn einmal ereilen würde. Die wahrhaftige Liebe kommt und irgendwann geht sie wieder. Das war ein Naturgesetz, doch niemand anderer schien das zu verstehen. Diese Ignoranz der Menschen ließ Greta oft verzweifeln. Aber es stand ihr nicht zu, sich einzumischen. Mimi war erwachsen. Konstantin auch.

Die Liebe war immer stärker als alles andere. Man genoss die Melancholie, mit der man den eigenen Kontrollverlust hinnahm oder gar willkommen hieß und zuckte nur dümmlich grinsend mit den Schultern. Man stürzte sich unbedacht in das große Abenteuer, in diese Liebe, die einen so kompromisslos vereinnahmte.

Für die beiden brach eine Zeit an, die vor Spannung und Erwartungen nur so knisterte. Nichts war mehr so wie vor der Begegnung mit dem einen besonderen Menschen. Der großen Liebe.

Marco.

Als er in ihr Leben getreten war, hatte plötzlich alles einen Sinn. Er holte den Menschen aus ihrem Innersten hervor, der sie wirklich war. Er filterte die Essenz aus der verborgenen Tiefe und vermehrte diese, bis sie nur noch in ihrer Reinform bestand.

Die Frage, ob sie sich darauf eingelassen hätte, wenn ihr bewusst gewesen wäre, dass er sie verlassen würde, brauchte sie sich nicht zu stellen. Ihr war keine Wahl geblieben.

Mimi hatte auch keine Wahl. Greta hätte sie nicht verunsichern dürfen. Es tat ihr leid, dass sie sich nicht zurückgehalten hatte. Als Freundin hätte Mimi mehr von ihr erwarten dürfen.

Aber sie würde hoffentlich da sein, falls alles zerbrach und Mimis Leben in tausend Scherben vor ihr lag. Sie würde ihre Freundin halten und für sie da sein.

Greta hatte niemand gehalten, als der Schmerz sie umbrachte. Sie wusste nicht, ob es einen Unterschied gemacht hätte.

Das, was sie aufrichtete, war die Gewissheit, dass sie nun unsterblich war. Denn man konnte nicht zweimal sterben. Niemals wieder würde sie das fühlen, was sie gefühlt hatte. Das war eine Befreiung. Die Liebe kommt und wenn sie geht, dann mit dem Versprechen, nicht mehr zurückzukommen. Nie wieder musste sie diesen Schmerz erfahren. Ein kleiner Silberstreifen am Horizont, der ihr Mut machte.

214

Die Männer, die sie getroffen hatte, seit Marco weg war, lagen auf ihr oder unter ihr. Sie berührte ihre Körper, fühlte die Hände auf ihrer Haut, ließ sie in sich eintauchen. Ob sie Gefühle investierten oder nicht, interessierte Greta nicht. Sie war ganz darauf konzentriert, der Lust einen Höhepunkt zu verschaffen. Dann ging sie wieder. Es gab nichts zu sagen. Ihr Körper hatte keine Stimme, die nach außen drang. Er sprach nur zu ihr, wenn er Befriedigung suchte. Niedrige Beweggründe trieben sie in fremde Betten. Ihre Unsterblichkeit trieb sie zurück in ihr totes Leben.

42 Georg

»Verschieben Sie den morgigen Termin mit meinem Vater und Olivia soll in mein Büro kommen«, schmetterte Georg seiner Sekretärin im Vorbeigehen entgegen. Er war unausgeschlafen, ein bisschen verkatert und musste schleunigst einen Kaffee trinken, bevor er sich der Arbeit widmen konnte.

»Alles klar!«

Georg saß mit dem heißen Kaffee kaum auf seinem Drehstuhl, schon klopfte es an die Tür. Wenn Olivia die Anrufe nicht entgegennahm, musste er sie als Hoteldirektor zu sich bestellen. Sie betrat zaghaft sein Büro.

»Hallo Olivia, wie geht es dir?«

»Gut, danke.«

»Nimm bitte Platz.« Georg deutete auf die Besuchersessel und richtete sich selbst im Drehstuhl auf. Die Stunde der Wahrheit war angebrochen. Hier in diesem Büro würde sich seine Zukunft entscheiden. Jetzt und in den kommenden Augenblicken. Olivia würde über sein Leben bestimmen. Er hatte sie in sein Büro bestellt, weil er sich hier sicher fühlte. Nein. Noch wichtiger, er wusste Olivia in Sicherheit. Das Ganze hatte einen offiziellen Charakter. Sie würde seine Argumente anhören, sich in diesem Raum daran erinnern, dass er immer noch ihr Chef war. Sex und Kind hin oder her. Er war der, der die Regeln machte.

»Olivia, ...«

»Ich werde das Kind behalten, Georg.« Ihre Stimme war ruhig, aber klar, als sie ihn unterbrach. Sie hatte sich vorbereitet und war bereit für dieses Balg in den Kampf zu ziehen. Verdammte Scheiße nochmal. Georgs rechte Schläfe pochte und er legte sanft zwei Finger an die Stelle, um die darunterliegende Ader zu besänftigen.

216

»Lass uns in Ruhe darüber sprechen«, meinte er und bemühte sich, besagte Ruhe auszustrahlen.

»Es gibt nichts zu besprechen. Ich werde das Kind bekommen.«

»Wie zum Teufel stellst du dir das vor? Hast du dich absichtlich von mir schwängern lassen?«, brüllte er und sprang vom Stuhl hoch. Das war es also mit der Ruhe.

»Wie bitte? Das kannst du doch nicht ernst meinen, Georg!« Olivia starrte ihn an. Ihre Augen waren geweitet und ihre Hände umklammerten die Armlehnen so fest, dass ihre Fingerknöchel weiß hervortraten.

»Ich weiß nicht, was ich davon halten soll. Jahrelang funktioniert alles tadellos zwischen uns und plötzlich kommst du an und erzählst mir, dass du ein Kind von mir bekommst. Entschuldige, wenn ich dabei nicht in Freudentränen ausbreche. Verdammt noch mal, Olivia, du weißt genau, dass das nichts für mich ist. Du willst mich an dich fesseln und greifst zu solchen Mitteln.«

»Ich weiß nicht, was ich sagen soll. So denkst du über mich? Das traust du mir zu?«

»Ja. Ich traue dir alles zu, Olivia. Du bist in mich verliebt und kannst es nicht ertragen, dass ich mich nicht binden will. Du hast das wahrscheinlich lange geplant und nun überraschst du mich mit dieser Nachricht. Was hast du denn erwartet? Dass ich, nachdem ich den ersten Schock verdaut habe, draufkomme, dass es genau das ist, was ich mir gewünscht habe? Ein Kind mit irgendeiner Rezeptionsschlampe? Hast du das gedacht? War das dein toller Plan?« Georg schrie. Er schrie so laut, dass sich seine Stimme überschlug.

Olivia erwiderte nichts. Sie schaute ihn nur fassungslos an und war blass. Wahrscheinlich sah sie endlich ein, was für einen Riesenfehler sie gemacht hatte. Niemand legte sich mit Georg Soyer an und niemand versuchte, ihn auszutricksen.

Wo kämen wir denn da hin, wenn sich jede und jeder einfach nehmen würde von ihm, was sie oder er gerade wollte? Das war doch ein Witz.

»Hat es dir die Sprache verschlagen? Ich sage dir jetzt, wie es läuft. Du wirst dieses Unglück aus der Welt schaffen und danach machen wir so weiter wie bisher. Wir werden die Sache vergessen und ich werde versuchen, dir zu verzeihen. Aber wenn du denkst, dass ich ihn dir noch einmal ohne Gummi reinstecke, dann hast du dich getäuscht. Du hast mein Vertrauen missbraucht, Olivia. Das kann ich nicht vergessen.«

Sie war einfach aufgestanden und gegangen. Ihr war bewusst geworden, was für einen Mist sie gebaut hatte und würde sich jetzt überlegen, wie sie das wieder ausbügeln konnte. Sie würde das Kind nicht wollen, wenn er nicht hinter ihr und dem Baby stand. Und das hatte er ihr ja nun eindeutig klargemacht.

Georg nippte zufrieden an seinem Kaffee. Die Dinge würden sich in den nächsten Tagen von alleine klären. Vielleicht schon vor Freitag. Das würde einen guten Anlass abgeben, um die Party mal wieder ordentlich eskalieren zu lassen. Nochmals mit einem blauen Auge davongekommen, rein in das alte Leben. Er grinste angesichts dieses stillen Mottos und griff nach dem Telefonhörer, um einen eingehenden Anruf entgegenzunehmen.

»Parkhotel, Georg Soyer. Guten Tag!«, rief er für seine Verhältnisse fröhlich hinein.

»Du sollst zuerst grüßen und dann erst den Hotelnamen und deinen eigenen sagen. Wie oft soll ich dir das noch erklären? Die Leute hören nicht sofort zu, wenn man abnimmt. Sie brauchen einen Augenblick lang, um die Stimme wahrzunehmen. Der Gruß dient der Vorbereitung.

218

Guten Tag im Parkhotel, Georg Soyer. Geht das irgendwann in deinen versoffenen Schädel?«

»Vater, ich ...«

»Halt den Mund. Ich hasse es, wenn ich dir alles hundert Mal erklären muss. Kriegst du denn gar nichts von alleine auf die Reihe?«

»Was willst du?« Georg gab sich alle Mühe, um sich zu beherrschen. Er biss sich angesichts des frontalen Angriffs auf die Zunge.

»Pamela hat den morgigen Termin abgesagt. Warum?«

»Ich kann morgen nicht.«

»Was ist denn so wichtig?«

»Das geht dich nichts an, ich kann einfach nicht. Ich habe Termine.«

»Du wirst deine Termine absagen, ich bin um halb drei bei dir, wie vereinbart. Verdammt nochmal, reiß dich zusammen, du Möchtegern-Direktor«, knurrte Robert Soyer und legte einfach auf. Angewidert drosch Georg den Hörer auf den Apparat und sank im Stuhl zusammen. Seine Hände lagen auf den Oberschenkeln. Die Finger befühlten den glatten Stoff der Anzughosen. Immer wieder strich er mit den Spitzen über die Fasern, bis sie angenehm kribbelten. Er lenkte den Blick darauf und er blieb am Ring seines Großvaters hängen. Schnell nahm er ihn ab und schloss ihn in der Schreibtisch- schublade ein. Dann griff er erneut zum Hörer und drückte die Kurzwahl von Pamela.

»Rufen Sie meinen Vater nochmals an und sagen Sie ihm, dass ich morgen nicht kann. Lassen Sie sich etwas einfallen, damit er es schluckt. Ich will ihn nicht sehen. Kriegen Sie das hin?«

»Natürlich, kein Problem«, antwortete Pamela. Sie hatte bestimmt alles vom Gespräch mit Olivia mitbekommen, ließ sich aber nichts anmerken.

219

43 Mimi

Eingehüllt in eine cremefarbene Kaschmirdecke saß Mimi in einem Korbsessel auf der verglasten Dachterrasse eines Stadtcafés. Die Wintersonne schien heute besonders hell. Sie schloss die Augen und fühlte sich rundum wohl. Dieser Moment war schlichtweg perfekt. Neben ihr lungerte Konstantin in einem Liegestuhl und tippte unaufhörlich auf seinem iPhone herum.

Als sie gegen Mittag aufgestanden waren, hatte er ihr gestanden, dass er am Nachmittag ein paar E-Mails verschicken müsste. Sofort war Mimi aufgesprungen und hatte sich angezogen, um nach Hause zu fahren. Doch er hatte sie beschwichtigt, sie unter die Dusche geschoben und sie danach in dieses schicke Lokal entführt. Im Anschluss an ein gemeinsames Mittagessen hatte er ihr einen MP3-Player sowie ein paar Zeitschriften bringen lassen und sich auf seine E-Mails gestürzt.

Nun saß Mimi seit etwa einer Stunde hier und tankte die warmen Sonnenstrahlen. In ihrem Ohr lief leise Loungemusik und sie wünschte, sie könnte diese innere Ruhe und Zufriedenheit, die sie umfing, konservieren. Ihre Gedanken wurden kurz von der Tatsache überschattet, dass in wenigen Tagen Weihnachten war. Sie würde zum ersten Mal seit ihrem Start im Hotel zwei Wochen Urlaub haben und darüber freute sie sich nicht mal sonderlich. Zuerst war es für sie völlig klar gewesen, dass sie Weihnachten zuhause verbringen würde. Man machte es eben so. Wenn man keine eigenen Kinder hatte, verbrachte man die Feiertage zuhause bei den Eltern. Oder bei dem, was davon übrig geblieben war. Sie fühlte sich dazu verpflichtet, die freien Tage ihrer Familie zu widmen, sich ihrer Mutter und Alex zu stellen. Doch je näher ihr

Urlaub heranrückte, desto unbehaglicher wurde ihr bei dem Gedanken.

Ihr Leben hier war perfekt. Sie mochte ihren Job, fühlte sich in ihrer Wohnung wohl. Greta war hier, und Konstantin war hier. Sie hatte keine Ahnung, welche Pläne er für die Feiertage hatte. Mimi wollte ihn auch nicht fragen. Es erschien ihr zu früh, sich danach zu erkundigen, denn schließlich hatte sie keinerlei Anspruch auf solche Informationen. Vermutlich würde er die Tage bei seiner Familie verbringen, so wie jeder andere Mensch. Schnell schob sie die Gedanken an Weihnachten beiseite und versuchte, sich wieder diesem himmlischen Ambiente zuzuwenden.

Die Nacht mit Konstantin war außergewöhnlich gewesen. Sie hatte sich ihm hingegeben und er hatte sie so dermaßen vereinnahmt, dass sie zwischendurch nicht sicher war, ob sie am Tag darauf überhaupt noch als eigenständige Person existieren konnte. Konstantin verzauberte sie, indem er unberechenbar agierte. Er fasste sie an, als wäre sie das Kostbarste, das er je in Händen gehalten hatte, schonte sie aber nicht.

Sie stieß an ihre Grenzen und wusste dennoch, dass das, was er bisher von sich gezeigt hatte, erst ein Bruchteil dessen war, was ihn ausmachte. Er würde sich vorantasten und sie fordern. Diese Aussicht machte Mimi nervös, aber auch unglaublich neugierig. Sie konzentrierte sich auf das Gefühl zwischen ihren Beinen. Sie bemerkte, dass die Nacht ihre Spuren hinterlassen hatte. Doch der zarte Schmerz in Verbindung mit den winterlichen Sonnenstrahlen, die ihre Nasenspitze kitzelten, zauberten ihr ein Lächeln ins Gesicht.

»Bringen Sie uns bitte zwei Latte Macchiato und Gebäck!«, sagte Konstantin zu dem Kellner, der immer wieder diskret seine Runden auf der Terrasse drehte. Die wenigen Tische waren alle besetzt, standen aber weit genug voneinander entfernt, um sich ungestört zu fühlen.

»Natürlich, Herr Wagner.« Schnell schwirrte der Kellner ab. Konstantin steckte sein Handy weg.

»Fertig gearbeitet?«, fragte Mimi.

»Ja, fürs Erste«, antwortete Konstantin grinsend und rückte seinen Liegestuhl dicht an ihren Sessel heran. »Die Tatsache, dass eine so wunderschöne Frau hier neben mir sitzt, von der ich zufälligerweise auch noch weiß, wie fantastisch es sich anfühlt, wenn man in sie eindringt, lenkt mich ein wenig ab.«

»Konstantin!« Empört schaute sich Mimi um, doch die anderen Besucher waren in ihre eigenen Unterhaltungen vertieft und schienen von der nicht gerade leisen Bemerkung nichts mitbekommen zu haben. Konstantin lachte jungenhaft auf und griff nach Mimis Hand. Seine Augen waren geschlossen, sein Gesicht der Sonne zugewandt.

Verstohlen betrachtete sie den Mann neben sich. Er war so attraktiv. Seine warme, trockene, weiche Hand umschloss die ihre. Sie wagte nicht, sich zu bewegen, denn dieser Moment sollte für immer andauern. Er hielt aber nur solange an, bis der Kellner mit dem Kaffee und einigen süßen Kleinigkeiten an ihren Tisch zurückkehrte.

»Was machst du am Wochenende?«, fragte Konstantin.

»Ich weiß nicht ...« Mimi bewegte sich auf unsicherem Terrain. Am Freitag war Georg Soyers Party und sie war sich mittlerweile sicher, dort hingehen zu müssen. Sonst würde sie vor Neugier umkommen. Doch wie sah Konstantin das? Schließlich waren er und Georg befreundet und aller Wahrscheinlichkeit nach würde auch er auf die Party gehen.

Fragend und mit hochgezogenen Augenbrauen sah ihr Konstantin ins Gesicht. Er hatte ihre Unsicherheit bemerkt und wartete auf eine Antwort.

222

»Ich bin auf Herrn Soyers Party am Freitag eingeladen und überlege, hinzugehen«, gab Mimi schließlich kleinlaut zu und rührte stoisch in ihrem Milchkaffee.

»Herr Soyer? Du nennst ihn Herr Soyer?«, prustete Konstantin und biss in ein Nusskipferl.

»Natürlich nenne ich ihn Herr Soyer, er ist schließlich mein Vorgesetzter«, erwiderte sie patzig. Mimi ärgerte sich.

»Jaja, egal. Also, zum Thema Party: Du wirst nicht hingehen.« Konstantin ließ dies mit einer solchen Selbstverständlichkeit verlauten, dass sie wütend wurde.

»Wie bitte? Natürlich gehe ich hin, das ist schließlich meine Entscheidung! Woher nimmst du dir das Recht, mir vorzuschreiben, was ich tun darf und was nicht? Ich bin alt genug, zu machen was ich will und du hast keinerlei Mitspracherecht. Ich glaube es ja nicht!«

»Beruhige dich! Ich meine ja nur, dass dies nicht der richtige Ort für dich ist. Mimi, das ist keine Firmenfeier mit belegten Brötchen und einem Gläschen Sekt.«

»Das habe ich auch schon gehört«, antwortete Mimi trotzig.

»Und wieso willst du dann unbedingt dorthin?«, fragte er und musterte sie neugierig. Der Blick aus seinen eisblauen Augen bohrte sich in ihr Gesicht. Sein Ausdruck war neutral, aber nicht ungefährlich.

»Weil ich eingeladen wurde und ich gespannt bin, was es mit diesen berühmten Partys auf sich hat«, gab sie ehrlich zurück. Eine Zeit lang sagte keiner etwas. Aber dann ergriff Konstantin erneut das Wort.

»Na schön, wir beide werden gemeinsam hingehen.«

»Was?«, stieß Mimi verwundert hervor.

»Wenn du schon auf diese Party gehen willst, dann wirst du mit mir dort auftauchen, die ganze Zeit über in meiner

Nähe bleiben und sie mit mir wieder verlassen. Verstanden?«
So lässig wie möglich zuckte Mimi mit den Schultern.

»Wenn ich zumindest alleine pinkeln gehen darf, okay.«

»Das werde ich spontan entscheiden«, schlug Konstantin selbstgefällig grinsend zurück.

44 Georg

»Wann sehe ich dich wieder?«

»Wer weiß ...«

»Marleen, bitte. Ich muss es wissen.«

»Ich melde mich.«

»Nein, bitte, leg nicht auf. Gib mir deine Nummer oder sag mir zumindest, wann wir uns wieder treffen.«

»Heute Abend.« Georg machte eine Pause. Heute sollte die Party steigen. Die konnte er nicht absagen. Ganz unmöglich. Auch wenn er es kurzzeitig ernsthaft in Erwägung zog.

»Heute Abend habe ich was vor. Aber morgen ...«

»Ich melde mich«, wiederholte sie. Und dann war die Leitung tot. Welches teuflische Spielchen zog diese Frau mit ihm ab? Georg stand in seinem Wohnzimmer und starrte auf das Telefon in der Hand. Er öffnete die Anruflisten nur, um festzustellen, was er ohnehin wusste. Sie rief ihn immer mit unterdrückter Nummer an. Er hatte keine Chance, sie zu erreichen. Dabei wollte er sie anrufen können. Das war eine unglaubliche Dreistigkeit, die sie hier mit ihm abzog. Er würde sie abservieren. Das musste aufhören. Er konnte sich das von so einer dahergelaufenen, eingebildeten Schnepfe nicht bieten lassen. Schließlich war er Georg Soyer und er machte die Regeln. Hätte er sie bloß nie getroffen.

Wenn es sich nicht so gut anfühlen würde, von ihr geküsst zu werden. Ihm war so warm geworden, als sie sich auf ihn gesetzt hatte und er sich in ihren schmalen Körper versenken konnte. Er hatte nicht mit ihr geschlafen, *sie* hatte *ihn* gefickt. Und genau so fühlte er sich seither. Er war der Gefickte. Bei keiner anderen Frau hatte er jemals das Bedürfnis verspürt, sich zu melden. Außer, wenn er eines seiner Püppchen, wie Olivia, zu sich bestellte.

Olivia. Sie hatte sich nicht mehr gemeldet und auch im Hotel war sie ihm nicht mehr über den Weg gelaufen. Offenbar hatte sie die Schichten so gelegt, dass sie sich nicht begegneten. Vielleicht hatte sie die Abtreibung schon machen lassen und baute Überstunden ab. Er hatte jedenfalls keine Krankmeldung in der Hauspost gesehen.

Nur noch wenige Stunden bis zur Party. Er musste sich zusammenreißen. Die Schubladen in seinem Kopf quollen über, waren unsortiert und ließen sich nicht mehr ordentlich schließen. Den letzten Termin bei Frau Doktor hatte er ausfallen lassen. Nicht, weil er keine Zeit oder keine Lust hatte. Ihm war einfach danach, sie zu nerven. Er stellte sich vor, wie sie zuhause saß und über seinen Zustand grübelte, sich Vorwürfe machte, sich bei Kollegen rückversicherte, dass sie nichts falsch gemacht hatte, als er die Baby-Bombe platzen ließ. Es war ihm eben eine Freude, sich ihre Nervosität vorzustellen und ihr Hadern mit der Entscheidung, ihren Job an den Nagel zu hängen.

Georg stellte sich vor, wie sie und seine Mutter an einem Tisch saßen. Frau Doktor Psycho und Frau Direktor Bastelmaus. Wie sie sich gegenseitig Katzenhaare und Klebstoffreste aus den Fasern ihrer teuren Fetzen zupften und gekünstelt auflachten, wenn eine von ihnen furzte.

»Ach Mann, wieder verloren! Ich brauche eine Glücksfee. Sarah, komm zu mir!« Der Whiskey hatte seine Wirkung gezeigt. Georg wischte die Geldscheine über den Tisch in Richtung Mo und mischte die Karten neu. Er hatte heute kein Glück beim Pokern. Aber er stellte mit Zufriedenheit fest, dass seine Hände nicht mehr so zitterten, wie heute Nachmittag. Der Alkohol war von Anfang an in rauen Mengen seine Kehle runtergeflossen. Die Menschen rund um ihn dürften ebenfalls schon gut bedient sein, soweit er das beurteilen konnte. Es würde eine besonders ausschweifende Nacht werden.

Georg genoss die Leere, die sich in seinem Kopf ausbreitete. Die chaotischen Schubladen darin waren hinter den Alkoholnebel getreten. Er nahm einen weiteren großen Schluck aus dem schweren Glas und knallte es auf den Tisch. Sarah setzte sich neben ihn und er mischte die Karten erneut. Ihr Rock war zu kurz, ihr Haar war zu blond und ihre Fingernägel waren zu lang. Aber daran würde er sich heute Abend nicht stoßen. Das Zimmermädchen hatte ihm schon beim Vorstellungsgespräch klargemacht, dass sie nicht nur den Dreck anderer Menschen wegmachen konnte. Seither bemühte sie sich immer wieder, Georgs Aufmerksamkeit zu erregen. Selbst wenn sie beim Vorstellungsgespräch übertrieben hatte, in ihm lauerte eine Menge Dreck, um den sie sich kümmern konnte.

Ihre Augen hatten triumphierend aufgeblitzt, als er sie zu sich gerufen hatte. Ihre Gelegenheit war gekommen. Und nun saß sie dicht an ihn gekuschelt auf dem Sofa. Ihr billiges Parfum stieg Georg in die Nase. Ekelhaft. Dennoch fuhr er mit seiner Hand unter ihr enges Top.

»Halt deine Finger still und mach endlich deinen Einsatz, du Penner!« Offenbar hatte Mo auch schon einiges getrunken. Seine Zunge saß sehr locker. Sie würden aufpassen müssen, dass er nicht wieder die Party sprengte. Suchend sah sich Georg um, aber er konnte Konstantin und Jan nicht finden. Wahrscheinlich waren sie noch gar nicht da.

45 Mimi

Nervös zupfte Mimi am Saum ihres neuen Kleides herum. Wäre sie nicht mit Konstantin verabredet gewesen, der sie pünktlich von daheim abgeholt hatte, hätte sie wohl im letzten Augenblick einen Rückzieher gemacht. Sie wusste nicht, was sie auf der Party erwartete und schon gar nicht wusste sie, ob sie es überhaupt wissen wollte. Doch nun standen sie vor der riesigen Stadtvilla ihres Chefs. Aus dem Inneren drang gedämpfte Musik.

»Du siehst toll aus, entspann dich!«, sagte Konstantin und öffnete die schwere Eingangstür. Der Flur war in unterschwelliges Licht getaucht, genauso wie der daran anschließende Wohnbereich, der offenbar als Partyraum diente. Housemusik dröhnte aus den Lautsprechern. Die etwa dreißig Gäste, die sich in diesem riesigen Zimmer befanden, standen in Gruppen zusammen und unterhielten sich. Einige saßen um einen Tisch herum und spielten Karten.

Nun war sie also auf einer von Georg Soyers Partys. Mimi atmete tief durch und sah sich um. Keines der Gesichter kam ihr auf den ersten Blick bekannt vor. Da nahm Konstantin sie bei der Hand und zog sie in Richtung des Tisches mitten im Raum. Unter den Kartenspielern war auch ihr Chef, der gemütlich auf dem Sofa saß und der Frau auf seinem Schoß wie nebenbei über den Busen streichelte.

»Abend, Leute!«, begrüßte Konstantin die Menschen, die dort saßen. Einige grüßten zurück, doch niemand hob den Kopf. Keiner nahm so recht Notiz von ihm und Mimi. Sie waren zu vertieft in das Spiel. Vor ihnen türmten sich Geldscheine und der Aschenbecher quoll über. Mimi starrte auf Herrn Soyers Hand, die im Top der Frau steckte, die auf seinen Oberschenkeln thronte. Sie hatte sie schon öfters im Hotel gesehen, konnte sie aber nicht einordnen.

228

Ihre langen Finger wanderten über das Knie des Direktors, während sie sich lächelnd mit ihrem Gegenüber, einem gutaussehenden Mann, unterhielt. Zufällig rutschte ihr Rock ein wenig nach oben. Mimis Herz blieb beinahe stehen. Georg Soyer spielte in aller Seelenruhe Poker, während er Sex hatte. So schnell sie konnte, wandte Mimi den Blick ab. Die anderen mussten zweifellos bemerkt haben, was hier passierte. Doch keinen schien es zu stören. Die Stimmung am Tisch war blendend, das Spiel lief einfach weiter.

»Lass uns was zu trinken holen«, raunte Konstantin in Mimis Ohr, die dadurch aus ihrer Schockstarre erwachte. Sie folgte Konstantin mit gesenktem Kopf in den hinteren Teil, in dem eine modern ausgestattete Küche als Bar fungierte. Sie hatte keine Ahnung, ob auch Konstantin bemerkt hatte, was eben vorgefallen war. Selbstverständlich hatte er es gesehen, es war so offensichtlich gewesen. Vielleicht war es für ihn ebenso unbedeutend wie für die anderen hier.

»Ich habe dich gewarnt, bezaubernde Mimi«, sagte Konstantin und mixte ihnen beiden jeweils einen Gin Tonic.

»Ja...«, stammelte Mimi. Sie war unfähig, mehr von sich zu geben. Dankbar griff sie nach dem Glas, das er ihr entgegenhielt und leerte es in einem Zug.

»Dieser Ort ist nichts für dich. Du wolltest mir nicht glauben.«

»Aber für dich ist dieser Ort etwas?«, erwiderte sie patzig. Er antwortete nicht.

»Hast du das gesehen?«, fragte sie nach einer Weile.

»Was gesehen?«

»Na, das eben am Tisch.«

»Du meinst, dass sich Sarah vor allen anwesenden Gästen von Georg bumsen lässt? Ja, das habe ich gesehen.«

»Ich ...« Mimi schüttelte den Kopf und schnaubte. Sie versuchte, das eingebrannte Bild loszuwerden. Mit allem hatte sie

229

hier gerechnet. Sogar damit, dass die Leute hier freizügig ihrer Lust nachgehen würden. Greta hatte sie gewarnt und sie war schließlich nicht komplett naiv. Doch das hier überstieg all ihre Vorstellungen. Sie konnte nicht glauben, dass das eben wirklich passiert war.

Plötzlich packte Konstantin sie an den Hüften und setzte sie auf einen der Barhocker, die hinter ihr standen. Er rückte ganz dicht an Mimi heran, umfasste zärtlich ihre Mitte und näherte sich mit dem Mund ihrem Ohr.

»Hör mal«, flüsterte er, »wir können jederzeit gehen, wenn dir das hier zu viel wird. Wenn es nach mir ginge, wären wir ganz bestimmt nicht auf dieser Party. Dann würden wir jetzt bei mir zuhause sein und uns mit einem weitaus vergnüglicherem Programm die Zeit vertreiben.«

»Ich habe keine Ahnung, was ich sagen soll. Ich weiß nicht, was mich mehr trifft. Das, was ich eben gesehen habe oder die Tatsache, dass du ohne mich hier wärst, wenn ich dir nicht dazwischengekommen wäre.« So, jetzt war es raus. Sie hatte nicht vorgehabt, ihm das so offen vorzutragen. Doch wenn sie ehrlich zu sich selbst war, machte ihr das alles eine Riesenangst. Zu wissen, dass Konstantin in solchen Kreisen verkehrte, dass er einen der Mittelpunkte dieser Partys bildete, sorgte für ein unbehagliches Gefühl in ihrem Bauch. Säße er jetzt auch auf der Couch, mit irgendeiner anderen Frau auf dem Schoß? War das für die Menschen hier alltäglich? Betrachteten sie es als nichts Besonderes, wenn man mit einer anderen Person intim wurde? Offenbar nicht.

Im ersten Moment wirkte Konstantin verärgert. Seine starren Gesichtszüge verrieten ihr, dass sie zu weit gegangen war. Sie hatte kein Recht dazu, sich aufzuregen. Sie waren kein Paar, kannten sich erst seit gefühlten fünf Minuten. Oder waren sie es doch? Mimi war verwirrt. Hatte sie eine Beziehung mit Konstantin Wagner? Führten Männer wie

230

Konstantin Beziehungen? Sie beschloss, ihn ganz einfach danach zu fragen. Als Mimi ansetzte, um etwas zu sagen, fuhr Konstantin mit einem unmissverständlichen Blick aus seinen eisblauen, fast grauen Augen dazwischen. Er musterte sie, bevor er sprach.

»Hör mir zu, Mimi! Ich werde ganz ehrlich zu dir sein. Natürlich wäre ich heute auch hier, wenn wir uns nicht begegnet wären. Georg ist einer meiner besten Freunde und diese Partys gehören bei uns einfach dazu. Und wie du vielleicht erahnen kannst, ist keiner von uns ein Heiliger. Auch ich nicht. Ich habe eine Vergangenheit, und diese Vergangenheit dürfte dir in weiten Teilen nicht besonders gut gefallen. Aber Mimi, das bin ich. Die Vergangenheit ist ein Teil von mir, der mich ebenso ausmacht wie die Gegenwart. Ich habe nicht vor, dich anzulügen oder dir ein falsches Bild von mir zu vermitteln. Greta hat dich mit Sicherheit vor mir gewarnt und damit hatte sie nicht ganz unrecht. Meine Freunde und ich sind nicht die Art von Männern, die man als Schwiegermutter-Traum bezeichnen würde. Das bedeutet aber nicht, dass ich vorhabe, mein ganzes Leben lang Partys zu feiern. Du, bezaubernde Mimi, hast mir ganz schön den Kopf verdreht. Und ich bin durchaus bereit, dich um den Finger zu wickeln.« Ein sanftes Lächeln lag auf seinen Lippen, als er mit dem Zeigefinger von Mimis Wange runter zu ihrem Hals strich.

Mimi dachte kurz über die Bemerkung über den Schwiegermutter-Traum nach und fühlte die Kränkung darüber, dass ihre Mutter sich keineswegs dafür interessieren würde, mit wem sie ausging und ob sie gut behandelt wurde. Regina Lenz ging es vorrangig darum, dass ihre Tochter ihr keine Umstände mehr machte.

Daher hätte Alex so gut in ihre Zukunftsvisionen für Mimi gepasst. Mit ihm hätte sie auch gleich noch ein gutes Elternpaar dazugewonnen, das sich um den Nachwuchs kümmern konnte, wie sie es sowieso seit den Teenagerjahren von Mimi und Alex für sie beide gemacht hatten. Wie sich Eltern eben verhielten. Sie holten die Kinder von Discos in den Nachbarortschaften ab, wenn keiner mehr fahrtauglich war, bezahlten für die Reparatur kleinerer Parkschäden, hielten Ansprachen über Drogen und schimpften auch mal, wenn es nötig war. Aber sie waren da. Man konnte sich immer sicher sein, dass man jemanden hinter sich hatte. Die Bergmanns, Alex Eltern, wären bei Menschen wie Konstantin Wagner oder Georg Soyer stutzig geworden und hätten ihr Kind zu beschützen versucht. Ihrer Mutter war alles egal, solange ihr der Alkohol und das Selbstmitleid nicht ausgingen.

Mimi schaute Konstantin an und legte die Stirn in Falten. »Würdest du hier vor allen Leuten am Pokertisch in mich eindringen, Konstantin?«, fragte sie ihn ernst. Sein helles, lautes Lachen durchbrach die angespannte Stimmung und er warf den Kopf in den Nacken.

»Oh Mimi, am liebsten würde ich überall und andauernd in dich eindringen.« Wieder konnte er sich das Lachen nicht verkneifen. »Aber hier, vor allen Leuten, wie du es sagst? Nein. Das würde ich nicht machen.« Er näherte sich wieder ihrem Gesicht, streifte mit den Lippen ihre Wangen und fuhr leise fort.

»Das alles gehört nur uns beiden. Ich könnte es nicht ertragen, wenn ein anderer sehen würde, wie wunderschön du bist, sobald deine Augenlider vor Erregung flattern. Und wie sich deine Lippen leicht teilen. Dein leises Seufzen und Stöhnen ... das alles, gehört nur dir und mir.« Mimi wurde ganz heiß, während sie seinen Worten lauschte. Erst recht, als er sie liebevoll küsste.

»Und ganz nebenbei, bezaubernde Mimi, werde ich immer versuchen, mich dir gegenüber im Beisein anderer Menschen wie ein Gentleman zu benehmen. Dasselbe gilt aber nicht, wenn wir alleine sind.« Er schmunzelte und strich Mimi eine Haarsträhne aus dem Gesicht.

»Wo können wir alleine sein?«, stieß Mimi atemlos hervor. Konstantin lachte wieder auf. Er fand Mimis Verwirrtheit und Unsicherheit anscheinend sehr lustig. Nach einem weiteren Kuss packte er sie am Handgelenk und zog sie vorbei an den Gästen hinaus auf die Straße.

Mimi lag an Konstantin gekuschelt, der friedlich döste. Als sie selbst dabei war einzuschlafen, vibrierte plötzlich etwas. Er murrte einen unverständlichen Fluch und angelte sein Handy aus der Hose, die auf dem Boden gelandet war. Er sah auf das Display und drückte den Anruf weg. Doch gleich darauf sprang das Telefon erneut an. Konstantin runzelte die Stirn und haderte sichtlich mit sich, nahm das Telefonat dann aber entgegen.

»Georg, ich kann jetzt nicht. Wir sprechen uns morgen.«

»Nein, Konstantin, leg nicht auf! Es ist was passiert, du musst sofort herkommen!« Die Stimme ihres Chefs drang aufgeregt aus dem Handy bis zu Mimi. Konstantin rückte von ihr ab und stand auf.

»Was ist passiert?« Mimi konnte nicht mehr verstehen, was am anderen Ende der Leitung gesprochen wurde.

»Ich bin in fünfzehn Minuten da.« Mit diesen Worten legte Konstantin auf und suchte seine Kleidungsstücke zusammen, die wild verstreut auf dem Schlafzimmerboden herumlagen.

»Ich muss weg, du kannst natürlich hier schlafen. Warte nicht auf mich, ich weiß nicht, wann ich wiederkomme«, sagte Konstantin und gab Mimi einen sanften Kuss auf die Wange.

»Ich komme mit!«, rief Mimi und sprang auf. Sie hatte keine Ahnung, warum es ihr so wichtig war. Wahrscheinlich wollte sie nicht, dass Konstantin ohne sie auf die Party zurückkehrte.

»Es ist besser, du bleibst hier. Ich weiß nicht genau, was dort los ist. Georg braucht mich.«

»Bitte, Konstantin!«, flehte sie. Er warf, sich geschlagen gebend, die Hände in die Luft und machte sich auf den Weg hinaus. Mimi hatte Mühe, mit ihm Schritt zu halten, sagte aber nichts, damit er es sich nicht nochmals anders überlegte.

46 Georg

Nervös stand Georg am Fenster und starrte hinaus in die Finsternis. Hier war keiner mehr wach, noch nicht mal eine verdammte Straßenlaterne brannte in dieser Rentnergegend. Er würde das Haus verkaufen, dachte Georg.

Endlich hörte er einen Wagen, der sich näherte. Er trat vom Fenster zurück und ließ seinen Blick über Olivia wandern, die auf der Couch lag, auf der er wenige Stunden zuvor noch Sarah gefickt und beim Poker verloren hatte. Auf dem Tisch davor standen volle Aschenbecher, dreckige Gläser, Spielkarten und Essensreste. Im Haus stank es nach Alkohol, Zigaretten und Menschen. Endlich hörte er ein Poltern an der Haustür und kurz darauf stand Konstantin gemeinsam mit seiner neuen Flamme mitten im Zimmer.

»Was ist geschehen?«, fragte Konstantin ohne Umschweife. Sein Gesicht war angespannt.

»Was macht sie hier?«, gab Georg zurück und zeigte mit dem Finger auf die Kellnerin. Er hatte nicht damit gerechnet, dass Miriam Lenz hier auftauchen würde und es ärgerte ihn maßlos, dass Konstantin sie angeschleppt hatte. Mit den Fingern kratzte er an den Handinnenflächen, die ihn so abscheulich juckten.

»Raus mit der Sprache, Georg, was ist hier los?«, presste Konstantin hervor. Georg hatte keine andere Wahl. Wenn er seine Hilfe wollte, musste er Miriam Lenz' Anwesenheit ignorieren. Sie fühlte sich in Anbetracht der pikanten Situation ohnehin unwohl und war in einiger Entfernung stehengeblieben. Nun starrte sie unruhig aus dem Fenster. Ob sie wirklich so nervenschwach war, konnte Georg nicht sagen. Sie war ja andauernd wegen irgendetwas aufgeregt. Er hätte sie so gerne mal flachgelegt, dachte er wehmütig, um sich von der Scheiße hier ein wenig abzulenken.

»Georg! Wo sind die Gäste und was zur Hölle ist mit Olivia? Was macht sie hier?« Konstantins Stimme war laut und Ungeduld schwang in seinen Worten mit.

»Die Gäste sind weg. Sie schläft.«

Konstantin schüttelte den Kopf und steuerte auf Olivia zu, die sich trotz des Trubels nicht rührte. Behutsam legte er ihr zwei Finger an die Kehle und fühlte ihren Puls. Erleichtert wandte er sich wieder seinem Freund zu. »Erzähl schon, Georg!«

Konstantin meinte wirklich, er hätte Olivia umgebracht und sie auf die Couch gelegt. Was für ein Affe, dachte Georg. Obwohl ... wahrscheinlich würde die Situation sehr ähnlich sein, wenn es so gewesen wäre. Georg hätte Konstantin, seinen Anwalt, angerufen. Seinen Freund. Den, der immer einen Rat wusste und einen kühlen Kopf bewahrte.

»Olivia stand plötzlich vor mir. Sie hatte vergessen, dass die Party war.« Georg hielt inne und betrachtete Olivia.

»Und dann?«, hakte Konstantin ungeduldig nach.

»Ich sagte ihr, sie soll wieder verschwinden. Und ich habe sie gefragt, ob sie das mit dem Termin schon durchgezogen hat«, erzählte Georg weiter und zuckte trotzig mit der Schulter. Schließlich ging ihn das etwas an.

»Vor allen anderen?« Konstantin sah ihn ungläubig an. Georg hatte zu viel getrunken und Olivias plötzliches Auftauchen hatte ihn aus der Fassung gebracht. Da sah er rot. Seiner Frage nach der Abtreibung folgte ein lautstarker Streit zwischen Olivia und ihm. Sie nannte ihn vor allen Gästen ein Arschloch und warf ihm vor, ein Psychopath zu sein. Vor allen Gästen, verdammt noch mal. Wie konnte sie so respektlos sein? Er war ihr Chef. Sie griff mit ihrem Benehmen derart weit daneben, dass er ausrastete.

Alles lief aus dem Ruder. Georg beschimpfte sie so hart, dass sich nach und nach alle Leute verzogen. Erst waren sie

236

neugierig darauf gewesen, was da passierte. Als es ernst wurde, wollte keiner von ihnen Zeuge sein. Olivia schrie ihn weiter an, als Georg die Treppe in den ersten Stock hochlief. Er musste weg von ihr, sonst würde er sich vergessen. Doch sie ließ nicht locker und verfolgte ihn, begleitet von wüsten Beschimpfungen und Unterstellungen. Wie konnte sie sich erlauben, ihn derart anzugreifen?

»Als ich die letzte Stufe erreichte, drehte ich mich zu ihr um, um etwas auf ihre Verbalattacke zu erwidern. Da erschrak sie, geriet ins Wanken und stürzte rückwärts die Treppe hinunter.« Wieder zuckte Georg mit der Schulter und sah Konstantin bockig an.

»Sie ist gestürzt? Und weiter?«

»Einen Moment lang rührte sie sich nicht. War wohl kurz bewusstlos. Dann rappelte sie sich hoch und ich habe ihr geholfen, sich hinzulegen. Sie kotzte auf meine Lieblingsdecke und dann schlief sie ein. Und jetzt liegt sie hier, seit ich dich angerufen habe.«

»Wahrscheinlich hat sie eine Gehirnerschütterung. Wir müssen sie ins Krankenhaus bringen.«

»Mhm«, erwiderte Georg schwach.

»Georg, du hast doch mit dem Sturz nichts zu tun, oder? Es war ein Unfall«, sagte Konstantin verhalten, als wollte er sich selbst davon überzeugen. Er schien besorgt.

Ganz untypisch für den sonst so souveränen Strahlemann, dachte Georg.

»Natürlich war es ein Unfall, was denkst du denn«, antwortete er angerührt. Aber wer wusste schon, ob ihm dieser schicksalhafte Zwischenfall nicht einfach nur zuvorgekommen war. Sein Zorn hätte ohne weiteres dafür gereicht, sie umzubringen.

»Gut. Wir setzen sie in meinen Wagen. Die Ohnmacht, das Erbrechen und die Müdigkeit deuten auf eine Gehirnerschütterung hin und sie muss wegen des Babys gründlich untersucht werden«, ordnete Konstantin an. Immer souverän, immer Herr der Lage, verdammte Scheiße, dachte Georg. Er beneidete ihn darum.

»Baby?«, stieß Miriam irritiert hervor, lief aber sofort rot an und wich noch weiter zurück. In diesem Moment schlug Olivia ihre Augen auf und blickte verwirrt zwischen den drei Personen hin und her. Dabei setzte sie sich langsam auf.

»Was ist denn hier los? Was macht die denn hier?«, fragte sie wütend und deutete mit dem Kopf in Richtung Miriam.

»Sie ist mit mir hier«, antwortete Konstantin. »Du musst zu einem Arzt, Olivia. Ich werde dich in die Klinik fahren.«

»Es ist doch gar nicht so schlimm. Ich habe mich bloß erschrocken. Ins Krankenhaus zu fahren ist wirklich nicht nötig«, widersprach Olivia kläglich. Ihre Haut war bleich und sie schien noch dünner und zerbrechlicher zu sein. Georg fühlte sich nicht gut. Zum Glück hatte Konstantin die Sache in die Hand genommen. Der setzte sich neben Olivia auf das Sofa.

»Wir fahren ins Krankenhaus, keine Widerrede.« Er würde nicht einen Millimeter von seiner Entscheidung abweichen und allen im Raum war das klar.

»Na gut. Aber zuerst muss ich noch ins Bad«, lenkte sie ein. Langsam erhob sie sich und torkelte an ihnen vorbei. Die Kellnerin stand wie angewurzelt da und gab keinen Ton von sich. Georg hoffte, sie würde dies hier alles für sich behalten. Er musste mit Konstantin darüber sprechen. Schlimm genug, dass er sich in dieser abscheulichen Lage mit Olivia und der Schwangerschaft befand. Da brauchte er nicht auch noch das Gerede im Hotel.

»So eine Scheiße!«, schrie Georg laut auf und ließ die Faust gegen die Wand krachen. Konstantin kannte ihn und die Ausbrüche. Sie entlockten ihm nicht einmal ein Blinzeln. Seine kleine Freundin hingegen zuckte eingeschüchtert zusammen.

238

47 Mimi

Mimi war wie versteinert. Alles hier, Georg Soyer, die leichenblasse Rezeptionsleiterin und diese bizarre Situation machten ihr Angst. Wäre sie bloß nicht mitgefahren. Sie könnte jetzt in Konstantins Bett liegen und sich in seine herrlich nach ihm duftende Decke kuscheln. Doch stattdessen stand sie im Haus ihres Chefs und wusste nicht, was sie machen sollte.

Georg Soyer ging es offenbar nicht anders. So hatte sie ihn niemals zuvor gesehen. Unbeherrscht und zornig. Sie war nie warm mit ihm geworden, aber das hätte sie trotz ihrer Skepsis nicht von ihm erwartet. Und diese Sache mit der Schwangerschaft – Mimi war völlig überrascht. Olivia und der Hoteldirektor? Sie hatte nichts davon mitbekommen. Waren sie ein Liebespaar? Vor ein paar Stunden ließ er sich doch noch von einer anderen verwöhnen. Was war bloß los in der Welt dieser Menschen? Sie selbst hatte überhaupt kein Gefühl mehr dafür, was normal war und was nicht.

Konstantin unterhielt sich leise mit Georg, redete ihm anscheinend gut zu. Mimi verstand kein Wort, konzentrierte sich aber auch nicht explizit auf den Gesprächsinhalt. Langsam löste sie sich aus ihrer Starre und blickte in die Richtung, in die Olivia verschwunden war. Sie war schon eine Weile weg und Mimi fasste sich ein Herz. Bevor sie hier tatenlos herumstand, wollte sie besser mal nachschauen, ob es ihr gut ging.

»Ich seh mal nach ihr«, rief sie den beiden Männern zu, drehte sich um und schlurfte den Flur entlang, bis zur letzten Tür. Sie klopfte.

Keine Reaktion.

»Alles in Ordnung?«, fragte sie zögerlich.

»Olivia!« Mimi rief nun lauter durch die geschlossene Tür hindurch. Keine Antwort. Sie versuchte, die Tür zu öffnen, und stellte fest, dass sie nicht abgeschlossen war.

239

»Oh mein Gott, Olivia!« Diese lag vor ihr auf dem Boden, bewusstlos, und rund um sie hatte sich eine Blutlache gebildet.

›Das Baby!‹, dachte Mimi und schrie, so laut sie konnte, Konstantins Namen. Zu mehr war sie nicht fähig. Olivia lag vor ihr, bewegungslos und abgemagert. Unter ihrer bleichen Haut schimmerten Adern durch. Sie schien zu schlafen, genau wie Marie vor zehn Jahren.

›Der kalte Boden muss sich doch unangenehm anfühlen‹, kam es Mimi noch in den Sinn, bevor sie unkontrolliert zu zittern begann und ihr schwarz vor Augen wurde.

Als Mimi zu Bewusstsein kam, fand sie sich selbst auf der Couch wieder, auf der zuvor Olivia gelegen hatte. Vom Eingangsbereich her vernahm sie hektisches Stimmengewirr. Erst jetzt bemerkte sie, dass Konstantin bei ihr saß und sich eine Sanitäterin neben ihnen eifrig Notizen machte.

»Oh, gut, Sie sind wieder da. Wie fühlen Sie sich?«, fragte die große, stämmige Frau freundlich und beugte sich zu Mimi herab, um ihren Puls zu messen.

»Gut«, antwortete Mimi verwirrt. Sie blinzelte ein paar Mal und rief sich die Geschehnisse in Erinnerung.

»Das Baby, was ist mit dem Baby?«

»Keine Sorge, meine Kollegen kümmern sich darum.« Das war alles. Die Dame wandte sich ab, klemmte sich ihren Block unter den Arm und schloss sich der Menschentraube vor der Haustür an. Mimi erkannte das Blaulicht des Rettungswagens durch den Vorhang am Fenster. Sie stöhnte kurz auf, machte die Augen wieder zu. Was um alles in der Welt war hier nur los?

»Mimi, du hast mir einen ordentlichen Schrecken eingejagt!«, flüsterte Konstantin.

»Was ist mit Olivia?« Sie ging nicht weiter auf ihn ein.

240

»Sie ist ok. Wir wissen noch nichts Genaues. Was ist passiert? Du bist einfach umgefallen!« Er ließ nicht locker. Als sie Olivia wie tot auf dem Boden liegen gesehen hatte, war sie wieder ein kleines Mädchen gewesen. Nur dass sie diesmal genau gewusst hatte, dass etwas nicht stimmte. Sie hatte nicht gelacht. Und sie hatte sich nicht darüber gewundert, dass Olivia nicht einfach aufgestanden war. All ihre Gefühle von damals waren hochgekommen, die ganze Angst, die Selbstvorwürfe. Wäre sie doch bloß vorsichtiger gewesen, dann wäre ihre Schwester nicht gestorben. Sie konnte Konstantin nicht erzählen, dass sie vorhin im Badezimmer die grauenvollsten Erinnerungsbilder heimgesucht hatten.

»Ich kann kein Blut sehen«, murmelte sie stattdessen.

»Verstehe.« Seine Stirn legte sich in Falten. Er glaubte ihr kein Wort. Konstantin versuchte, in ihrem Gesicht zu lesen, was in ihr vorging. Sein misstrauischer Ausdruck verunsicherte Mimi. Er wusste, dass sie nicht ehrlich zu ihm war.

»Hör auf, mich so anzusehen. Es gibt viele Menschen, die beim Anblick von Blut umfallen!« Sie versuchte ein schiefes Lächeln, erhob sich aus ihrer Liegeposition und kuschelte sich an Konstantins Brust. Seine Arme legten sich fest um ihren Oberkörper.

»Ich hoffe, mit dem Baby ist alles ok«, sagte Mimi erneut.

»Ich auch. Wir werden sehen. Georg fährt im Krankenwagen mit. Er meldet sich bestimmt, wenn es etwas Neues gibt. Lass uns nach Hause fahren.«

Ja, dachte Mimi, nach Hause. Aber wo war ihr Zuhause? War es bei Konstantin? In ihrer neuen Wohnung? In dieser großen Stadt? Oder etwa immer noch in dem kleinen Dorf?

Sie dachte an Alex. Er hätte sie jetzt aufgefangen, sie gehalten und wieder in die Spur gebracht. Aber sie lag in der Umarmung eines anderen Mannes, den sie kaum kannte. Eine tiefsitzende Sehnsucht nach Alex überfiel sie. Sie konnte die

241

Vergangenheit nicht loslassen. Das war ihr heute wieder vor Augen geführt worden und sie war so entmutigt, dass sie am liebsten angefangen hätte zu schreien.

»Du siehst immer noch blass aus. Soll ich einen Arzt rufen?«, fragte Konstantin besorgt. Er saß auf der Couch in seinem Wohnzimmer. Mimi lag mit dem Kopf auf seinen Beinen, starrte in den offenen Kamin und beobachtete die Flammen. Genau so ein Kamin stand auch in ihrem Elternhaus. Ihre Schwester und sie hatten sich davor aufgewärmt, in Büchern geblättert und miteinander gespielt. Es kam ihr so vor, als wären es schöne Erinnerungen an eine Zeit, die eine Million Jahre her war. Die Sache mit Olivia hatte all ihre verdrängten Ängste getriggert. Sie fühlte sich leer und erschöpft. Nicht zum ersten Mal fühlte sie sich lebensmüde.

»Ok, das reicht. Ich rufe Doktor Enger an. Er soll dich nochmals untersuchen. Wer weiß, ob diese Sanitäterin überhaupt wusste, was sie tat.« Konstantin wirkte verärgert und hektisch. Da fiel Mimi ein, dass er ihr eine Frage gestellt hatte und sie zu sehr mit ihren Gedanken beschäftigt gewesen war, um ihm zu antworten.

»Nein, nein! Mir geht es prima, wirklich!«, beschwichtigte sie ihn rasch. »Ich bin nur müde. Es war wohl alles etwas viel heute. Aber nur so aus Neugierde, ist dieser Doktor Enger auch ein Freund von dir? Oder wie kommst du auf die Idee, dass er mitten in der Nacht ans Telefon gehen würde?«

»Doktor Enger ist mein Hausarzt. Er weiß, dass es wichtig sein muss, wenn ich ihn anrufe. Also mir wäre definitiv wohler, wenn er nochmals einen Blick auf dich wirft.«

»Nein, wirklich nicht. Danke, Konstantin. Ich denke, ich brauche einfach ein bisschen Schlaf. Gehen wir ins Bett?«

»Gut.« Konstantin gab sich geschlagen, half Mimi auf die Beine und schob sie in Richtung Schlafzimmer. Bis jetzt hatten

242

sie keine Neuigkeiten von Georg Soyer gehört. Konstantin schien diese Tatsache nervös zu machen, obwohl er versuchte, sich nichts anmerken zu lassen. Als Mimi im Bett lag, gab er ihr einen sanften Kuss auf die Stirn und schritt wieder in Richtung Tür.

»Bleibst du nicht?«, fragte sie überrascht.

»Ich kann jetzt nicht schlafen und ich warte noch auf den Anruf von Georg. Wenn du mich brauchst, ich bin gleich nebenan im Arbeitszimmer und vertiefe mich in ein paar Verträge. Oder soll ich besser bei dir bleiben? Fühlst du dich nicht gut?«

»Bei mir ist alles in Ordnung. Geh ruhig«, sagte sie, obwohl sie auf keinen Fall alleine sein wollte.

»Vergiss es, ich hole mein Handy und dann komm ich ins Bett.« Konstantin machte sich auf den Weg ins Wohnzimmer und Mimi war erleichtert. Wenig später kuschelte sich Konstantin von hinten an sie heran. Die Wärme seines Körpers hüllte sie ein und sie versuchte, sich zu entspannen. Sie war unbeschreiblich müde und ihre Augen fielen zu.

Doch als sie gerade in den Schlaf driftete, drehte sich plötzlich alles um sie herum. Die Augen ließen sich nicht öffnen, die Schwärze wurde von grauen Spiralen durchbrochen, die sich immer schneller drehten. Ihre Arme und Beine waren lahm. Bewegungslos und still lag sie da, während sie versuchte, die Augen aufzumachen. Sie wollte aus der Trance ausbrechen, die sie gefangen hielt, wie ein wildes Tier. Sie musste aufstehen, sich bewegen. Doch sie hatte keine Chance. Eins zwei drei, einatmen. Eins zwei drei, ausatmen. Eins zwei drei, Luft anhalten. Eins zwei drei, einatmen ... Es verschlug ihr den Atem. Sie bekam keine Luft, atmete und atmete, aber kein bisschen Sauerstoff schien ihre Lungen zu erreichen. Die Todesangst löste ihre Starre. Sie fuhr heftig nach oben, saß aufrecht im Bett und atmete. Sie sog die Luft tief ein, stieß sie wieder aus - doch sie war völlig machtlos. Ihr Körper war bereit, zu sterben. Sie würde hier und jetzt ersticken.

Nur am Rande nahm sie Konstantins Hektik wahr. Sie war zu beschäftigt damit, sich auf ihre Atmung zu konzentrieren. Mimi wusste tief in ihrem Inneren, dass sie nicht sterben würde. Das hier war nicht ihre erste Panikattacke. Die letzte war jedoch schon Ewigkeiten her. Ja, sie würde das hier überleben. Doch in diesem Moment war das – so wie jedes Mal – schlichtweg schwer zu glauben.

»Oh ja, wir wollen, wir wollen!« Marie kreischt wie verrückt das ganze Haus zusammen und hüpft aufgekratzt im Kreis herum. Auch Mimi ist aufgeregt. Der erste Schnee ist immer etwas Besonderes.

Papa hat soeben gefragt, ob sie endlich die langersehnte Schlittenfahrt wagen sollen, und natürlich sind wir Mädchen begeistert. Mama lacht und umarmt Papa, bevor sie Marie hilft, ihren Schneeanzug anzuziehen.

»Bitte lasst die Handschuhe an und der Schnee wird nicht gegessen! Ich koche in der Zwischenzeit und wenn ihr wiederkommt, gibt es leckere Spaghetti.«

»Juhuuu, Spaghetti, Spaghetti!« Marie hat heute wirklich gute Laune. Mit ihren fünf Jahren sieht sie in dem dicken Schneeanzug und den klobigen Winterstiefeln aus wie ein Marshmallow.

Marie, Papa und Mimi verabschieden sich schnell und schon geht es raus in die Kälte. Der Schnee hat sich glitzernd über die weiten Felder rund um sie gelegt.

Mimi spürt, dass die Weihnachtszeit vor der Tür steht. Sie selbst glaubt nicht mehr ans Christkind, aber Marie schon. Trotzdem liebt Mimi diese magischen Wochen vor Weihnachten. Im Haus riecht es immer herrlich nach Lebkuchen und Keksen. Mama hat stets eine heiße Tasse Kakao parat und sie liest

244

wunderschöne Märchen aus dicken, alten Büchern vor. Diese Bücher haben schon Mama gehört, als sie selbst noch ein Kind war. Sie duften ganz eigenartig und geben Mimi ein spezielles Gefühl der Geborgenheit. Am liebsten würde sie diese Bücher umarmen wie ein Kuscheltier, wären sie doch bloß ein bisschen weicher.

Der erste Schnee ... ja, jetzt beginnt eine besondere Zeit. Papa wird abends früher von der Arbeit nach Hause kommen und jede freie Minute draußen verbringen. Er mag die kalte Luft, sagt er immer. Mimi mag die kalte Luft auch, aber genauso toll findet sie es, wieder ins warme Wohnzimmer zu stapfen und sich gemütlich auf das Sofa zu kuscheln.

»Mimi, Marie, seid ihr startklar?« Die Mädchen sitzen zusammen auf einem Schlitten, Papa daneben auf einem eigenen. Es sind bereits erste Schlittenspuren im Schnee, den Berg hinunter, zu sehen. Die Strecke führt nicht allzu steil bergab und endet nach einem langen flachen Stück vor einem Bach. Man muss nur die gefährliche Bundesstraße vor dem Haus überqueren, schon steht man am Abfahrtspunkt. Der Aufstieg würde anstrengend werden. Papa wird Marie tragen müssen. Mit ihren kurzen Beinchen schafft sie wahrscheinlich nicht einmal die Hälfte des Fußmarschs. Mimi ist schon größer und stärker, sie wird selbst hinaufwandern und gleich nochmals den Berg hinuntersausen.

Aber jetzt sind sie erst mal bereit für die erste Abfahrt. Marie sitzt vor ihr, beide halten sie das Seil des Schlittens in den dick eingepackten Händen.

»Mit den Füßen könnt ihr lenken und bremsen. Mimi, du weißt ja, wie es geht. Und los geht's!« Papa gibt ihnen einen leichten Schubs und schon gleiten die Kufen des Schlittens über die harte, gefrorene Schneeschicht. Es knistert und knirscht. Marie schreit entzückt auf und lacht laut. Mimi freut sich, als *der Schlitten an Geschwindigkeit gewinnt und mit ihnen den Berg hinuntersaust. Der Wind bläst ihr ins Gesicht und Mimi hört nur das fröhliche Kreischen ihrer Schwester, bis plötzlich die aufgeregte Stimme ihres Vaters zu ihr durchdringt.*

»Achtung, ein Stein!«

Mimi hat keine Ahnung, was sie machen soll, wo sie hinsehen muss und was Papa genau meint. Und als sie den Stein endlich sieht, ist es ohnehin schon zu spät. Der Schlitten gibt ein lautes Knarzen von sich, als er mit der rechten Kufe auf den großen Brocken trifft. Er hebt ein wenig ab, kippt auf die Seite und schwingt Mimi in die Höhe.

Vor Schreck lässt sie die Schnur des Schlittens los. Von Marie hört sie nur einen ängstlichen Aufschrei. Mimi fliegt durch die Luft und landet schließlich dank ihrer dicken Kleidungsschicht weich auf dem schneebedeckten Wiesenboden. Der Schreck sitzt ihr in den Knochen. Trotzdem springt sie auf und beginnt zu kichern.

»Papa, hast du das gesehen?« Verwirrt dreht sie sich im Kreis und sucht nach Marie und Papa. Sie sieht ihn schließlich auf ihre Schwester zulaufen. Diese liegt noch im Schnee, einige Meter von ihr entfernt. Neben einem der wenigen, kahlen Bäume.

»Marie, Marie!« Papa schreit. Mimi läuft auf die beiden zu. Warum steht Marie nicht auf? Sie hat doch genauso wie sie eine dicke Schicht an Kleidung rund um ihren Körper.

Die Landung war wirklich nicht sanft. Vielleicht hat sie sich ein paar blaue Flecken geholt. Marie ist ja auch noch ziemlich klein.

Als Mimi neben Papa stehen bleibt, liegt sie noch immer auf dem Boden. Ihre Augen sind geschlossen und ihr Kopf merkwürdig zur Seite gedreht. Ihre Wange ruht im Schnee. Der kalte Boden muss doch unangenehm sein, denkt Mimi. Papa beginnt, komische Sachen mit Marie zu machen. Er bläst Luft in ihren Mund hinein und drückt an ihrer Brust herum.

Er schreit verzweifelt um Hilfe.

Mimi weiß nicht, was sie machen soll, und steht nur daneben.

»Gegen diesen Baum da geschleudert. Genickbruch. Das Mädchen war sofort tot«, hört sie einen Mann einem anderen ins Ohr flüstern, der seelenruhig etwas in ein Formular schreibt. Die Plastiktüte, in die sie Marie hineingesteckt haben, wird zugemacht. Sogar der Kopf steckt da drinnen. Von ihr ist nichts mehr zu sehen. Der Jäger, der Hilfe geholt hat, steht betroffen neben ein paar Männern von der Polizei.

Papa hockt nur da und sagt kein Wort. Sein Gesicht ist kalkweiß. Wahrscheinlich wird er krank, wenn er weiter im Schnee herumsitzt und nicht wieder aufsteht. Er hat sich doch gerade eben schon übergeben.

Mimi ist kalt und sie hat Durst.

Marie ist tot, hat der Mann gesagt.

Wahrscheinlich hätte sie nicht so schnell fahren dürfen mit dem Schlitten. Papa hat sich auf sie verlassen. Er hat noch gesagt: »Mimi, du weißt ja wie es geht!«

Aber den Stein hat sie wirklich nicht gesehen. Der war ganz versteckt und so groß war er doch gar nicht.

Kein Grund, jetzt tot zu sein. Sie wollte nicht, dass Marie tot wird.

»Sie hatten eine Panikattacke. Körperlich ist alles in Ordnung mit Ihnen.« Doktor Enger packte seine Sachen in die alte, braune Arzttasche.

»Das habe ich doch gesagt«, murmelte Mimi trotzig.

»Sind Sie in psychotherapeutischer Behandlung?«, fragte der Arzt und musterte sie aufmerksam.

»Nein.«

»Die Psychotherapie verzeichnet in diesem Bereich sehr gute Erfolge. Ich könnte Ihnen einen meiner Kollegen empfehlen.«

247

Er öffnete seine Tasche wieder und suchte nach etwas zum Schreiben.

»Nein, danke.«

»Frau Lenz, ich rate Ihnen dringend dazu, einen Therapeuten aufzusuchen. Sie sind sehr jung und solche Panikattacken können sich leicht manifestieren. Wie gesagt, eine Gesprächstherapie würde Ihnen mit Sicherheit weiterhelfen.« Bevor sie antworten konnte, schaltete sich Konstantin dazwischen.

»Schreib den Kontakt auf und lass den Zettel in der Küche liegen!« Seine Stimme war hart, sodass Doktor Enger nur nickte und schweigsam tat, was Konstantin verlangte. Mimi blieb stumm auf der Couch sitzen. Sie konnte sich nicht daran erinnern, wie sie ins Wohnzimmer gekommen war. Konstantin musste sie heruntergetragen haben. Ein flauschiger Bademantel umhüllte ihren Körper. Sie griff nach der zusammengefalteten Decke, die auf dem Sofa lag, und kuschelte sich darin ein. Doch die Wärme erschwerte es ihr sofort zu atmen.

Der Arzt grüßte kurz zum Abschied. Dann ließ er sich von Konstantin zur Tür bringen. In der Zwischenzeit stand Mimi auf, ging ins Schlafzimmer und zog sich an.

48 Georg

Unruhig tigerte Georg in der Notaufnahme auf und ab. Bereits die zweite Schwester forderte ihn dazu auf, sich endlich zu setzen, doch er ignorierte auch sie. Seine Hände waren schweißnass, sodass er zum dritten Mal in Folge in die Herrentoilette stürmte, um sich zu waschen.

Georg hasste Krankenhäuser. Sie waren voller unsichtbarer Gefahren in Form von Viren und Bakterien. Und sie stanken. Sie machten ihn krank. Sich hier zu waschen war abartig. Auch im Wasser aus dem Wasserhahn vor ihm vermutete Georg todbringende Keime. Am liebsten hätte er trotzig über die Türklinke der Herrentoilette geleckt, um sein Schicksal zu besiegeln. Aber wem wollte er etwas beweisen, außer sich selbst?

Seine Haut war aschfahl, das Haar stand wirr vom Kopf. Der Hemdkragen war schmutzig und insgesamt gefiel ihm das Bild, das ihm der kleine Spiegel über dem Waschbecken zeigte, überhaupt nicht. Die Gereiztheit überfuhr ihn wie ein Lastwagen und so donnerte er seine nasse Faust gegen sein Spiegelbild. Das Blut quoll augenblicklich aus den Fingergliedern. Den Schmerz nahm er kaum wahr. Er trocknete sich die Hände und stürmte wieder hinaus.

»Hier haben sie hundert Euro für den kaputten Spiegel auf der Toilette. Und jetzt geben Sie mir ein Pflaster.« Georg warf der Schwester hinter der Anmeldungstheke den Geldschein hin. Erschrocken starrte sie auf seine blutende Hand und rührte sich nicht.

»Ein Pflaster!«, forderte er erneut.

»Das muss sich ein Arzt ansehen«, stotterte sie und deutete auf seine Verletzung.

»Ich will ein Pflaster, und zwar sofort und dann will ich endlich zu Olivia!« Stumm reichte ihm die Schwester eine dicke Mullbinde. Vom Gang her näherte sich ihm ein Arzt.

»Herr Soyer?«

»Ja!«

»Sie sind als Notfallkontakt von Olivia Werner angeführt.«

»Was ist mit ihr?«

»Jetzt beruhigen Sie sich mal, Herr Soyer. Frau Werner geht es soweit gut. Die Erstversorgung der Kollegen vor Ort war einwandfrei und wir stecken mitten in den Untersuchungen.«

»Sagen Sie mir endlich, was mit ihr los ist!«, schrie Georg.

»Die computertomografische Untersuchung zeigte uns eine leichte Schädelknochenfraktur. Wir haben zur Sicherheit noch ein MRT veranlasst, damit wir uns ein genaues Bild über mögliche Verletzungen des Gehirns machen können. Sie werden sofort informiert, wenn wir etwas Neues wissen.«

»Was ist mit der Schwangerschaft?« Georg klang besorgt. Das gefiel dem Arzt offenbar.

»Es tut mir leid. Wir tun, was wir können. Aber machen Sie sich nicht allzu große Hoffnungen.« Georg grinste in sich hinein. Erleichterung trat an die Stelle des vorherigen Gefühls, das er nicht näher definieren konnte. Es lag irgendwo zwischen Machtlosigkeit und Wut. Das Problem war wahrscheinlich aus der Welt geschafft.

»Können Sie mir nochmals genau schildern, wie es zu dem Sturz kam?«, fragte der Arzt misstrauisch. War das ein Verhör? Wollte er ihm unterstellen, dass er Olivia absichtlich die Treppe runtergestoßen hatte? Offenbar wusste der Arzt nicht, wen er vor sich hatte. Georg Soyer eine Körperverletzung zu unterstellen, das grenzte an Verleumdung.

Georgs Wut entlud sich gegen den Arzt, als er ihn mit seiner kaputten Hand so fest gegen die Wand stieß, dass dieser

250

am Boden landete. Dann stürzte er sich auf ihn und schlug auf ihn ein.

»Das Baby ist tot.« Olivias Stimme war ausdruckslos. Die Haut in ihrem Gesicht wirkte porös. Sie lag schwach und klein in dem weißen, sterilen Krankenhausbett.

Jetzt hatte Georg Gewissheit. Das Baby war tot.

»Ich weiß...«, sagte Georg, obwohl er es bis eben nicht gewusst hatte. Aber er hatte keine Idee, was er sonst sagen könnte. Die Beruhigungsspritze, die man ihm verpasst hatte, wirkte. Man hatte ihm ein Mittel injiziert, ihn in ein Sonderklassezimmer gebracht, ihm Duschgel, Handtücher und ein neues, noch verpacktes Hemd überreicht. Mit freundlicher Empfehlung der Krankenhausleiterin.

Es war gut, wenn man die richtigen Leute kannte. Der Arzt würde keine Anzeige erstatten, da war Georg sicher. Er hatte sich gewaschen, das Hemd angezogen und brav vor Olivias Krankenzimmertür gewartet. Bis man ihn endlich zu ihr ließ, waren Stunden vergangen. Georg fasste sich ein Herz und griff nach ihrer Hand. Sie richtete erstaunt ihren Blick auf ihn, entzog sich ihm aber nicht.

»Es tut mir leid«, sagte Georg.

»Mir auch.«

»Vielleicht ist es besser so«, legte er nach und bereute es sofort. Nun hätte er die Chance, das mit Olivia wieder auf die Startposition zu bringen. Sie könnten dort weitermachen, wo sie vor der leidigen Schwangerschaftsgeschichte aufgehört hatten. Er könnte dadurch versuchen, Marleen zu vergessen, die ihn ohnehin nur ausmergelte. Daher fuhr er schnell fort. »Wie lange musst du hierbleiben?«

»Die Ärzte meinen, ich kann in ein paar Tagen nach Hause.«

»Du kannst ein paar Tage bei mir wohnen.« Er hoffte, sie würde das Angebot nicht annehmen.

»Nein, Georg. Ich will nicht zu dir.«

»Ich verstehe.« Gott sei Dank.

»Du verstehst gar nichts, Georg. Ich liebe dich, aber ich bin fertig mit dir.« Ihre Stimme war leise. Abrupt ließ sie seine Hand los, richtete den Kopf in Richtung Fenster und sagte: »Du kannst jetzt gehen, Georg.«

Das ledergebundene Buch lag schwer auf Georgs Schoß. Neunundneunzig weitere Blätter boten sich ihm an, gefüllt zu werden. Die grüne Tinte glänzte noch, daher wartete er mit dem Umblättern und zündete sich eine Zigarette an. Er inhalierte tief und betrachtete seine Hand. Die Schnitte waren nur oberflächlich, die Wunden würden heilen. Wahrscheinlich würden keine Narben bleiben. Gut! Er mochte seine Hände so gerne.

Die in der geschwungenen Handschrift gemalten Worte auf der ersten Seite drängten sich in sein Blickfeld. Georg kniff die Augen zusammen, während er an der Zigarette zog und die Buchstaben verschwammen. Sie verzogen sich zu einem Bild, zu einem Kunstwerk. Er schrieb wieder.

Olivias Worte hatten sich in sein Gehirn eingebrannt: »Ich bin fertig mit dir.« Immer war er es gewesen, der sie zurechtgewiesen und weggeschickt hatte. Es war sein Part, sie aus der Tür zu jagen. Sie hatte die Rollen mit ihm getauscht und er war ein Narr gewesen, als er, wie ein kleiner Junge mit gesenktem Kopf, aus dem Zimmer getrottet war. Olivia war fertig mit ihm. Falsch. Er war fertig mit ihr. Das musste er ihr unbedingt klarmachen. Georg konnte nicht zulassen, dass es so endete. Ein satter Nebel legte sich gemeinsam mit dem Rauch der Zigarette schwer auf seine Gedanken.

Wenigstens die Sache mit dem Kind hatte sich erledigt. Irgendwie würde sich alles wieder zum Guten wenden. Das war ein wahrhaftiges Problem gewesen, das sich von selbst gelöst hatte. Dass ihn Olivia einfach verstoßen hatte, konnte er aber nicht auf sich sitzen lassen. So gesehen waren sie noch nicht fertig miteinander.

Dieser Nebel, er ging nicht mehr weg. Die Heizkanone neben ihm auf der Terrasse lief auf höchster Stufe und stieß eine unangenehme Wärme aus. Sie bereitete ihm so plötzliche Kopfschmerzen, dass er sich im nächsten Augenblick heftig auf dem Terrassenboden übergab.

49 Mimi

Die Luft in der Mühlkreisbahn in Richtung Mühlviertel war grauenhaft. Mimi kämpfte gegen eine unterschwellige Übelkeit an und kramte in ihrer Tasche nach einem Kaugummi.

»Durchhalten«, beschwor sie sich selbst. In weniger als einer Stunde würde sie die klare Landluft durch die Lungen strömen lassen. Die Menschen rund um sie herum waren viel zu warm gekleidet dafür, dass der Waggon voll beheizt war. Sie schwitzten und es stank. Doch keinen schien es zu stören. Nur noch kurz aushalten.

Wortkarg war sie aus Konstantins Wohnung verschwunden. Ihre einzige Erklärung war gewesen, dass sie Zeit für sich brauchte. Dann war sie gegangen. Er hatte nicht versucht, sie aufzuhalten. Im Gegenteil. Konstantin war überraschend still geblieben. Aber seine harte Miene war ihr nicht entgangen. Vielleicht war er wütend gewesen, vielleicht verletzt. Wahrscheinlich war er es schlichtweg nicht gewohnt, dass er manche Situationen nicht unter Kontrolle hatte. Sie konnte ihn schwer einschätzen. Das konnte sie nicht, weil sie ihn nicht kannte. Und darin lag das eigentliche Problem. Konstantin war ein Fremder.

Mimi war in die Nacht hinausgelaufen und hatte sich vom ersten Taxi, das sie stoppen konnte, in ihre Wohnung bringen lassen. Nachdem sie ein paar Sachen zusammengepackt und sich Alex' Tasche geschnappt hatte, war sie zu Fuß zum Mühlkreisbahnhof gelaufen. Dort hatte sie drei Stunden lang gewartet, bis endlich der erste Zug nach Aigen-Schlägl gefahren war. Sie hatte gefroren, aber sie war stur stehengeblieben und hatte gewartet. Lars hatte sie eine E-Mail geschickt, dass sie krank wäre, und hoffte, dass sie nicht sofort gefeuert werden würde.

254

Ob es eine gute Idee war heimzufahren, konnte sie nicht sagen. Keiner wusste, dass sie kam, weder ihre Mutter noch Alex. Sie würden sich freuen und denken, dass sie etwas früher als gedacht über die Weihnachtsfeiertage kommen würde. Heile Welt, heile Familie, Heilige Nacht ... mit einer betrunkenen Mutter, die irgendwann heulend zusammenbrechen würde. Mit deren Freund, der ungustiös in einem der abgewetzten Polstermöbel lungerte und das traurige Schauspiel mit einem Schluck Cognac über sich ergehen ließ. Und mit einem Freund, der sich die Hoffnung machen würde, dass seine Mimi wieder zu ihm zurückgekommen war.

Bevor sie es vergaß, tippte sie eine Nachricht an Greta, in der Mimi sie über ihre spontane Entscheidung nach Hause zu fahren informierte. Es dauerte nicht lange, bis diese mit einem schlichten »Okay« antwortete. Zum Glück fragte sie auch diesmal nicht nach, denn Mimi wäre nicht in der Lage gewesen, ihr das alles zu erklären. Sie fühlte sich immer noch halbtot, so sehr hatte ihr die Panikattacke zugesetzt. Dass sie sich in derselben Abwärtsspirale befand, wie schon einige Jahre zuvor, ließ sie verzweifeln.

Es war richtig, heimzufahren. Sie musste raus aus der Stadt. Und weg von Konstantin. Vielleicht würde sie ihre Wohnung in der Stadt aufgeben und wieder nach Hause zurückkehren. Dort hatte sie ihre Ängste im Griff gehabt.

Sie brauchte Sicherheit, Beständigkeit und Normalität. Mimi konnte sich beim besten Willen nicht vorstellen, dass Konstantin ihr diese Faktoren bieten würde. Man sah ja, wie schnell sie Kleinigkeiten aus der Spur rissen. Sie musste Konstantin vergessen. Seine Welt war nichts für sie. Das war ihr dank der jüngsten Ereignisse bewusst geworden. Beim Gedanken daran, Konstantin aus ihrem Leben streichen zu müssen, um selbst zu überleben, wurde sie traurig. Nicht so sehr der Verlust machte ihr zu schaffen, wie die Erkenntnis,

255

dass sie aus sich keine neue Mimi machen konnte. Sie würde immer die Mimi bleiben, die ihre Schwester verloren hatte, deren Vater abgetaucht war und deren Mutter sie im Stich gelassen hatte, als Mimi sie so sehr gebraucht hatte.

»Mimi ... was machst du denn hier?« Alex stand steif im Türrahmen. Er starrte sie an wie ein Gespenst. Was hatte sie erwartet? Dass er sie freudig in die Arme schließen und so tun würde, als sei nichts geschehen? So als hätte sie ihn nicht verletzt und weggestoßen? Sie merkte jetzt erst, dass sie sich überhaupt nicht auf das Zusammentreffen vorbereitet hatte. Ohne Umweg war sie vom Bahnhof zum Hotel seiner Eltern mitten am Ortsplatz gelaufen und hatte beim daran angrenzenden Wohnkomplex geklingelt.

»Hallo Alex«, sagte Mimi leise und trat nervös von einem Fuß auf den anderen.

»Hallo!«

»Du hast deine Tasche bei mir vergessen und da dachte ich, ich bringe sie dir vorbei.« In diesem Moment war Mimi froh, dass ihr die Tasche einen Vorwand lieferte, um unangemeldet hier aufzuschlagen. Sie wusste nicht, was sie sonst hätte sagen können. Auf einmal kam sie sich blöd vor. Naiv wie sie war, hatte sie erwartet, dass Alex sich freuen würde, sie zu sehen. Sie dachte, er würde sie in die Arme schließen und an sich drücken.

»Danke«, antwortete Alex und nahm die Tasche entgegen. Sein Blick fiel auf den geschlossenen Reißverschluss und sein Gesicht wurde traurig.

Er dachte an den Ring.

»Lässt du mich rein?«, bat Mimi, als er sie fragend ansah und noch immer kein Wort sagte.

»Ich bin gerade auf dem Weg ins Hotel. Richard ist krank geworden und die Rezeption ist nicht besetzt.«

256

»Verstehe. Dann treffen wir uns morgen?«

»Ich weiß nicht. Es ist gerade ziemlich viel los, die Gäste reisen im Minutentakt an.«

»Ja, natürlich. Ruf mich einfach an, wenn du Zeit hast für einen Kaffee, okay?«

»Okay.« Alex würde sich nicht melden. Das war Mimi sofort klar.

»Hallo, Mädchen! Das ist ja eine Überraschung. Komm rein!« Alex Mutter stand plötzlich hinter ihm und winkte sie ins Haus.

»Mimi ist in Eile und muss schon wieder los«, stellte Alex rasch klar und sah Mimi vielsagend an. Lange würde sie die Tränen nicht mehr zurückhalten können. Zu gerne hätte sie sich in Gisis mütterliche Arme geworfen. Daher schenkte sie den beiden ein flüchtiges Lächeln. Sie schulterte ihre Tasche und ging die zwei Kilometer bis zu ihrem Elternhaus zu Fuß entlang der Bundesstraße. Die Kälte kroch unter ihre Kleidung, als sie den Fluss, die Große Mühl, überquerte und sich *der* Baum in ihr Sichtfeld schob.

50 Georg

Als Marleen anrief, war er gerade dabei, sich anzuziehen. Seine Eltern erwarteten ihn in weniger als zwanzig Minuten bei sich zuhause. Georg hatte keine Ahnung, warum er so kurzfristig in ihr Haus beordert wurde. Er hatte alles versucht, um sich nach dem kräfteraubenden Vormittag mit Krankenhaus, Olivia und seinem kindischen Versuch, zu schreiben, rauszureden. Aber sein Vater duldete am Telefon keinen Widerspruch. Nun sah er auf dem Display den eingehenden Anruf mit unterdrückter Nummer. Es musste Marleen sein.

»Hallo?«, meldete er sich unverbindlich.

»Hallo, Georg. Was machst du?« Sie war es.

»Ich ...«

»Hör zu, ich muss wieder auflegen. Treffen wir uns heute Abend um zwanzig Uhr im Kunstmuseum? Es hat heute lange geöffnet und die Ausstellung will ich mir ansehen.« Sie wollte mit ihm ins Museum gehen? Worauf das wohl wieder hinauslaufen sollte, war ihm ein Rätsel. Sie ließ ihm keine Chance, darüber nachzudenken.

»Wir treffen uns um zwanzig Uhr am Eingang. Bis nachher!« Aufgelegt. Wieder einmal. Hatte er denn überhaupt zugesagt? Das Telefon in Georgs Hand bebte vor Zorn. Was bildete sich diese Schlampe eigentlich ein, ihn herumzukommandieren? Sie kannte ihn nicht. Sie wusste nicht, wer er war. Georg Soyer, der Erbe der Soyer-Group, wurde nicht zu bestimmter Uhrzeit an den Eingang eines Museums bestellt.

Gehetzt ließ er den Wagen über die geschotterte Zufahrt rauschen und bremste so abrupt vor dem Haus seiner Eltern, dass die Steine durch die Luft flogen. Er stieg aus, ordnete seine Kleidung und straffte die Schultern. Nichts, was sein Vater heute sagte, würde er aufnehmen. Er war hier, das musste reichen. Die Hotels waren ihm egal, er wollte einfach nur seine Ruhe haben. Denn ganz gleich was er tat, es war ohnehin nicht gut genug. Irgendwann würde sein Vater sterben und dann würde er seine Einstellung wieder ändern. Aber jetzt, wozu?

»Hallo Georg, komm rein!« Mutter war perfekt gekleidet, als würde sie an diesem winterlichen Nachmittag einen Empfang geben. Lächerlich, das ganze Gehabe. Er brachte keinen Gruß zustande, stampfte an ihr vorbei ins Haus.

»Sie erwarten dich im Arbeitszimmer«, rief sie ihm hinterher. Sie? Wieder einer der Direktorenkollegen, die er sich ansehen musste, um von ihnen zu lernen? Georg schüttelte schwach den Kopf und machte sich auf den Weg, um das Theater hinter sich zu bringen.

»Guten Tag, Vater. Philipp?«

»Hallo Georg, lange nicht gesehen.« Sein Cousin stand neben Georgs Vater hinter dem wuchtigen Schreibtisch. Was machte dieser Lackaffe denn hier?

»Ich sollte kommen, was gibt es denn?«, fragte Georg misstrauisch und ließ den Blick zwischen Philipp und seinem Vater hin- und herwandern.

»Setz dich, Georg!«, wies ihn der Alte an und Georg folgte der Anweisung. Hier war etwas im Gange, das ihm nicht gefallen würde. Da setzte er sich sowieso lieber hin.

»Ich mache es kurz, Georg. Da du bekannterweise in meine Fußstapfen treten sollst, habe ich mir überlegt, dass du im Hinblick auf deine Führungskompetenzen noch eine Weiterbildung in Anspruch nehmen solltest. Die Soyer-Group startet eine Kooperation mit der Munich Business School. Sie haben ein maßgeschneidertes Fortbildungsprogramm für dich konzipiert. Du startest gleich im neuen Jahr damit und wirst zwei Semester in München verbringen. Philipp wird deine Agenden im Parkhotel während dieses Zeitraums übernehmen.«

Georg starrte die beiden an. Er war unfähig, etwas zu sagen. Ihm wurde gerade erklärt, dass man ihn nach Deutschland abschob und er seine Stelle aufgeben musste. Und Linz. Nein, er konnte sich nicht äußern.

»Sag schon was!«, fuhr ihn sein Vater an.

»Ich weiß nicht, was ich sagen soll«, entgegnete Georg trocken.

»Wie wäre es, wenn du dich mal bedanken würdest, du verwöhnter Fratz. Wir füttern dich seit Jahren durch und nun investieren wir nochmals ein paar tausend Euro in deine verdammte Ausbildung!« Da war er wieder, der alte Choleriker. Aber Georg war das egal. Er kannte das. Er hielt das aus. Und er schwieg. Egal, was er jetzt sagte, es würde Vater nur noch mehr aufregen.

Philipp. Natürlich war er zur Stelle, wenn der gute Onkel Soyer seine Hilfe brauchte, um den missratenen Sohn zu ersetzen. Er war nicht mehr als ein geschickter Aufpudler. Wahrscheinlich hatte er die Hoffnung auf den Thron noch immer nicht ganz aufgegeben. Obwohl das Testament seines Großvaters unmissverständlich war und laut Notar Bestand hatte, außer Georg brachte jemanden um oder sowas. Er konnte sich an die Punkte nicht mehr genau erinnern, worauf er achtgeben musste.

»Danke, Papa!«, äffte Georg, sprang vom Stuhl hoch und stürmte aus dem Arbeitszimmer.

»Wo willst du denn hin?«, fragte seine Mutter erstaunt, als er an ihr vorbeilief.

»Das geht dich nichts an«, bellte er zurück und blieb stehen.

»Georg, du weißt, dein Vater will nur das Beste für dich. Er hat sich so aufgeregt, als er die Sache mit der Rezeptionistin und der Schwangerschaft herausgefunden hat. Du kannst froh sein, dass das nun so ausgeht für dich. Nimm dir ein

260

Jahr Auszeit und komm dann zurück. Versuche doch endlich, dich zu ändern.«

»Woher weiß er das mit Olivia?«

»Ich weiß nicht genau. Irgendjemand aus dem Krankenhaus hat ihn wohl angerufen. Was hast du dir bloß dabei gedacht?« Ihre Stimme, ihre Haltung, alles an ihr war ein einziger Vorwurf.

»Das geht dich genauso wenig an. Lass mich endlich in Ruhe. Ich gehe.«

»Georg, du hattest ein gutes Leben. Dir hat es an nichts gefehlt. Kaum jemand wächst in so privilegierten Verhältnissen auf. Warum machst du es uns allen bloß so schwer?«

»Ein gutes Leben mit einem cholerischen Vater und einer narzisstischen Mutter.«

»Manchmal benimmst du dich wie dein Vater«, zischte sie.

»Das ist es doch, was dir gefällt. Du brauchst es doch, wenn man dir Vorschriften macht und dich schlecht behandelt. Hauptsache das Geld fließt. Es gibt übrigens eine treffende Berufsbezeichnung für das, was du seit Jahrzehnten betreibst.«

»Es reicht, Georg!«, sie schrie nun.

»Du bist das Letzte. Geh mir aus dem Weg, Mutter, oder ich vergesse mich.« Unsanft packte er sie am Arm und zerrte sie von der Haustür weg, damit er dieses Haus endlich verlassen konnte.

Georg suchte lange nach einem Parkplatz vor dem Kunstmuseum. Als er endlich fündig geworden war, stellte er den Motor ab und sah auf die Uhr. Er war immer noch etwas zu früh hier. Keinesfalls wollte er vor der Tür auf Marleen warten. Er würde pünktlich sein, weil er immer pünktlich war, aber keine Minute zu bald auftauchen. So lange hatte er mit sich gehadert, ob er überhaupt zu dem Treffen kommen sollte. Er wurde in einem fort irgendwohin bestellt, woandershin geschickt oder weggejagt. Diese neuen Methoden machten ihn so zornig. Was war bloß aus ihm geworden?

Georg würde ihr heute einfach noch eine Chance geben. Sie musste einsehen, dass er derjenige war, der die Dinge in die Hand nahm, und sich von ihm lenken lassen. Da sie sich immer wieder bei ihm meldete, war sie sicher bereit, sich ein wenig zu ändern. Wenn sie die Regeln einhielt, konnte er sich ein Verhältnis mit ihr schon vorstellen. Allen voran aber wollte er endlich ihre Telefonnummer.

Entschlossen stieg er, das nervöse Kribbeln im Magen ignorierend, aus dem Wagen. Die Wegstrecke zum Treffpunkt war nur kurz. Bereits vom Parkplatz aus erkannte er den gläsernen Quader. Und vor der Tür stand sie, mit dem Rücken zu ihm, in der klirrenden Kälte, und rauchte eine Zigarette. Nicht so gehetzt und von Sucht getrieben, wie der Mann einige Meter von ihr entfernt. Nein, sie genoss die Züge, als läge sie entspannt in einer Hängematte auf Bali. Diese Frau war ein einziges Rätsel. Noch einmal überlegte Georg, einfach umzudrehen und davonzulaufen. Doch er konnte sich nicht dazu durchringen.

»Hallo«, sagte er, als er direkt neben ihr stand. Sie sah ihn kurz erschrocken an, ganz so, als sei sie überrascht, ihn hier zu treffen. Gleich darauf blitzte etwas in ihren blauen Augen auf. Sie warf die Zigarette auf den Boden und legte ihre Arme um seinen Nacken. Er fühlte ihre warme Zunge im Mund, schmeckte den kalten Rauch und war augenblicklich erregt.

262

51 Mimi

Mimi lag in dem schmalen Einzelbett in ihrem alten Kinderzimmer und dachte nach. Durch das geöffnete Fenster strömte kalte, klare Luft. Sie roch hier ganz anders als in der Stadt. Filigraner und doch intensiv, schlichtweg natürlicher. Und sie roch nach Tod. Kalt und klar, verbunden mit einem leichten Kribbeln, wenn sich der kaum wahrnehmbare Duft der feinen Eiskristalle in die Nase bohrte. Schneeflocken tanzten vor ihrem Fenster. Vielleicht blieb der Schnee liegen. Schnee. Mimi hasste Schnee.

Sie stand auf und blickte nach draußen. Direkt unter ihr befand sich die Zufahrt zum Grundstück. Gleich dahinter lag die breite, kurvige Bundesstraße, die eine beliebte Raserstrecke war. So oft hatte ihre Mutter sie und ihre Schwester vor der gefährlichen Straße gewarnt. Auf der gegenüberliegenden Seite begann der Schlittenhang. Man konnte ihn aus jedem Fenster auf dieser Hausseite sehen. Sogar aus dem seitlichen Badfenster, wenn man sich etwas streckte.

Damals war es ein unbebautes Grundstück gewesen. Heute stand darauf ein in den Hang hineingekünsteltes, zweistöckiges Haus. Darin lebte ein Paar mit seinen beiden Kindern. Bevor Mimi weggezogen war, hatte sie den Jungen und das etwas jüngere Mädchen oft beim Spielen beobachtet. Sie stauten gerne das Wasser im Fluss, der die untere Grundgrenze bildete. Manchmal versteckte sich das Mädchen beim Versteckspiel hinter der dicken Föhre, an der sich Marie das Genick gebrochen hatte.

Im Sommer wurden drüben öfters Gartenfeste gefeiert und die Kinder schaukelten ausgelassen in dem hölzernen, spröde wirkenden Hängesessel, den man in ebendieser Föhre befestigte. Und die Erwachsenen aßen, tranken und lachten. Natürlich wusste Mimi, dass man ihnen nicht böse sein konnte. Warum sollte das Leben dort nicht einkehren und weitergehen. Die Familie war aus der Stadt hierhergezogen, um den Kindern ein unbeschwertes Landleben zu ermöglichen. Sie wussten wahrscheinlich nicht einmal etwas von der Tragödie, die sich hier abgespielt hatte, als sie das Grundstück gekauft hatten. Weder Mimi noch ihre Mutter hatten jemals probiert, mit ihnen in Kontakt zu treten. Die Versuche der Familie, sie kennenzulernen, hatten sie beide abgeblockt. Das war sehr unüblich hier auf dem Land. Aber die neuen Nachbarn fanden sich irgendwann damit ab. Vielleicht hatte sie im Laufe der Zeit jemand aus dem Dorf über die Umstände aufgeklärt, denn plötzlich begannen sie, bloß noch freundlich zu grüßen und sie sonst in Ruhe zu lassen.

Oft hatte Mimis Herz beim Anblick der heilen Familie so wehgetan, dass sie am liebsten hinübergegangen wäre, um die Menschen zu beschimpfen und zu ohrfeigen. Sie hatte sich vorgestellt, wie sie von einem wahnsinnigen Raser totgefahren wurde, wenn sie diesen Plan in die Tat umsetzte. Doch sie ging nie hinüber und sie wurde nie umgefahren.

Vielleicht hätten ihre Mutter und sie nach Vaters Verschwinden umziehen sollen, um ein neues Leben zu beginnen. Aber das war nie zur Debatte gestanden. Stattdessen waren sie an diesem beklemmenden Ort geblieben, umgeben von all der Verzweiflung und Traurigkeit, die ihre Mutter in die Alkoholsucht trieben. Mimi wunderte sich nicht, dass Mama zugrunde gegangen war. Sie hätten irgendwo neu anfangen sollen. Nicht vergessen, aber ein erträglicheres Umfeld suchen. Erst jetzt, da sie nicht mehr hier wohnte, wurde Mimi bewusst, dass dieser Ort ein einziger Albtraum war.

»Mimi!« Der Schrei ihrer Mutter durchtrennte die Stille wie ein Axtschlag. Sie atmete tief durch, schloss das Fenster und versuchte, den Ruf zu ignorieren. Das Wiedersehen mit ihrer Mutter war ernüchternd gewesen. Erst flippte sie fast aus

264

vor lauter Freude und Überraschung, als sie Mimi erblickte. Sie war jedoch so betrunken, dass sie wenig später schnarchend auf der Couch eingeschlafen war. Als ihr Freund Karl dann plötzlich in Jogginghosen und verschlissener Winterjacke im Wohnzimmer stand, bepackt mit in Folie verpacktem Schinken, Toastbrot und jeder Menge Alkohol, hatte sich Mimi zurückgezogen. Was hatte sie sich bloß dabei gedacht, hierher zurückzukommen?

Sie war konsterniert über Alex Reaktion auf ihr spontanes Auftauchen. Sie hatte ihn verletzt und wahrscheinlich war es am besten, wenn sie sich von ihm fernhielt. Sie vermisste Greta. Und Konstantin. Auch wenn sie versuchte, die Sehnsucht nach ihm zu verdrängen.

Um ihre Gedanken von ihm fortzulenken, zählte sie innerlich nochmals alle Gründe auf, warum sie von zuhause weggegangen war. Gleichzeitig wartete sie darauf, dass ihre Mutter erneut nach ihr rief. Es dauerte nicht lange. Seufzend machte sie sich auf den Weg nach unten zu ihr.

»Wir haben kaum etwas zu essen daheim. Könntest du nochmals zum Laden fahren und etwas einkaufen? Ich habe ja noch gar nicht mir dir gerechnet.« Ein bisschen Scham, gepaart mit einem Vorwurf. Sie musste sich von nun an ankündigen, wenn sie nach Hause kam. Mimi würde es sich merken.

»Du kannst Karls Auto nehmen. Dann musst du nicht so weit gehen. Und wenn du schon dort bist, dann bring mir bitte meine Tabletten gegen Kopfschmerzen mit. Ich habe momentan wieder einen grässlichen Migräneschub.« Auch genannt Kater, dachte Mimi und schlüpfte wortlos in den Mantel. Karl saß auf dem Sofa und streckte ihr stumm seinen Schlüssel entgegen.

»Mimi, Mädchen! Schön, dich zu sehen. Und wie geht es dir?« Die Frau hinter der Wursttheke im örtlichen Supermarkt trat hervor und zog sie in eine herzliche Umarmung.

»Gut, Anna, danke«, gab sie zurück und löste sich rasch wieder von ihr. Sie hatte keine Lust, sich zu unterhalten. Alle waren sie die fröhliche, herzliche Miriam gewohnt. Nichts davon konnte sie heute vorspielen. Schnell suchte sie ein paar Lebensmittel zusammen, die sich leicht gemeinsam in einen Topf werfen ließen und für eine Mahlzeit sorgen würden. Sie stellte die Tüte auf den Beifahrersitz von Karls altem Renault. Bevor sie einstieg, erinnerte sie sich an die Tabletten für ihre Mutter.

Sie reichte der Dame in der Apotheke das Rezept, die sie aufmerksam musterte, nachdem sie es durchgelesen hatte.

»Sind die für dich?«, fragte sie forsch.

»Nein, für meine Mutter«, antwortete Mimi zerstreut. Sie hatte die Apothekerin noch nie hier gesehen. Ihren leicht tschechischen Akzent hörte man kaum heraus. Wahrscheinlich war sie die Ersatzkraft für Regina, die nach jahrelanger Hormontherapie endlich schwanger geworden war.

»Da muss ich mit der Chefin sprechen. Ich kann dir solche Tabletten nicht einfach mitgeben.« Rosa, so stand es auf dem Namensschild, die offenbar gleich gelernt hatte, dass man hier auf dem Land die Du-Kultur pflegte, verschwand im Hinterzimmer. Mimi wartete. Die Chefin, wie Rosa sie nannte, war eine etwas ältere esoterisch angehauchte Frau, die im rückwärtigen Hof gerne selbst zusammengemischte Pflanzen konsumierte. Es würde also eine Weile dauern, bis Mimi endlich mit den Tabletten heimfahren konnte. Sie stöberte gerade durch die Regale mit den unzähligen Tuben und Tiegeln für Hautpflege, als sie eine Stimme hinter sich hörte.

»Hallo, Miriam!« Es klang vertraut und Mimi zuckte überrascht.

266

»Gisi!« Mimi drehte sich um und vor ihr stand tatsächlich Alex' Mama.

»Wie geht es dir, mein Kind?« Gisi hatte ihren Kopf etwas zur Seite geneigt. Ihr Blick war gewohnt gütig und sie schien wirkliches Interesse an Mimis Antwort zu haben. Hatte ihr Alex nicht erzählt, dass er bei ihr in Linz gewesen war, dass er vorgehabt hatte, um ihre Hand anzuhalten, und dann enttäuscht nach Aigen-Schlägl zurückgefahren war? So schnell, wie er sie vor der Tür abgefertigt hatte, war Mimi keine Zeit geblieben, mit seiner Mutter auch nur einen Blick zu tauschen. Wenn man sich gut kennt, reicht oft ein Blick, ein Moment. Doch hier, in der Apotheke, zwischen den Regalen voller Antifaltencreme und Hühneraugenpflaster, war es für sie schwieriger, Gisis Stimmung und ihren Wissensstand festzustellen.

»Ganz gut, danke. Und dir? Ich meine euch? Wie geht es Peter«, gab Mimi zurück.

»Uns geht es auch gut. Du kennst doch meinen Mann, immer im Hotel oder im Wald. Ich bekomme ihn nur bei der Arbeit zu Gesicht.« Sie lächelte schwach, bevor sie fortfuhr. »Es ist so schön, dich wiederzusehen. Du fehlst uns. Bleibst du hier?«

»Ich freue mich auch, dich zu sehen. Nein, ich bin nur über die Feiertage hier.« ›Glaube ich‹, dachte sie weiter, ohne es auszusprechen.

Mimis Stimme war nicht mehr als ein Flüstern. Sie schämte sich, dass sie einfach weggegangen war. Vor ihrer Abreise hatte sie sich nicht einmal ordentlich von Gisi und Peter verabschiedet, wie ihr jetzt auffiel. Dabei hatten die beiden so viel für sie getan. Wie selbstverständlich hatte sie ihren Koffer zum Bahnhof geschoben und war eingestiegen. Ohne ein einziges Mal zurückzublicken, war sie abgerauscht in ihr neues Leben. Erst jetzt wurde ihr bewusst, wie rücksichtslos das gewesen war.

»Ich verstehe. Keine Ahnung, ob ich die ganze Geschichte kenne oder mir Alex nur einen Teil erzählt hat. Eines sollst du wissen: Wenn du etwas brauchst, melde dich jederzeit, Miriam. Du kannst immer auf mich zählen.« Gisi umarmte sie ein wenig unbeholfen und Mimi schossen Tränen in die Augen. Womit hatte sie diese warmen Worte verdient, diese Herzlichkeit? Alex hatte ihr bestimmt nicht alles erzählt. Wahrscheinlich wusste sie gar nicht, dass er bei ihr in Linz gewesen war. Aber vom Ring ihrer Mutter müsste sie doch eigentlich wissen, dachte Mimi. In diesem Augenblick trat Rosa wieder in den Verkaufsraum und hielt ihr die Tabletten hin. Abwesend griff Mimi danach und schob der Apothekerin das Geld für die Rezeptgebühr entgegen. Sie wandte sich grußlos zum Gehen und stellte fest, dass Gisi bereits verschwunden war.

52 Georg

»Sie ist weg«, stellte Konstantin nüchtern fest.

»Ja.« Georg stützte die Arme auf die Knie und legte die Stirn in seine Hände. Sein Kopf platzte fast. Er war froh, dass Konstantin unangekündigt vor der Tür gestanden war. Als er aufgestanden war, wusste er nichts mit sich anzufangen. Er machte sich einen Kaffee, setzte sich in die Küche und starrte vor sich hin. Er betrachtete die braune Flüssigkeit in der Tasse und wartete.

»Ich habe keine Ahnung, was mit ihr los ist. In einem Moment denke ich, wir sind füreinander bestimmt. Und im nächsten haut sie ab.« Ratlos zog Konstantin an seiner Zigarette.

»Wir haben die Kontrolle verloren. Deine Mimi ist einfach gegangen und Olivia will nichts mehr von mir wissen. Sie hat mich weggeschickt. Kannst du dir das vorstellen?«

»Wir haben die Kontrolle nicht verloren«, erwiderte Konstantin nachdenklich. »Wir hatten sie nie. Du meinst, wir haben immer alles im Griff? Dass wir Einfluss darauf haben, was passiert? Das ist doch alles nur Show, Georg. Mit Mimi hat sich etwas verändert in mir. Und kaum wird mir das klar, läuft sie mir davon. Sei mal ehrlich zu dir selbst. Bei Olivia und dir ist es doch nicht anders. Kaum hat euch das reale Leben eingeholt, schickt sie dich fort. Das hätte sie über kurz oder lang sowieso gemacht, auch wenn sie das Baby nicht verloren hätte.«

Georg dachte darüber nach, stellte aber fest, dass es ihn zu sehr anstrengte. Alles lief aus den gewohnten Bahnen und das machte ihn unruhig. Seine Therapeutin versuchte seit Tagen, ihn zu erreichen. Er wusste nichts mit ihr zu reden.

»Ich gehe nach München«, ließ er plötzlich verlauten.

»Warum? Was machst du denn in München? Eröffnet ihr ein neues Hotel?« Überrascht richtete sich Konstantin in seinem Korbsessel auf. Sie saßen auf der riesigen Terrasse. Die Heizkanone lief auf voller Leistung.

»Ich habe von der Munich Business School ein spezielles Programm für mich entwickeln lassen, das ich absolvieren werde.«

»Hm, ich verstehe.« Georg spürte Konstantins skeptischen Blick und straffte seinen Rücken.

»Mein Vater wird, wie es aussieht, bald seinen Ruhestand antreten. Ich will mich darauf vorbereiten, die Führung über die Soyer-Group zu übernehmen. Der Zeitpunkt ist perfekt für diese Maßnahme. Ich habe Philipp gebeten, meine Angelegenheiten im Parkhotel interimistisch zu übernehmen.« So klang es gut, das würde er sich merken müssen.

»Das hört sich toll an. Du hast ja, bis auf das Hotel, nichts, was dich hier hält«, stellte sein Freund fest.

»Naja, ich habe jemanden kennengelernt. Eine Frau. Aber ich weiß nicht, ob es etwas Ernstes ist.«

»Du hast eine Frau am Start? Sag mal, davon weiß ich gar nichts. Erzähl schon! Kenne ich sie?«

»Nein. Ich bin ihr zufällig begegnet.«

»Und du empfindest etwas für sie?« Er schien verwirrt. Georg war es auch. Empfinden? Das wusste er selbst nicht. Wahrscheinlich würde er ausprobieren müssen, wie es sich anfühlte, etwas zu empfinden.

»Ich weiß es nicht«, antwortete er also wahrheitsgemäß. In drei Tagen war Weihnachten. Er würde Marleen fragen, was sie vorhatte. Dieses Jahr wollte er sicher nicht bei seinen Eltern verbringen. Vielleicht hatte sie auch keine Pläne und sie würden den Heiligen Abend zusammen sein. Er könnte sie wie ein Geschenk langsam auspacken und sofort damit spielen. Georg schmunzelte bei der Vorstellung.

270

Plötzlich warf Konstantin seine halbgerauchte Zigarette in den Garten.

»Lass das, hier steht doch ein Aschenbecher!«, fuhr Georg ihn an.

»Ich muss los!« Konstantin sprang abrupt auf.

»Wohin gehst du?«

»Ich hole mir Mimi zurück!« Seine Stimme war entschlossen. Noch während er sich ein Taxi bestellte, klopfte er Georg zum Abschied auf die Schulter und verschwand durch die Gartentür hinaus auf die Straße.

Von hinten umschlangen ihn zwei schlanke Arme.

»Du bist früh auf. Komm ins Bett zurück!«

Georg stand auf und folgte Marleen ins Gästezimmer, in dem sie beide die Nacht verbracht hatten. Für sein Schlafzimmer kannte er sie nicht gut genug. Überhaupt war fraglich, ob er sie jemals dorthin einladen würde. Noch einmal ließ er sich von ihr ficken. Ein letztes Mal, weil er langsam Gefallen daran fand, sich nehmen zu lassen. Aber dann würde er die Seiten wieder wechseln. Noch ein allerletztes Mal.

Als sie auf ihm kam, studierte er ihr Gesicht. Ihre Mimik entgleiste wie ein Zug. Aus ihr brach etwas hervor, das er noch nie bei einer Frau beobachtet hatte. Keuchend sank sie auf ihn nieder. Ihr Haar ergoss sich über seinem Gesicht und seine Brust.

»Ich liebe dich«, flüsterte er. Nicht so sehr, weil er das Gefühl hatte, er könnte wahrhaftig so empfinden. Er wollte einfach hören, wie es klang.

Marleen schwieg. Sie tat so, als hätte sie es nicht gehört. Sofort ärgerte sich Georg darüber, dass er das gesagt hatte, obwohl er doch gar nicht wusste, ob er es so meinte. Er hatte keine Ahnung von Liebe.

»Was machst du über die Feiertage?«, fragte er, um abzulenken. Als es ausgesprochen war, interpretierte er es selbst als verzweifelte Anknüpfung an das Vorangegangene. Am besten war es wohl, er schwieg genauso wie sie. Marleen hob ihren Kopf und musterte ihn eindringlich.

»Ich werde Weihnachten bei meiner Familie verbringen.« Sie hatte eine Familie. Natürlich. Davon hätte er ausgehen können. Normale Menschen verbrachten Weihnachten bei ihrer Familie. Entweder hatten sie Kinder oder sie waren selbst die Kinder. Auf ihn traf beides nicht zu. Auch wenn er lange um den Status des Kindseins gekämpft hatte.

Sie fragte Georg nicht, wie er Weihnachten verbringen würde. Es war ihr egal.

»Ich werde ab Jänner für ein Jahr nach München gehen.« Warum zum Teufel, sprach er immer noch?

»Mhm.«

»Ich werde eine Fortbildung machen und nach meiner Rückkehr die Führung der Soyer-Group übernehmen.«

»Ich verstehe.«

»Was machst du eigentlich beruflich?«, fragte Georg. Ihm fiel erneut auf, dass er so gut wie nichts über Marleen wusste. Sie schwieg und legte ihren Kopf wieder neben seinen auf das Kissen. Ihr knochiges Kinn drückte schmerzhaft gegen sein Schlüsselbein. Mit ihrem Zeigefinger tippte sie über seine muskulöse Brust, immer weiter hinunter. Georg konnte sich nicht mehr an die Frage erinnern, die er ihr gestellt hatte. Jedes Tippen war ein Klick auf ›Löschen‹. Nach und nach landeten alle seine Gedanken im Papierkorb.

272

53 Mimi

Mimi saß vor ihrem vollen Teller und stocherte in den Nudeln herum. Sie hatte sich beim Kochen große Mühe gegeben, aber der Appetit blieb aus. Immer wieder fiel ihr Blick auf das Telefon, das neben dem Wasserglas auf dem Tisch lag. Das Display war dunkel, aber die zuvor angezeigten Worte hatten sich eingebrannt.

»Miriam, ich denke oft an dich.«

Bis jetzt hatte sie auf diese unerwartete Nachricht nicht geantwortet. Noch nicht.

»Das schmeckt«, brummte Karl zwischen zwei Bissen, die er schmatzend wie ein Schwein in sich hineinschaufelte. Sie wollte nicht hinterfragen, wann die beiden zuletzt eine warme Mahlzeit gegessen hatten, außer vielleicht Toast. Der Salat in der Mitte des Tischs blieb unangetastet. Mimi ekelte sich vor Karl. Wenigstens ihre Mutter hatte sich aufgerafft und sich während Mimis Abwesenheit gewaschen. Nun saß sie im Morgenmantel vor ihrer Mahlzeit und langte ordentlich zu. Lustlos schob Mimi ihre Nudeln von einem Tellerrand zum gegenüberliegenden. Da leuchtete ihr Handy erneut auf.

»Konstantin sucht dich. Habe ihm gesagt, dass du nach Hause gefahren bist. Kuss Greta«

»Was? Er wird doch nicht herkommen, oder?«

Schnell tippte Mimi die Nachricht und verschickte sie. Sie wollte Konstantin nicht sehen und schon gar nicht wollte sie, dass er hierherkam, in dieses Haus. Der Gedanke, ihn mit ihrer Mutter und Karl bekanntzumachen war furchtbar.

Komisch, dass er sich nicht direkt bei ihr gemeldet hatte. Aber wahrscheinlich wollte er das Überraschungsmoment nutzen. Und er hatte recht, sie hätte ihn ohnehin abgewiesen. Ungeduldig wartete sie darauf, dass Greta zurückschrieb.

»Keine Ahnung. Er wollte die Adresse, aber die weiß ich ja selbst nicht mal.«

Richtig, Konstantin kannte die genaue Anschrift nicht. Das verschaffte ihr einen Vorsprung. Wieder stach sie eine Nudel auf, um sie gleich darauf wieder am Tellerrand von ihr hinunterzuschieben.

»Du isst ja gar nichts. Geht's dir nicht gut?«, fragte Karl plötzlich.

»Doch, mir geht's gut«, gab sie zurück, ohne von ihrem Teller aufzusehen.

»Ich finde es schön, dass du da bist«, sagte ihre Mutter. »Morgen nach dem Frühstück holen wir einen Christbaum und dann machen wir uns schöne Feiertage.«

Mimi nickte zaghaft und stellte sich vor, wie diese schönen Feiertage wirklich aussehen würden. Sie gemeinsam mit ihrer Mama und Karl unter einem traurigen Weihnachtsbaum. Kein Familienfest mehr, wie früher. Ein angestrengtes Bemühen, damit man eine Fassade aufrecht erhielt, die längst in sich zusammengefallen war.

Plötzlich vermisste Mimi ihren Vater. Sie sehnte sich nach einem Weihnachtsfest mit ihm und Mama und Marie. Marie wäre jetzt fünfzehn. Sie würde noch zuhause wohnen, Mimi wahrscheinlich auch. Sie würden ihrer Mama in der Küche helfen, während Papa einen Baum im Wald des befreundeten Försters schlagen würde. Mama würde schimpfen, dass der Baum viel zu groß für das Haus sei, und Papa würde lachen. Die beiden, mittlerweile großen Töchter würden sich ansehen

274

und wissend mit den Augen rollen. Denn es wäre nur eine Frage der Zeit, bis Mama lachend in Papas Armen liegen würde und sich von ihm zu einem spontanen Tänzchen zu *Last Christmas* überreden ließe, das in der Vorweihnachtszeit dauernd im Radio lief.

Was in Wirklichkeit auf sie wartete, war nicht nur trostlos, sondern es fühlte sich auch beängstigend falsch an. Heuer würde sie dieses Theater nicht ertragen. Sie öffnete das vorletzte Chatfenster und antwortete auf die Nachricht.

»Holst du mich in zwanzig Minuten ab?«

»Ja.«

Die Nachricht blinkte beinahe sofort auf.

Mimi warf ihr Besteck auf den Teller und trug das Geschirr in die Küche.

»Bist du schon fertig, Kind? Wo willst du denn hin?«

»Ich packe«, antwortete Mimi, ohne ihre Mutter anzusehen, und verschwand in ihrem alten Kinderzimmer. Sie warf ihre Sachen achtlos in die Tasche. Unten zog sie ihren Mantel an und stieg in die Schuhe.

»Miriam, wo gehst du hin?« Mimi wollte nur noch weg. Im letzten Moment überlegte sie es sich anders und ging ins Wohnzimmer zurück. Sie umarmte ihre Mutter, die irritiert dreinschaute und so klein wirkte, wie sie da im Morgenmantel vor ihr stand. Mimi drückte sie ganz fest an sich, steckte die Nase in das Haar ihrer Mutter und inhalierte den vertrauten Lavendelduft ihres Shampoos, das sie, seit Mimi denken konnte, benutzte. Für einen kurzen Moment schloss Mimi die Augen und träumte von dieser Zeit, in der sie eine Mutter gehabt hatte.

»Ich hab dich lieb, Mama«, flüsterte sie ihr ins Ohr und drückte ihr ein Küsschen auf die Wange. Dann griff sie sich die Tasche. Sie winkte Karl wortlos zu, trat aus der Tür und stieg in den wartenden Wagen vor dem Haus.

»Schön, dass du hier bist«, sagte Gisi und drückte Mimi auf den Stuhl im Essbereich der riesigen Küche, die sich im Wohntrakt des Hotels befand. Seit seiner Geburt wohnte Peter Bergmann in diesem Haus. Er hatte als junger Mann gemeinsam mit seiner Gisi aus dem Landhaus mitten im Ort von Aigen-Schlägl ein Hotel geformt. Damals war er einer der ersten gewesen, der das Tourismuspotential der Region erkannt hatte, und war gerade in der Anfangszeit immer wieder als Spinner bezeichnet worden. Mittlerweile wurden rundherum Vier- und Fünfsternehotels auf die im Eiltempo in Bauland umgewidmeten Felder hingeknallt. Die Konkurrenz war in den letzten Jahren so groß geworden, dass die Bergmanns mit ihrem schlichten, wenn auch charmanten Landhotel immer wieder zu kämpfen hatten. Sie setzten ihre Hoffnung in Alex, der frischen Wind in das Hotel bringen sollte. Sie konnten sich keine tausend Quadratmeter große Sauna- und Spa-Landschaft leisten, wie es die Hotels in der näheren Umgebung boten. Aber junge Menschen hatten ihrer Meinung nach ein Händchen für Innovationen, die sie von anderen Hotels unterschied. Ja, Alex war ihre Hoffnung. Und Mimi wusste, dass auch sie einmal ein Teil ihres Plans gewesen war, um ihr Lebenswerk fortzusetzen. Doch sie hatte allem den Rücken gekehrt und war verschwunden. Schon wieder schämte sie sich und fragte sich, warum Gisi ihr überhaupt eine Nachricht geschickt und sie spontan von zuhause abgeholt hatte. Mimi wusste nicht, womit sie es verdient hatte, dass Gisi überhaupt noch mit ihr sprach.

276

»Danke, dass du mich abgeholt hast«, murmelte sie also, unsicher, was sie noch sagen könnte. Doch dann setzten sich die Worte wie von ganz alleine in Bewegung und strömten aus ihrem Mund. »Es tut mir so leid, dass ich einfach nach Linz gegangen bin. Ich hätte mit euch sprechen müssen. In der kurzen Zeit zwischen meiner Entscheidung und der Abreise machte ich mir bloß Gedanken, wie ich es Alex beibringen konnte. Ich habe nicht daran gedacht, dass ihr es ebenfalls verdient habt, dass ich mich von euch verabschiede.« Schon spürte Mimi erste Tränen auf ihren Wangen. Ihr Verhalten war ihr so peinlich. Sie hatte sich benommen wie ein pubertierender Teenager.

»Mach dir darüber keine Gedanken. Möchtest du Apfel-schlangerl? Diesmal habe ich den Teig mit Most gemacht, so wie du ihn am liebsten hast. Ich habe sie vorhin erst aus dem Ofen geholt«, fragte Gisi gutmütig und sprang auf, um in der Speis die Apfelschlangerl zu holen.

»Bitte, iss ein bisschen was. Du siehst nicht gut aus.«

»Warum bist du so nett? Was hat dir Alex erzählt?«, brach es aus Mimi heraus. Erschrocken über ihre Direktheit hielt sie sich die Hand vor den Mund.

»Jetzt nimm dir schon was, noch sind sie warm. Wäre doch schade drum«, kommandierte Gisi liebevoll und griff schließ-lich selbst zu Messer und Tortenheber, um Mimis Teller ordentlich zu beladen. »Ich bin nicht nett, sondern ich bin ganz normal. Ich liebe dich, als wärst du mein eigenes Kind und ich weiß doch, dass du es zuhause nicht leicht hattest. Da ist es ganz natürlich, wenn man die erste Gelegenheit beim Schopf packt und Reißaus nimmt. Man kann ja nur froh sein, dass Alex und du das Internat besucht habt. Sonst hättest du es doch niemals so lange dort ausgehalten. Ich mag deine Mutter, das weißt du. Aber leider hat sie unsere Hilfe nie annehmen wollen. Aber dich haben wir immer gern um uns gehabt, Kind. Du bist was Besonderes.« Liebevoll kniff sie Mimi in die Wange und schob sich selbst ein riesiges Stück ihres Backwerks in den Mund. Mimi aß schweigend und überlegte, was sie sagen könnte. Sie wusste, dass ihre Mutter die Hilfe anderer Menschen immer abgelehnt hatte. Im Gegenteil. Anstatt dankbar zu sein, hatte sie schlecht über die Leute, die sie unterstützen wollten, geredet.

»Und Alex hat uns alles erzählt, glaube ich. Dass er bei dir in Linz war und dich fragen wollte, ob du ihn heiraten willst. Er hat mir auch anvertraut, dass er so weit war, zu dir nach Linz zu ziehen, damit ihr euch dort eine gemeinsame Zukunft aufbaut. Du wirst verstehen, dass ich meinem Peter diese Information nicht zumuten wollte. Es wurde ja ohnehin nichts draus und er ist, was das Hotel betrifft, so empfindlich. Du kennst ihn ja. Da habe ich dem Alex geraten, dass wir das für uns behalten. Und nun ist Alex ja wieder hier und verbeißt sich in die Arbeit. Das ist seine Ablenkung, weißt du? Tag und Nacht ist er im Einsatz. Er repariert und baut den Saunabereich aus, begrüßt die Gäste, liest schlaue Bücher und macht sich an der Buchhaltung zu schaffen.«

»Ich wollte ihn nicht enttäuschen und euch auch nicht. Gisi, bitte glaube mir. Alex bedeutet mir sehr viel und ihr mir auch. Mittlerweile weiß ich gar nicht mehr, ob es die richtige Entscheidung war, nach Linz zu gehen. Aber ich kann nicht mehr zurück zu Mama ziehen. Das ist mir jetzt klar geworden. Vielleicht sollte ich mir hier eine Wohnung suchen und euch im Hotel unterstützen. Nebenbei könnte ich mir noch einen Job in einem anderen Hotel suchen. Ihr braucht mir also gar nichts bezahlen.« Mimi war ganz verwirrt und wusste selbst nicht, was sie da daherredete.

»Ganz sicher nicht, Miriam. Du wirst jetzt deine Apfelschlangerl aufessen, den Rest packe ich dir ein. Und dann setzt du dich in den Zug und fährst nach Hause. Alex wird

278

darüber hinwegkommen und irgendwann werdet ihr wieder Freunde sein. Bis dahin wirst du einmal nur auf dich schauen. Erst Marie, dann deine Eltern und jetzt wären es Alex oder wir, die dich davon abhalten? Ganz sicher nicht. Du bist alt genug, bleib stark. Ich wünsche es mir so für dich, dass du endlich mit dir selbst glücklich wirst, mein liebes Kind.« Jetzt war es Gisi, die weinte und zärtlich über Mimis Wange streichelte. Mit einem abgewetzten Stofftaschentuch fuhr sie sich energisch übers Gesicht und sprang auf. Ihr Zeigefinger deutete mahnend auf die alte Kuckucksuhr an der Wand. Es war Zeit zu gehen. Der Zug fuhr in zehn Minuten ab. Sie würde laufen müssen, um ihn zu erwischen, denn die Haltestelle lag etwa fünfzehn Minuten Fußmarsch entfernt.

»Ich muss los«, stellte Mimi fest, doch es klang wie eine Frage. Gisi nickte und brachte sie nach einer festen Umarmung zur Tür.

54 Georg

Seine E-Mail an die Belegschaft des Hotels war auf dem Laptop geöffnet. Er las sie nochmals durch, diese geistlosen Abschiedsfloskeln, die ohnehin alle nur überfliegen würden. Die Nachricht war bereit zum Abschicken, doch er brachte es nicht über sich. Georg wollte nicht weg. Er konnte sich nicht vorstellen, nach München zu gehen. Das Hotel, seine Freunde und Marleen waren hier. Vor allem Marleen. Das Telefon riss ihn aus den Gedanken.

»Hallo?«

»Hi Georg! Ich habe gehört, dass du nach München abhaust.« Moritz klang ungewohnt ernsthaft.

»Ja.«

»Na gut, also, ich wollte nur sagen ... schade, jetzt wo das mit Olivia und dem Kind vom Tisch ist. Es hätte wieder werden können wie früher«, stammelte Mo.

»Diese Entscheidung ist richtig. Es geht um die Zukunft der Soyer-Group. Mein Vater wird bald den Ruhestand antreten und ich will hundert Prozent vorbereitet sein.« Georg wollte es selbst so sehr glauben.

»Ok, klar. Sehen wir uns heute Abend? Du könntest vorbeikommen und wir gucken einen Film.«

»Mal sehen.«

»Ich bin zuhause. Kannst jederzeit kommen.«

»Ciao, Mo.« Georg legte auf. Wütend warf er das Handy an die Wand und schmetterte den Laptop zu. Dann ließ er sich auf seinen Bürostuhl sinken und fing an zu schluchzen.

Kurz darauf schritt Georg erhobenen Hauptes aus dem Büro. Er war kein Waschlappen, er würde sich endlich in den Griff bekommen. München war eine Chance. Sie wurde ihm zwar aufgedrängt, aber er musste das Gute sehen. Er würde Abstand zu Marleen gewinnen, die bloß ihre Spielchen mit ihm trieb, und bewaffnet nach Hause zurückkehren. In diesem Jahr würde er sich eine Strategie zurechtlegen, die seinen Vater endgültig zu Fall brachte. Und Philipp gleich mit.

Er verschwand in einem der Toilettenräume und wusch sich mit aller Gründlichkeit seine Hände. Dabei betrachtete er sein eingefallenes Gesicht im Spiegel und läutete gleichzeitig eine neue Zeit ein.

Er hatte genug davon, den Schmerz zu fühlen. Georg würde sich am Riemen reißen. Je nachdem, wen man fragte, wurde von ihm erwartet, dass er ein taffer Geschäftsmann war, ein Lebemann, ein Mann, der die Frauen liebte und das Leben in vollen Zügen genoss. München würde ihn zurückverwandeln in eine Person, die all diese Rollen bedienen konnte. Wer er selbst war, würde er ohnehin nie erfahren. Er war so weit, sich wieder den schönen Dingen, den Reizen, dem Luxus zuzuwenden. Und Luxus bestand nicht zuletzt darin, sich selbst die Freiheit des Vergessens einzuräumen. Zumindest des Verdrängens.

Olivia verfrachtete er zusammen mit dem ungeborenen, toten Kind in ihrem Bauch in die hinterste Schublade seines gedanklichen Aktenschranks. Dort würden die beiden bleiben, bis nichts mehr von ihnen übrig war. Sie würden im nächsten Jahr gemeinsam mit seinen Eltern und Marleen nach und nach zu Staub zerfallen, verrotten. Georg hatte den Schmerz satt. Er wollte ihn nicht, war nicht dafür geschaffen, ihn auszuhalten und sich mit dieser aufzehrenden Unannehmlichkeit auseinanderzusetzen.

»Besorgen Sie mir ein neues Handy und sagen Sie Sarah, sie soll in mein Büro kommen«, rief er im Vorbeigehen in Pamelas Büro hinein.

»Worum geht es denn?«

»Ich will über ein paar Modalitäten in ihrem Dienstvertrag sprechen.«

»Natürlich, mache ich sofort.«

»Danke«, sagte Georg und schloss die Tür zu seinem Büro.

Er lehnte sich an die Front seines massiven Schreibtischs und fixierte die Tür. Keine drei Minuten später klopfte es.

»Herein!«

»Hallo, Georg!«, begrüßte ihn das Zimmermädchen lächelnd. Viel zu formlos, viel zu vertraut.

»Kommen Sie herein, Sarah, und schließen Sie die Tür!«

Sie starrte ihn überrascht an. Natürlich war sie enttäuscht. Vor einigen Tagen hatte er sie schließlich noch gebumst. Aber er war nun mal der Direktor und er würde es nicht dulden, dass sie ihn hier mit seinem Vornamen ansprach.

Er legte die Regeln fest. Punkt, Ende.

»Sie wollten über meinen Vertrag sprechen?«, sagte Sarah kleinlaut.

Viel besser.

»Nein.« Verwirrt stand sie mitten im Büro und fühlte sich sichtlich unwohl. Noch besser.

»Oh, aber Pamela hat gesagt, dass ...«

»Zieh deine Hose runter und leg dich auf den Schreibtisch!«

Kurz darauf pumpte er in schnellen, heftigen Stößen in sie hinein. Er machte die Regeln und es fühlte sich gut an. So musste es laufen. Sarah stöhnte zu laut, sodass er sich nach vorne beugen und ihr den Mund zuhalten musste. Vielleicht spielte sie die Erregung nur vor, er hatte keine Ahnung. Und es war ihm egal.

»Warum bist du nicht bei deinen Eltern?«

»Die Alten lassen es unter einer geschmückten Palme auf den Malediven krachen. Seit meine kleine Schwester endlich

282

auf der Uni ist und auf die heilige Familienzeit keinen großen Wert mehr legt, nutzen sie jede freie Minute, um sich abzuseilen.« Moritz zog an seiner Zigarette und starrte konzentriert auf den Fernseher. Nichts in dieser Wohnung wies auf Weihnachten hin. Kein Christbaum, keine Dekoration. Georg wusste nicht, ob ihm etwas fehlte und entschied, dass er sich darüber keine Gedanken machen sollte.

Er musterte seinen Freund von der Seite. Vielleicht hätte er nicht herkommen sollen. Doch alleine konnte er nicht bleiben und zu seinen Eltern zu fahren war dieses Jahr keine Option gewesen. Ihm stand nicht der Sinn danach, sich durch einen lähmenden Abend vollgepackt mit zu schwerem Essen, zu viel Alkohol, zu teuren Geschenken und zu flachen Vorwürfen zu quälen.

Natürlich hatten die Alten erwartet, dass er den Heiligen Abend, wie jedes Jahr, im Schoße der Familie verbringen würde. Doch er hatte sich mit einer erfundenen Erkältung aus der Affäre gezogen. Er gab am Telefon vor, dass er sich schleunigst erholen müsste, da er schließlich die Übergabe des Hotels an Philipp vorbereiten sollte und er sich kurz vor der Abreise nach München keine Krankentage leisten konnte. Sein Vater war damit zufrieden gewesen und seine Mutter hatte sich nicht mal zum Telefon bemüht, um mit ihm zu sprechen. Wahrscheinlich war sie zu müde gewesen.

Also hatte er sich am frühen Abend bei Mo eingefunden, um Bier zu trinken, Pizza zu bestellen und einen stumpfsinnigen Film zu sehen. Alles nur, damit dieses beschissene Weihnachten irgendwie vorüberging.

»Wollen wir in einen Club?«, fragte Mo.

»Mann, es ist noch nicht mal zehn. Außerdem ist mir nicht danach, auszugehen. Ich will einfach nur was trinken und dann schlafen.«

»Sei kein Spielverderber. Lass uns unterwegs eine Pizza essen, anstatt zu bestellen, und dann ins Prix gehen.« Georg wusste, dass Mo ohnehin keine Ruhe geben würde. Daher gab er sich geschlagen.

Kurz vor Mitternacht drängten sie sich in den Club, der überraschenderweise brechend voll war. Niemals zuvor war Georg zu Weihnachten unterwegs gewesen. Und bis heute war er davon ausgegangen, dass neunzig Prozent der Menschen mit ihren Familien zuhause unter dem Weihnachtsbaum saßen.

Das Fest der Liebe. Bei diesem Gedanken musste sich Georg beinahe übergeben. Wie Olivia wohl Weihnachten verbrachte? Er hatte nichts mehr von ihr gehört. Und er dachte an Marleen, die heute bei ihren Eltern war. Auch sie hatte sich seit Tagen nicht gemeldet.

Olivia, Marleen, Eltern, Familie. Schluss damit. ›Raus aus meinem Kopf. Scheiße nochmal, ihr alle seid weg, begraben im letzten Winkel des Gehirns. Bleibt dort, rührt euch nicht, verwest da!‹

Er begann zu zittern. Im Club war es viel zu heiß. Die Leute schwitzten unnatürlich stark für die Jahreszeit und Georg überkam schlagartig ein Ekel. Schnell stürzte er in Richtung der Toiletten. Vorher gab er Mo ein Zeichen, dass er an der Bar auf ihn warten sollte. Am Waschbecken schrubbte er seine Hände mit eiskaltem Wasser und wusch sein Gesicht. Die Falte zwischen den Augenbrauen war tiefer als sonst, die Haut hing schlaff an seinen Wangen herunter. Er hatte abgenommen und sich zu wenig gepflegt. So konnte das nicht weitergehen.

Ein Blick auf die Hände stimmte ihn etwas versöhnlicher. ›Meine schönen Hände.‹ Sie waren gebräunt und weich, die Nägel stets manikürt. Die Wunden waren verheilt. Zumindest die an seiner Haut. Sorgfältig trocknete sich Georg mit

284

Einwegtüchern ab und stemmte sich mit der Schulter gegen die Tür, um sich nicht gleich wieder den grauenhaften Bakterien an der Klinke aussetzen zu müssen.

Mo wartete mit einer Flasche Wodka und einigen Beigetränken an der Bar auf ihn. Er war schon längst nicht mehr allein. Um ihn herum scharte sich eine Gruppe junger Frauen, die ihn verzückt anhimmelten. Vermutlich trumpfte er eben damit auf, Zahnarzt zu sein, während er wie beiläufig den Porscheschlüssel auf die Bar legte. Georg kannte alle seine Tricks. Aber keines der Mädchen ahnte, was für ein gebrochener Typ vor ihnen saß. Niemand wusste Details über Moritz.

Doch Georg war ein exzellenter Beobachter. Klar war, dass Mo nicht immer der Aufreißer war, der er vorgab zu sein. Es hatte eine Zeit gegeben, da war sein Freund in festen Händen gewesen. Aber das war alles vor ihrer Freundschaft gewesen und Georg hatte es einiges an Mühe gekostet, bis er für sich die vielen Puzzleteilchen zu Moritz' wahrer Geschichte zusammengesetzt hatte. Niemals hatte er ihn darauf angesprochen und noch weniger hatte er mit den anderen darüber geredet. Es ging ihn nichts an und, was noch wichtiger war, es interessierte ihn auch nicht sonderlich.

Die Damen an der Bar, die sich um Mo herum drängten, waren hübsch. Georg war jedes Mittel recht, um sich abzulenken. Also nahm er auf dem freien Barhocker neben seinem Freund Platz.

»Guten Abend, Ladys!« Er setzte sein Pokerface auf, das Spiel konnte beginnen.

55 Mimi

»Frohe Weihnachten, Mimi-Schätzchen!« Greta stand in einem atemberaubenden, goldenen Meerjungfrauenkleid vor der Tür. Die modische Mütze, der lässige, offene Mantel und der passende Schal rundeten ihr Erscheinungsbild ab. Sie sah toll aus. Vor ihrem Bauch hielt sie Mimi zwei Flaschen Prosecco entgegen. Verstohlen sah Mimi an sich hinunter. Ihre Füße steckten in Plüschpatschen und ihre rosa Jogginghose passte nicht mal annähernd zu dem orangefarbenen Pulli.

»Frohe Weihnachten, Greta! Ich habe gar nicht mit dir gerechnet.«

»Das sehe ich! Wie siehst du denn aus? Es ist Weihnachten, verdammt noch mal, und du bist angezogen wie eine obdachlose Cracknutte! Mein Bruder kommt nachher übrigens vorbei.« Greta kicherte wie ein Schulmädchen. Sie war eindeutig beschwipst. Mimi sah ihre Freundin erschrocken an. Warum wollte Konstantin hierherkommen?

Rasch schob sich Greta an ihr vorbei in die Wohnung und ließ sich mit einem tiefen Seufzer auf die Couch plumpsen.

»Konstantin kommt hierher? Also wirklich, was ist hier los? Ich dachte, ihr seid heute bei euren Eltern?«

»War ich ja auch. Wir haben gegessen, ein Liedchen geträllert, uns umarmt, Geschenke unter den monströsen Weihnachtsbaum gelegt, sie wieder hervorgeholt, geöffnet und verzückt aufgekreischt. Und bei der ersten Gelegenheit bin ich abgehauen.« Wieder brach Greta in Gelächter aus.

»Und Konstantin?«, hakte Mimi nach, deren Puls in die Höhe geschossen war. Sie machte sich gleich auf den Weg zum Kleiderschrank, um sich halbwegs präsentabel zu kleiden. Dabei wusste sie gar nicht, ob sie damit einverstanden war, dass er hierherkam.

286

»Der wollte auch gerade gehen, da hatte mein Vater die besinnliche Idee, noch ein paar Fälle durchzugehen. Natürlich konnte er sich nicht wehren, der Herr Kanzleierbe, und ist mit dem alten Herrn im Arbeitszimmer verschwunden. Aber sei versichert, Mimi, er wird kommen. Er hat jeden Winkel dieses Dorfs nach dir abgesucht. Seine Augen haben geleuchtet wie die Weihnachtsdekoration am Dach meiner Eltern, als ich ihm gesagt habe, dass du wieder in der Stadt bist. Es gab am heutigen Abend kaum ein anderes Gesprächsthema.«

»Er hat von mir gesprochen?« Mimi hielt inne und fühlte in sich hinein. Sie wusste nicht, was genau sie spürte. Freude und ... ja was?

»Ohne Punkt und Komma. Und jetzt zieh dich an und füll die Gläser, ich habe Durst!«

»Du hattest schon genug heute, wie es aussieht. Ich hol dir ein Glas Wasser«, erwiderte Mimi und warf einen letzten prüfenden Blick in den Spiegel.

Besser. Die Jeans saß und die lila Bluse sah zumindest annähernd festlich aus. Die Heizung lief auf Hochtouren, daher blieb sie barfuß.

»Du hast Recht, ich habe zu tief ins Glas geschaut. Das hat auch der Taxifahrer vermutet, als ich ihn bat kurz anzuhalten, damit ich frische Luft schnappen kann.«

»War es denn so schlimm?« Mimi kannte Greta schon zu gut, um ihre Trunkenheit auf die ausgelassene Stimmung am weihnachtlichen Familienfest zu schieben.

»Ach, weißt du: Ich habe mich damit abgefunden, dass mich niemand danach fragt, wie es mir geht und was ich mache. Ich werde eingeladen, weil ich nun Mal ihr Kind bin oder weil Konstantin sonst streiken würde. Aber ich bin eben nicht so geraten, wie sie es sich für mich vorgestellt haben. Ich habe sie enttäuscht und diese Enttäuschung sitzt so tief, dass sie mich abgeschrieben haben. Aber egal. Der Tag ist vorbei.

287

Und ich habe ihn überlebt.« Greta lächelte schief und nahm das Wasser entgegen. Sie trank einen kräftigen Schluck und leerte schließlich das ganze Glas.

»Aber genug von mir. Was hast du gemacht?« Greta ließ den Blick durch die Wohnung schweifen. »Nicht allzu viel, wie ich sehe.«

»Nein, ich habe ferngesehen und ein paar Nachrichten verschickt. Meine Mutter war durch den Wind, weil ich plötzlich weg war, und ich habe Weihnachtsgrüße an sie gesendet. Außerdem hatte ich Alex angerufen, aber er hat nicht abgehoben.«

»Er ist noch nicht darüber hinweg«, stellte Greta fest.

»Das denke ich auch. Ich hoffe, wir verlieren uns nicht für immer.«

»Und was machst du jetzt mit Konstantin?« Greta lächelte verschmitzt und zum ersten Mal war die Ähnlichkeit zwischen ihr und Konstantin so groß, dass Mimi ganz warm wurde. Was hatte sie doch für ein Glück, so eine Freundin zu haben. Niemals hätte sie gedacht, dass sie hier eine Person traf, die ihr so viel bedeuten würde.

»Ich weiß nicht ...«

»Du bist verliebt in ihn?« Mimi wusste nicht, ob das eine Frage oder eine Feststellung war. Sie ging nicht darauf ein. Ihre Angst, sich die Wahrheit einzugestehen, war zu groß. Aber wahrscheinlich war es so.

»Bist du sicher, dass Konstantin noch kommen will? Ich werde langsam müde.« Mimi sah auf die Uhr. Es war schon weit nach Mitternacht und sie gähnte kräftig.

»Du kennst meinen Vater nicht. Er wird ihn erst gehen lassen, wenn jedes Satzzeichen auf den Schriftsätzen perfekt sitzt. Konstantin kommt bestimmt noch. Er will dir doch noch sein Geschenk für dich geben.«

288

»Ein Geschenk? Ich habe überhaupt kein Geschenk für ihn!« Panik durchströmte Mimi. Aber sie beruhigte sich rasch. Eigentlich war es für sie beide nicht angebracht, Geschenke auszutauschen. Am liebsten hätte sie Konstantin geschrieben, dass er nicht kommen soll. Aber sie vermisste ihn und irgendwie freute sie sich, ihn wiederzusehen.

Geschenke. Sie hatte heute kein einziges Geschenk erhalten und hatte auch keines verschenkt. Und es hatte ihr nicht gefehlt. Was bedeuteten schon Geschenke, wenn es so viel Wichtigeres gab im Leben?

Da fiel ihr plötzlich ihr Vater ein. Sie erinnerte sich an ein Weihnachtsfest vor der Sache mit Marie. Da war die Welt noch in Ordnung gewesen. Weihnachten war für ihre Schwester und sie immer wie ein Tag voller Zauber gewesen. Sie backten die letzten Kekse, gingen zusammen in die Kirche und saßen eine halbe Ewigkeit am Fenster, in der Hoffnung, einen Blick auf das Christkind zu erhaschen. Auch wenn Mimi damals schon längst nicht mehr an das Christkind glaubte, ließ sie sich immer wieder aufs Neue von dieser herzerwärmenden Magie mitreißen. So sehr, dass sie fast davon überzeugt war, dass es das Christkind doch geben musste.

An diesem einen Heiligen Abend zog Mimis Vater ein besonders schön verpacktes Geschenk unter dem Tannenbaum hervor und überreichte es ihrer Mutter. Mama war erschöpft von den Vorbereitungen und flüsterte müde: »Aber wir wollten uns doch nichts schenken. Ich habe gar kein Geschenk für dich!« Da zog sie der Vater in eine feste, liebevolle Umarmung und sprach lange in ihr Ohr. Mimi verstand kein Wort davon. Es musste aber etwas Schönes sein, denn in den Augen ihrer Mutter lag ein so verzückter Ausdruck, dass ihr alleine bei dem Gedanken daran wieder warm ums Herz wurde.

Mimi stand da, alle Geschenke waren vergessen und sie war unendlich glücklich.

Leider konnte sich Mimi nicht mehr an den Inhalt des Päckchens erinnern. Aber das war es auch nicht, was in diesem Moment gezählt hatte. Es waren die Worte ihres Vaters gewesen. Es waren Worte, die die Welt geraderückten, nach der stressigen Vorweihnachtszeit. Worte, die ihre Mutter mit der Tatsache versöhnten, dass Familie nicht immer nur grenzenlose Liebe und eitel Sonnenschein bedeutete, sondern auch gerissene Geduldsfäden und Sorgen. Worte, die ihre Mutter erdeten, indem sie ihr die Last der Perfektion abnahmen und ihr versicherten, dass sie gut war, genauso wie sie war. Das alles hatte Mimi erst später verstanden. Und bei all der Trauer und Wut, die sich später bei sämtlichen Beteiligten angesammelt hatte, war sie froh darüber, dass sie diesen Moment der reinsten Form der Liebe zwischen zwei Menschen in ihrem Gehirn abgespeichert hatte.

Als Greta wieder nüchterner und Mimi kurz davor war einzuschlafen, schellte die Türglocke. Konstantin stand seiner Schwester in Sachen Styling in nichts nach. Der Maßanzug saß wie angegossen und die Schuhe waren auf Hochglanz poliert. Bloß der oberste Hemdknopf war offen und die Krawatte saß locker. Das dürfte ja ein ziemliches Event sein, so ein Weihnachtsfest bei den Wagners, dachte Mimi.

Ihr Herz klopfte wild, während Konstantin geduldig in der Tür stand und sie aus seinen eisblauen Augen ansah. In seinem Blick erkannte sie Beruhigung, wahrscheinlich, dass er sie gefunden hatte. Und Zuneigung. Vorsichtig zog Konstantin sie in die Arme und küsste sie sanft. Mimi ließ es geschehen. Es fühlte sich gut an. Sie erwiderte seinen Kuss und sie meinte zu hören, wie er erleichtert aufatmete.

»Frohe Weihnachten, bezaubernde Mimi«, sagte er schlicht, nachdem er seine Lippen von ihr gelöst hatte.

»Dir auch frohe Weihnachten!«

»Ist meine besoffene Schwester auch hier?«, fragte er und schenkte ihr sein jungenhaftes Lächeln, das ihm so gut stand. Viel besser als das taffe, überlegene Lächeln, das er manchmal aufsetzte wie eine Maske. Wahrscheinlich, um sich in den Kreisen, denen er angehörte, zu schützen.

»Hey, ich bin nicht betrunken! Nur damit du es weißt, Mimi hat mir Wasser verordnet«, rief Greta in Richtung Haustür.

»Gute Entscheidung.« Konstantin grinste noch immer und Mimi zog ihn an der Hand ins Wohnzimmer. Dort küsste er seine Schwester flüchtig auf die Wange. Mimi fiel auf, dass er sie auch kurz, aber zärtlich, umarmte und sie freute sich über diese liebevolle Geste. Greta tat ihr leid. Von der eigenen Familie verstoßen zu werden, weil man die Erwartungen nicht erfüllte, musste fürchterlich sein.

Aber wenigstens hatte sie Eltern ... Mimi schüttelte den Kopf. Wie konnte sie nur neidisch auf Gretas Familie sein? Was war denn in sie gefahren? Nur aufgrund der Tatsache, dass Greta an Heiligabend mit am Gabentisch saß, war das lange kein Grund zur Eifersucht. Mimi kämpfte an Weihnachten mit dieser tiefen Sehnsucht nach ihrem Vater. Wenn sie doch zumindest wüsste, wo er war.

Lebte er noch? Und wenn ja, wo? Hatte er jetzt eine andere Familie? Ging es ihm gut? Vermisste er sie auch? Greta riss sie aus ihren Gedanken, indem sie aufsprang und ihr um den Hals fiel.

»Ich lasse euch zwei jetzt mal alleine, muss sowieso los!«, sagte sie. Mimi fiel auf, dass sie ihr Handy in der Hand hielt, und wollte nachfragen, was sie denn nun noch vorhätte. Doch da stand Greta schon an der Garderobe, um sich anzuziehen.

291

Vielleicht wollte sie das vor ihrem Bruder auch nicht erzählen. Also hielt sich Mimi zurück.

»Danke, dass du gekommen bist. Ich liebe dich«, flüsterte sie Greta ins Ohr, während sie sie fest umarmte. Dann öffnete sie ihr die Tür.

Als sie ins Wohnzimmer zurückkehrte, stand Konstantin an der Balkontür. Sie stellte sich neben ihn und sah hinaus auf die Straße. Sie beide beobachteten Greta, die schnellen Schrittes den Gehweg entlangging. Als sie in der Dunkelheit verschwunden war, drehte sich Konstantin ihr zu.

»Ich habe ein Geschenk für dich, bezaubernde Mimi!« Konstantin griff in die Innentasche seines Sakkos und zog ein kleines, rechteckiges Päckchen hervor. Das rotschwarz gestreifte Geschenkpapier sah verführerisch aus und sie war gespannt, was drinnen sein würde. Mit einer übertriebenen Geste reichte ihr Konstantin das Geschenk. Sie lachte.

»Aber ich habe gar nichts für dich.«

»Psst, mach es auf!« Vorsichtig löste Mimi das Papier von einem kleinen Kästchen ab. Ein Ring, dachte sie und hielt inne. Sie wusste nicht, ob sie es öffnen wollte.

»Bitte, weiter!«, drängte er. Sie gab sich einen Ruck und wappnete sich innerlich. Ganz langsam hob sie den Deckel an und zum Vorschein kam ein Schlüssel. Verwirrt starrte sie erst auf den Inhalt und dann in Konstantins Gesicht.

»Mimi, du hast mich vom ersten Augenblick an verzaubert. Die Sache mit dir ... mir fehlen die Worte, um zu beschreiben, wie sich das mit uns anfühlt. Ich bin so froh, dass ich dich wiedergefunden habe. Als du weg warst, war ich am Ende. Du bist einzigartig, wunderbar und ich will dich nie wieder verlieren. Bitte zieh bei mir ein.«

Mimi lachte laut auf und fiel ihm um den Hals. Sie küsste ihn stürmisch, schlang ihre Beine um seine Hüfte und ließ sich von ihm herumwirbeln.

»Das ist wohl ein Ja«, meinte Konstantin und wirkte genauso glücklich, wie sie sich fühlte.

»Nein, Konstantin«, antwortete Mimi lächelnd und schüttelte den Kopf. »Ich werde nicht bei dir einziehen.«

Er schaute irritiert.

»Ich muss endlich zu mir selbst finden und es alleine schaffen. Ich brauche meine Wohnung, meine alte Schlafcouch, meinen immer noch stinkenden Abfluss und meine liebenswerte Nachbarin. Aber ich komme gerne zu Besuch, wenn du mich einlädst«, sagte Mimi zwinkernd und gab ihm einen weiteren leidenschaftlichen Kuss.

56 Greta

»Ich liebe dich.«

Der eisige Wind blies ihr ins Gesicht. Sie fror trotz des dicken Wollmantels und umschlang mit den Armen ihren bibbernden Körper. Dabei überprüfte sie den Sitz der wuchtigen Brosche, die den Mantel zusammenhielt.

So lange hatte sie die Sache mit Marco mit sich getragen, als gehörte sie zum normalen Gang des Lebens. Zu lange. Jetzt bröckelte der mühselig aufgebaute Schutzwall langsam vor sich hin. Sand bröselte ab und die Risse weiteten sich zu klaffenden Spalten. Irgendwann würden die Wände in sich zusammenkrachen und sie unter dem Schutt begraben.

Sie beschleunigte den Schritt. Die Bewegung lenkte sie ab und brachte sie früher an ihr Ziel, von dem sie sich so gerne ferngehalten hätte. Die Seitenstraßen im Hafenviertel der Stadt, die sie passierte, waren in dieser Heiligen Nacht nur spärlich beleuchtet. Die Autos fehlten, die hier sonst die Nächte erhellten. In der Luft lag eine leicht fischige Brise, die der kalte Wind vom Hafenbecken her in Gretas Atemwege drängte. Links von ihr breitete sich der Fluss aus und floss unaufhörlich durch die Stadt hindurch.

Die Welt war in Bewegung. Die Erde drehte sich, die Meere wogten, die Bäche rauschten, die Bäume tanzten im Wind und die Lebewesen strampelten sich emsig ab. Alles gedieh und wuchs, freute sich über jeden noch so kleinen Erfolg. Sie rackerten sich ab, in der Hoffnung, dem Sinn des Lebens auf die Spur zu kommen, um letztendlich ihren Niedergang zu finden. Gerne wäre sie einen Augenblick lang stehengeblieben, um diesem Kreislauf zu trotzen, doch sie wurde vom Fluss mitgetrieben.

»Ich liebe dich.«

Der Satz, der ihr immer wieder ins Ohr geflüstert wurde und auf den sie nichts erwidern konnte. Ein Satz, dessen Tragweite sich niemand außer ihr bewusst zu sein schien, wenn man bedachte, mit welcher Leichtfertigkeit er ausgesprochen wurde.

Offenbar war sie schwächer, als sie gedacht hatte. Die Entscheidung war gefallen. Sie würde sich, entgegen all ihren Bestrebungen, noch einmal hinreißen lassen und einen Versuch mit ihm wagen.

57 Georg

»Ich muss gehen!« Stürmisch erhob sich Georg vom Barhocker und warf dabei ein Glas um. Moritz sah ihn genauso
verdutzt an, wie die Blondine, die sich bis eben noch lasziv
gegen seinen Oberschenkel gelehnt hatte.

Georg wollte sich nicht erklären. Er schob sich durch
die feiernde Menge, angewidert vom Schweiß der Tan-
zenden, den er ihnen dabei von der Haut rieb. Eine halb-
nackte, sich im Takt der Musik bewegende Fleischmasse.
Draußen war Winter, in diesem Club goren die Ausdüns-
tungen vor sich hin.

Auf der Straße fand er weit und breit kein Taxi. Er musste
laufen. Er rannte, als ginge es um sein Leben. Und während er
sich so beeilte, dachte er, dass genau das wahrscheinlich der
Fall war.

»Ich komme in einer halben Stunde.«

Eine Nachricht, gesendet von einer Nummer, die er nicht
kannte, aber sofort gespeichert hatte. Endlich.

Seine Haut war noch feucht von der Dusche, die er nach dem
Sprint nach Hause nehmen musste. Da hörte Georg schon das
dumpfe Pochen an der Tür. Widerwillig zog er sich an. Er
hasste es, wenn er nicht vollkommen trocken war und in Kleidung schlüpfen musste. Die Feuchte kroch in die Fasern und
er stellte sich bildhaft vor, wie die darin schlummernden
Bakterien benetzt wurden und zum Leben erwachten. Aber
nun blieb keine Zeit. Sie war schon da.

»Frohe Weihnachten, Georg!«, raunte Marleen und trat an
ihm vorbei ins Haus.

»Frohe Weihnachten«, murmelte er und ließ sich von ihrem Anblick hypnotisieren. Sie sah betörend aus, wie sie sich aus dem Mantel schälte und darunter ein Kleid zum Vorschein kam, das ihr hervorragend stand.

Beiläufig warf sie den Mantel auf die Rückenlehne der Couch und bat ihn um ein Glas Wasser. Sie folgte Georg in die Küche und ließ ihre Hände über seinen breiten Rücken wandern, während er das Glas füllte. Sie streichelte ihn. Er schloss versonnen die Augen, drehte den Wasserhahn ab und blieb stehen. Immer wieder fuhr sie ihm mit den Fingerspitzen über die Schultern. Nur ein dünnes, weißes Hemd lag zwischen ihnen beiden.

Marleen nahm ihm das Glas aus der Hand und stellte es im Wohnzimmer ab. Herausfordernd lasziv lehnte sie sich auf den weichen Kissen der Couch zurück. Ihr Mantel glitt dabei zu Boden.

»Komm zu mir«, sagte sie schlicht und der Blick aus ihren eisblauen Augen ließ seinen Herzschlag hinaufschnellen.

Nicht schon wieder. Er wollte nicht mehr nur ihr Spielzeug sein. Georg hatte endgültig genug davon. Es war an der Zeit, die Sache zwischen ihnen beiden zu klären.

»Hör zu, Marleen!«, setzte er an und blieb dabei zu seinem eigenen Schutz hinter dem Küchentresen stehen.

»Ich werde mit dir nach München gehen«, unterbrach sie ihn und beinahe hätten ihn seine Beine im Stich gelassen.

»Wie bitte?«, stotterte er, die Arbeitsplatte vor ihm umklammernd, um den Halt nicht zu verlieren.

»Ich werde dich nach München begleiten«, wiederholte Marleen und ließ ihn nicht aus den Augen. Georg betrachtete das Glanzstück eines Menschen, das sich auf seinem Sofa räkelte und ihn erwartungsvoll ansah. Diese Augen, dieser Blick.

»Warum?«

»Weil ich uns eine Chance gebe, Georg. Ich bin Künstlerin, ich kann überall arbeiten.«

»Du gibst uns eine Chance? Wie meinst du das?« Er wusste nicht, was das zu bedeuten hatte und er spürte, wie Ärger in ihm hochkroch. Ihr Hochmut strengte ihn an. Doch als er sich vorstellte, mit Marleen in München ein neues Leben anzufangen, platzte ein Knoten in ihm. Georg fühlte sich frei. Er bekam ausreichend Luft, konnte atmen.

»Du kommst mit?«, flüsterte er.

»Ja«, antwortete sie schlicht und erhob sich. Benommen setzte er sich in Bewegung und ging ihr entgegen. Als sie vor ihm stand, nahm er ihr Gesicht in seine Hände. Sie würde ihn retten, das spürte Georg jetzt in diesem Moment ganz deutlich. Er wollte alles hinter sich lassen. Sie war es, auf die er gewartet hatte, um der zu werden, der er war.

Georg empfing Marleens zärtlichen Kuss voller Demut. Er speicherte ein Gefühl in seinem Bewusstsein ab, das er noch nie empfunden hatte. Es war warm, einhüllend, lieblich.

»Bleibst du heute Nacht?«, fragte er drängend.

»Ja.«

Georg hob sie hoch und trug sie die Stufen hinauf in die obere Etage. Er würde sie in sein Bett legen, zudecken und nie wieder gehen lassen.

Bevor er die Tür öffnete, ließ er sie runter und sah ihr nochmals tief in die Augen.

»Ich liebe dich, Marleen!«

Sie sah ihn an, legte ihre Hand in seinen Nacken, zog ihn zu sich herab und küsste ihn.

Georg schob sie in den Raum. Die kommende Nacht würde er hier mit ihr verbringen. Die erste Nacht in seinem Schlafzimmer. Marleen drehte ihm den Rücken zu und ließ ihren Blick durch den Raum schweifen. Schließlich blieb dieser an dem gewaltigen Foto an der Wand hängen. Sie

298

rührte sich nicht, wirkte wie paralysiert von diesem Anblick. Georg erstarrte, als er Marleen statuenhaft vor sich stehen sah. Seine Augen wanderten zwischen dem Bild und Marleen hin und her. Bevor die Erkenntnis in ihn eingesickert war, drehte sich Marleen zu ihm um.

»Wusstest du, dass es Menschen gibt, die nie gewinnen? Deren ganzes Leben ein einziges Scheitern ist? Wir sind solche Menschen« Sie war leichenblass und versuchte dennoch ein schwaches Lächeln. Georg stellte fest, dass er sie überhaupt zum ersten Mal lächeln sah. Ihre dürre Hand streichelte zärtlich über seine Wange.

»Ich wollte es so sehr. Ich habe es wirklich versucht«, flüsterte sie, bevor sie sich entschlossen abwandte und ihn verließ.

58 Greta

»Willst du meine Frau werden, Greta Marleen Wagner?«

Das Foto an der Wand in Georgs Schlafzimmer zeigte sie drei Wochen nach Marcos Heiratsantrag. Den weiten Weg in ihre Heimatstadt hatte das Bild zurückgelegt, um Greta hier in Übergröße davor zu warnen, denselben Fehler noch einmal zu machen.

Sie stand am Fenster einer kleinen Pension im pittoresken Villefranche-sur-Mer an der Cote d`Azur. Auf dem Bild war ihr Blick auf den Ozean gerichtet, aber sie sah in diesem Moment nichts von seiner Schönheit. Sie hatten sich kurz davor geliebt und sie ahnte bereits, dass es das letzte Mal sein würde.

Marcos Anfälle wurden häufiger und intensiver. Das Glioblastom, das man in einer italienischen Klinik nach dem plötzlichen epileptischen Anfall in der Altstadt von Bordighera festgestellt hatte, wuchs zu schnell. Die Wesensveränderungen und Bewusstseinsstörungen nahmen zu. Seine Kopfschmerzen konnte er kaum noch aushalten.

Einige Tage, nachdem Marco das Foto geschossen hatte, machten sie sich mit dem Bus auf nach Monaco. Sie mussten ihre nicht entwickelten Filme aus den Kameras an einen zwielichtigen Kunstsammler verkaufen, um schnell an Geld zu kommen. Die Krankenversicherung reichte nicht, um alle Rechnungen abzudecken, die sich im Motorradkoffer stapelten. Das Motorrad ließen sie zurück. Es hatte sie von Italien nach Frankreich gebracht und hätte sie noch so viel weiter tragen sollen. Bis nach Spanien, wo sie heiraten wollten. Sie hatten es im Innenhof der Frühstückspension stehenlassen. Marco konnte nicht mehr fahren.

Das Krankenhaus in Monaco war die letzte Station auf ihrer Reise. Tag für Tag raubte der aggressive Hirntumor ein Stück mehr von Marco.

»Ich liebe dich«, flüsterte Greta eines Tages, kurz bevor sie das Zimmer verließ, um sich einen Kaffee zu holen. Die Nächte, die sie in der heruntergekommenen Absteige in der Nähe des Krankenhauses verbrachte, waren unruhig und einsam. An Schlaf war nicht zu denken.

»Ich liebe dich.« Er erwiderte nichts darauf, sah sie bloß feindselig an. Überhaupt hatte er seit Tagen nicht gesprochen. Die Ärzte vermuteten, dass es ihm gar nicht mehr möglich war.

»Verschwinde endlich, du Miststück!«, waren seine letzten Worte an sie gewesen, bevor er in dieses Schweigen verfiel.

Und als sie an jenem heißen Sommertag mit ihrem Kaffee in der Hand in sein Zimmer zurückkam, war er tot.

Einige Monate später

Die neue Dienstkleidung kratzte immer noch, auch wenn sie mittlerweile bestimmt fünfzehn Mal gewaschen worden war. Die Röcke reichten nun etwas weiter nach unten, die Strümpfe waren blickdicht, die Knöpfe an der Bluse mussten bis oben geschlossen sein. Das alles wäre ok, wenn der Stoff nicht so scheuern würde. Nicht nur die biedere Kleidung für die Angestellten zeugte von Veränderungen im Parkhotel. Olivia war untergetaucht. Statt ihr saß nun ein sympathischer Mann in Mimis Alter an der Rezeption. Er, Mimi und ein paar andere Kolleginnen und Kollegen trafen sich ab und zu nach der Arbeit auf einen Drink in einer Bar. Außergewöhnliche Partys wurden nicht mehr gefeiert, seit Georg Soyer Linz verlassen hatte.

Durch das geöffnete Fenster in der Angestelltengarderobe fielen die ersten stärkeren Frühlingssonnenstrahlen und kitzelten Mimis Nase. Sie streckte ihnen das Gesicht entgegen und schloss für einen Moment die Augen. Zwei freie Tage lagen vor ihr, auf die sie sich nach den turbulenten Wochen freute. Mimi verstaute die Kleidung ordentlich in ihrem Spind, schnappte sich die kleine Reisetasche und machte sich auf den Weg hinaus aus dem Hotel.

Der Wagen stand direkt vor dem Hoteleingang. Mimis Herz machte einen Sprung, als sie Konstantin sah, der entspannt hinter dem Lenkrad saß und auf sie wartete. Nun hatte er sie auch entdeckt. Mit einer fließenden Bewegung nahm er die Sonnenbrille ab und stieg aus dem Auto. Seine Hände steckten lässig in den Taschen seiner Anzughosen, die tief auf seinen Hüften saß, als er ihr entgegenging. Die Schmetterlinge in Mimis Bauch erwachten alle gleichzeitig zum Leben. Schließlich stand er vor ihr und blickte auf sie hinab. Konstantin nahm eine Hand aus den Hosen und griff nach ihrer Reisetasche.

»Hallo, bezaubernde Mimi«, raunte er. Gänsehaut breitete sich auf Mimis Körper aus. Die eisblauen Augen stachen in ihr Gesicht, seine Miene war undurchdringlich.

»Hi, bist du der sexy Anwalt, der mich heute abholen will?«, schäkerte sie mit hochgezogener Augenbraue.

Konstantin stellte die Tasche auf dem Boden ab. Mit der freigewordenen Hand umfasste er ihr Kinn und dirigierte Mimis Mund auf seinen. Für einen Augenblick legten sich ihre Lippen sanft aufeinander. Der Kuss, so zart, wie der erste, den sie sich geschenkt hatten.

Er löste sich von ihr und sein Mund war plötzlich dicht an ihrem Ohr.

»Ich liebe dich, Mimi!«, flüsterte er schlicht, schnappte sich ihre Tasche, griff nach ihrer Hand und zog sie übermütig zu seinem Auto. Sie grinste breit, versuchte dieses Gefühl der endlosen Verliebtheit für immer abzuspeichern.

»Zu dir oder zu mir?«, fragte Mimi zwinkernd, als sie beide im Wagen saßen.

»Ich habe eine Überraschung für dich.« Sein ernstes Gesicht irritierte Mimi.

»Was für eine Überraschung?«, drängte sie.

Anstatt zu antworten, überreichte er ihr einen gefalteten Zettel. Mimi sah ihn fragend an, doch er schwieg. Schließlich faltete sie den Bogen auseinander und entzifferte die in Konstantins Handschrift geschriebene Adresse:

Stefan Lenz
Stöckingerstraße 13, Passau

Bewegungslos starrte sie auf das Papier. Konstantins Hand legte sich auf ihre Wange.

»Ich habe deinen Vater gefunden.«

ENDE

Glossar

Aigen-Schlägl eine Marktgemeinde im oberösterreichischen Mühlviertel mit etwa 3.200 Einwohnern.

Alturfahr Teil von Urfahr, am Linzer Donaustrand gelegen.

angerührt sein beleidigt sein, eingeschnappt sein.

Apfelschlangerl sieht aus wie Apfelstrudel, ist aber mit Kuchenteig statt Strudelteig.

Aufpudler ein Mensch, der sich aufspielt; Angeber.

außertourlich außerplanmäßig, zusätzlich.

Eierspeise Rührei.

Föhre Kiefer (Nadelholzgewächs).

Fratz abwertend: ungezogenes, lästiges Kind.

Freinberg etwa 400 m hoher Berg in der Stadt Linz; hochpreisige Wohngegend.

Garçonnière gebräuchlicher Ausdruck für
Einzimmerwohnung, Junggesellenwohnung.

Jus Jura, Rechtswissenschaften.

Krampus eine Schreckgestalt, die dem österreichischen
Brauchtum nach den Heiligen Nikolaus begleitet.
Die braven Kinder werden vom Nikolaus beschenkt,
die schlimmen werden vom Krampus bestraft.

Landstraße bekannteste Straße in der Linzer Innenstadt,
wichtigste Einkaufsstraße.

Lederfauteuil gepolstertes Sitzmöbel mit Armlehnen
aus Leder.

Linz Landeshauptstadt von Oberösterreich.

Marillenmarmelade Aprikosenkonfitüre.

Matura Reifeprüfung nach einer höheren Schulausbildung;
Abitur.

Mis en Place die Vorbereitung eines Arbeitsplatzes
in der Gastronomie.

Most alkoholischer Obstsaft.

Mühl steht abgekürzt für die »Große Mühl«, ein Nebenfluss der Donau. Zusammen mit der »Kleinen Mühl« und der »Steinernen Mühl« ist die »Große Mühl« namensgebend für die oberösterreichische Landschaft Mühlviertel.

Mühlkreisbahnhof kleiner Bahnhof im Linzer Stadtteil Urfahr.

Mühlviertel eines der vier historischen »Viertel«, also Landschaften, in Oberösterreich. Es grenzt an Bayern, Südböhmen und Niederösterreich.

Nighty im Nachtdienst arbeitender Empfangsmitarbeiter an einer Hotel-Rezeption.

Nusskipferl hörnchenförmiges Gebäck mit Nussfülle.

Palatschinken dünne, zusammengerollte und meist (mit Marmelade, Eis oder auch Pikantem wie Spinat) gefüllte Eierkuchen. Palatschinken sind deutlich dünner als Pfannkuchen oder Eierkuchen.

Patschen (Plüschpatschen) Hausschuhe.

Seidel kleines Bier, etwa 0,3 Liter.

sekkant lästig, unliebsam.

Speis umgangssprachlicher Ausdruck für Vorratskammer, Speisekammer. Ein kleiner Raum, in dem Lebensmittel und Speisen aufbewahrt werden.

strawanzen sich herumtreiben, streunen.

Türschnalle Türöffner, Türgriff, Türklinke.

ungustiös abstoßend, unappetitlich, Ekel erregend, geschmacklos.

Urfahr nördlich der Donau gelegener Stadtteil von Linz.

wurmen, etwas wurmt einen etwas erfüllt einen mit Missmut.

Danke

Egal, welche Wege ich in meinem Leben gegangen bin, immer konnte ich auf dich zählen, Mama. Und ich weiß, dass das auch immer so bleiben wird. Töchterchen als Schulabbrecherin, katastrophale Fahranfängerin, späte Studentin, Braut, Mutter, und nun Autorin – wenn ich in deine Augen schaue, Papa, sehe ich dort immer Liebe, Stolz und ein bisschen mich selbst. Alles, was ich erreicht habe, verdanke ich euch beiden.

Für meinen Mann, meinen besten Freund, meinen Lieblingsmenschen: Danke, dass du ganz anders bist als ich und es trotzdem so gut mit mir aushältst. Du ruhst in dir und ich ruhe, wenn nötig, auch in dir.

Danke, meine süße kleine Tochter, dass ich dich so lieb haben darf. Du bist meine ganze Welt.

Lieber Thomas, danke, dass du dich immer wieder bei mir meldest, wenn ich abtauche und uns nie aufgegeben hast. Auch wenn wir unsere Tiefs hatten, es gab uns immer irgendwie.

Bibi, du weißt, welcher Person wir ewig dafür dankbar sein sollten, dass wir uns begegnet sind. Für irgendetwas musste das alles ja gut sein. Die Taucherbrille in deinem Handgepäck haben wir während unserer gemeinsamen Urlaubsflüge mangels Absturz zum Glück nie gebraucht. Sie hätte uns aber bestimmt gerettet. Die Taucherbrille oder der Flachmann.

Dir, lieber Tom @autorenrookie, danke ich für alles, was uns ausmacht und verbindet. Und für deinen unermüdlichen Einsatz, mich mit meiner Mimi zusammenzubringen. Wir sind ein wunderschönes Team.

Danke, liebe Fritzi @fritzi.van.ribbeck für die vielen Gespräche und die wahnsinnige Hilfe beim Erschaffen dieses Buchs. Ich bin so froh, dass wir uns gefunden haben. Dank dir ist diese Geschichte nahezu schmetterlingsfrei.

Vielen Dank für die Geduld mit der beratungsresistenten Autorin, bei der man sich den Mund fusselig redet und irgendwann aufgibt, liebes KIQZ-Team. Und ein riesiges Dankeschön für das großartige Cover und den Buchsatz.

Lieber Mats @matslassenoren, du bist eines meiner Vorbilder als Autor. Deine Art, wie du Dinge angehst, beeindruckt mich genauso wie dein Talent. Vielen Dank für die Website www.ella-stein.at (www.nightbird-design.de)

Meinem grandiosen Testleser*innen-Kreis: Danke! Auch, wenn ein einfaches Danke gar nicht ausreichen kann. Ihr habt bestimmt genug Gute-Karma-Punkte für das ganze Leben gesammelt.

Einige Menschen haben so viel Zeit, Energie und Herzblut in mein Manuskript hineingesteckt. Ihr seid wunderbar!

Jan-Olaf Moede @janmoede – Bei dir finde ich bestimmt nicht die richtigen Worte, daher lasse ich es lieber und stelle dich einfach an die erste Stelle. Hoffentlich ist dir das nicht zu abgenudelt. ;-)

Nancy Omreg @nancyomreg und Monika Lüthi @monika.schreibt – Euer Brennen für diesen Roman und das Mitfiebern haben mich immer wieder aus den Tiefs rausgezogen.

Nella Beinen @nellabeinen – Kein Mensch kann gleichzeitig so lieb, hilfsbereit und streng sein wie du!

Claudia Traxl @trixitraxl - Danke für die sorgfältige Korrektur, die inhaltliche Unterstützung und dafür, dass du mich beim Fotoshooting nicht aufgegeben hast!

Folgt den Profilen dieser großartigen Autor*innen auf Instagram und lasst euch von ihren Inhalten verzaubern!

Ein riesiges Dankeschön gilt dir, Petra Ganglbauer, für die professionelle und freundliche beratende Tätigkeit und die Begleitung. www.ganglbauer.mur.at

Und ich bedanke mich von Herzen bei D.W. dafür, dass Ella Stein schreibt.

Der allergrößte Dank geht an euch Leserinnen und Leser! Danke, dass es euch gibt und ihr dieses Buch gelesen habt. Autorinnen und Autoren leben von euren Rückmeldungen und dem Austausch mit euch. Daher freue ich mich über eure Rezensionen und über jede persönliche Nachricht, die ich von euch bekomme!

Instagram: @ella.stein_schreibt
Facebook: @ella.stein.schreibt
Mail: ella@ella-stein.at
Web: www.ella-stein.at

ZWEITER TEIL DER ROMANREIHE »MIMIS WELT«
ÜBER DAS LEBEN, DIE LIEBE, SEHNSÜCHTE
UND ABGRÜNDE.

ELLA STEIN

MIMIS WELT

DIE SACHE
MIT DEM VATER

Roman

Mimi nimmt eine überraschende Begegnung zum Anlass,
sich endlich auf die Suche nach ihrem verschwundenen
Vater zu machen. Ausgerechnet ihr ehemals bester Freund
Alex soll sie zur letzten bekannten Adresse in Passau
begleiten: eine Entscheidung, die Mimis Partner Konstantin
an ihren Gefühlen zweifeln lässt. Doch auch Mimi stellt
die Beziehung in Frage, denn Konstantin wird nicht nur
durch seinen Freund Georg Soyer abgelenkt, der mit
Herausforderungen konfrontiert ist, die weitere Kreise
ziehen als geahnt – auch für Mimi.

978-3-99129-436-8 (Paperback)
978-3- 99129-435-1 (E-Book)

Mit jedem gekauften Buch unterstützen
Sie herzkranke Kinder.

100
BILDER
200
GESCHICHTEN

ALLES EINE FRAGE
DER PERSPEKTIVE

Jedes Bild erzählt uns eine Geschichte. Seine eigene?
Oder die, die wir darin sehen? Antworten darauf
liefern uns über 150 Autorinnen und Autoren.
Sie fanden paarweise zusammen und schrieben je zwei
unterschiedliche Kurzgeschichten zu 100 Polaroids.

**Der Reinerlös aus dem Verkauf dieses Buchs
kommt dem Verein Herzkinder Österreich und
der kinderherzen Stiftung München zugute.**

ISBN: 978-3-99129-434-4

Weitere Informationen und Bestellmöglichkeit auf
www.1bild2geschichten.de

Ella Stein

Geburtstagsparty für Max

Authorschallenge

Freunde kann man sich aussuchen, die Verwandtschaft bekanntlich nicht.

An einem sommerlichen Freitagnachmittag begleitet Mara ihren smarten neuen Freund Stefan zu einer Familienfeier, um endlich seine Eltern kennenzulernen. Doch sie hat keine Ahnung, worauf sie sich einlässt.

Diese Kurzgeschichte ist im Rahmen der Authorschallenge von Lima Strysa entstanden.